RUGGERO PESCE

CONDOMINIO CONCORDIA

MNAMON

Capitolo I – HABITAT, FAUNA CONDOMINIALE E RETROSCENA

L'edificio chiamato "Condominio Concordia" era un palazzotto di sei piani situato in fregio al Viale delle Rimembranze, appena fuori dal centro storico di Vercelli, e faceva angolo con una via traversa che sboccava in uno dei suoi controviali. Questi erano separati uno dall'altro da un largo percorso pedonale e ciclabile che correva sotto un duplice filare di enormi tigli, che formavano un tunnel verde, fresco e profumato dotato di invitanti panchine, di una fontanella e – male necessario – di alcuni cassonetti per la raccolta differenziata dei rifiuti. Rispetto alle zone di analogo pregio di altre città, c'era la possibilità di sostare con l'auto vicino al palazzo con estrema facilità, perché in ogni controviale era consentito il parcheggio sui due lati, e non era raro trovarvi anche camper e roulotte.

Costruito alla fine degli anni '50 senza lesinare nei materiali e nelle finiture, l'edificio si era giovato di alcune migliorie e ristrutturazioni, soprattutto riguardanti l'impianto di riscaldamento, l'ascensore automatico ed il montacarichi, le scossaline dei balconi e del tetto, i citofoni e le antenne centralizzate per la TV, in modo da renderlo funzionale ed adeguato alle esigenze moderne.

Si entrava nel palazzo da una porta a vetri che immetteva in un piccolo atrio, rialzato di alcuni gradini, su cui si affacciava la portineria, che consisteva in un piccolo ufficio con una finestra scorrevole che consentiva una perfetta visione di chiunque fosse passato di lì dalle 8 alle 17, per cinque giorni alla settimana. Superata la portineria, una seconda porta a vetri, con ai lati due euphorbie a candeliere, divideva l'atrio dalla zona da cui si dipartivano le scale per i piani superiori e quelle che scendevano nello scantinato, in detta zona c'era anche l'ascensore, il montacarichi e due porte che consentivano di accedere a due vasti locali che occupavano la maggior parte del piano terra, a sinistra ed a destra dell'ingresso del palazzo.

Uno di questi locali era adibito a negozio di arte povera, ed aveva ovviamente un ingresso a sé stante sul viale. In esso si potevano trovare maschere esotiche, cianfrusaglie etniche, acchiappasogni, tarocchi, pietre magiche, spilloni vudù, braccialetti di rame, narghilè e samovar finemente bulinati, terrecotte di ogni foggia, straccetti tessuti a mano dalle più disparate tribù del quarto mondo... insomma, tranne che un frammento della vera Croce, c'era di tutto.

Nell'altro locale c'era un bar-tabaccheria che, oltre all'ingresso sul viale, ne aveva anche uno sulla via traversa.

Gli appartamenti dei piani superiori, di 5 camere per circa 140 metri quadri l'uno, non avevano doppi servizi, come di norma negli anni '50, ma i bagni erano molto spaziosi, la cucina era perfettamente abitabile, i ripostigli, i vestiboli ed i balconi che davano sul viale erano ampi e funzionali. Particolare cura era stata posta nell'insonorizzazione di soffitti e di pavimenti, cosicché nessuno aveva la sensazione che qualcuno stesse camminandogli sulla testa. In alcuni appartamenti erano stati ricavati degli armadi a muro sacrificando un po' il largo corridoio, in altri era stato abbattuto il tramezzo che separava due vani per ricavare una grande sala; in altri ancora, volendo ricavare dall'appartamento alcuni locali da adibire a studio professionale o ad ufficio, si era aperto un secondo ingresso sui corti ballatoi dei piani, in modo da poter ricevere terzi senza farli transitare per casa, ma consentendo a questi, in caso di bisogno, di poter utilizzare i servizi dell'appartamento.

Nello scantinato, discese le scale e varcata una porta mai chiusa a chiave, c'era un largo passaggio ove erano collocati i contatori della corrente elettrica e quelli dell'acqua, esso portava al locale con il bruciatore per il riscaldamento centralizzato e vi si aprivano la serranda del montacarichi ed una porta che portava al cortiletto di disimpegno dei garage; mentre nel corridoio principale, ortogonale al passaggio, si affacciavano la porta automatica dell'ascensore ed i 14 box in cui i condomini tenevano le proprie cianfrusaglie ed i due esercizi commerciali le scorte.

Tutti i box erano chiusi a chiave da pesanti lucchetti, però i tramezzi che separavano un box dall'altro, a ragione delle tubazioni coibentate appese al soffitto, non si innalzavano fino ad esso, ma lasciavano un varco di meno di mezzo metro. Solo il gestore del bar- tabaccheria, timoroso che gli venissero rubate le bottiglie di alcolici immagazzinate, aveva fatto completare il tramezzo divisorio fino a raggiungere il soffitto, mentre gli altri condomini non avevano ritenuto che valesse la pena proteggere meglio le proprie carabattole, costituite per lo più da vecchi mobili, bauli di vestiti smessi e scatoloni con vecchie tende, coperte e lenzuola, tutta roba che non avrebbero più utilizzato, ma cui erano ancora in qualche modo affezionati.

Tutti i locali ed i box della cantina avevano bocche di lupo protette da griglie calpestabili che si aprivano sul marciapiede del viale, numerosi erano i punti luce nei corridoi, contrariamente al solito, ed ogni box era molto ben illuminato.

I balconi della cucina si affacciavano sul cortiletto coi 14 garage; questi ultimi erano disposti per la maggior parte di fronte, ma in parte anche normalmente al corpo dell'edificio, e sebbene tale cortiletto dovesse essere tenuto sempre sgombro, vi stazionavano abitualmente motorini e biciclette, e si fermavano di tanto in tanto i furgoni che approvvigionavano il bar, che ostacolavano così l'accesso ai garage per periodi di tempo più o meno lunghi.

Al cortiletto si poteva accedere sia da un portone che si apriva sulla via traversa, sia dalla cantina attraverso una porta e pochi gradini; quest'ultima doveva restare sempre chiusa, mentre il portone poteva restare aperto solo di giorno, dalle 8 alle 18, poi lo si sarebbe dovuto chiudere a chiave.

Numerose erano le regole condominiali, alcune logiche, altre molto meno condivisibili, ed in gran parte erano volte ad assicurare agli inquilini la massima quiete e sicurezza: non si potevano tenere cani di grossa taglia, nella stagione fredda non si poteva mantenere la temperatura degli appartamenti oltre una data soglia, si dovevano spegnere le luci quando si lasciava la cantina, e soprattutto dopo una certa ora non si poteva ascoltare musica o la TV a volume elevato; ma naturalmente il regolamento nulla poteva obbligare circa il baccano che gli avventori del bar potevano fare in istrada dopo essere usciti dal locale, e ciò, unitamente alle soste dei furgoni nel cortiletto, era fonte di continui attriti fra alcuni inquilini ed i gestori del bar.

#

All'epoca dei fatti – la fine del 2002 – i titolari del bar-tabaccheria erano i fratelli Bernardino (Dino) e Beatrice (Bea) Pavan, entrambi sulla cinquantina, che si erano trasferiti a Vercelli dal Veneto all'inizio degli anni '80, ove avevano gestito per una decina d'anni un bar-latteria alla periferia di Padova. Il primo era sovrappeso e mostrava un'incipiente calvizie, era forte come un toro e di buon carattere, sempre pronto alla battuta salace, era un gran lavoratore e pretendeva che i dipendenti lo fossero altrettanto. La seconda non riusciva a nascondere il fatto di essere stata una gran fica in gioventù, tanto che molti avventori sospettavano che i soldi per rilevare il bar e per ristrutturarlo la Bea se li fosse fatti battendo in lungo ed in largo i mini-portici del centro storico patavino ed i dintorni della basilica del Santo.

I due avevano affittato l'ampio locale, già sistemato come bar, dalle sorelle Sensini, le condomine del VI piano, l'avevano arredato ex novo ed avevano aggiunto la parte dei tabacchi e dei videopoker, spendendo una barcata di soldi, ma sapendo di fare un buon affare. Avevano cambiato il nome originario del bar, "Eden", nel più malizioso "Bar-narda", e lo tenevano aperto dalle 7 alle 21 avvicendandosi fra loro e facendosi aiutare da due ragazze, Tamara e Valentina, rispettivamente di 19 e di 26 anni, vercellesi ruspanti della provincia ed una più porcellina dell'altra, ma entrambe svelte ed affidabili sul lavoro.

Il locale era molto frequentato a tutte le ore: dalle 7 alle 9 numerosi clienti abituali vi facevano la colazione prima di recarsi al lavoro, dalle 9 alle 12 c'erano gli studenti delle vicine scuole superiori che avevano bigiato e non volevano vagare tutta la mattinata al freddo, dalle 12 alle 14 gli avventori erano i molti impiegati che si fermavano per mangiare un boccone durante la pausa pranzo, dalle 14 alle 18 c'era un periodo di relativa calma con poche coppiette intente a flirtare discretamente, con alcuni sfaccendati che sperperavano i soldi al videopoker, e con gruppi di matrone che si abbuffavano di pasticcini mentre si scambiavano pettegolezzi; dalle 18 alle 20 era l'ora dell'aperitivo con gli stuzzichini, l'equivalente calorico di un pasto completo, mentre dalle 20 all'orario di chiusura l'affluenza andava scemando, consentendo anche di pulire i locali per renderli già pronti per il giorno successivo.

Anche il lavoro della tabaccheria non scemava mai, fra sigarette, ricariche di telefonini, super-enalotto e gratta e vinci di tutti i tipi. Con tutte quelle attività i titolari guadagnavano soldi a palate, tanto che uno dei loro timori era di essere rapinati nel breve percorso che li separava dalla cassa continua di una banca, quando a fine giornata chiudevano il bar per rincasare, e per quel motivo Dino avevano deciso di dotarsi di una Beretta di piccolo calibro e di limitare l'apertura del bar alle 21, anche perché così poteva godersi uno scampolo di tranquillità a casa propria.

Il negozio di arte povera e di chincaglieria etnica era gestito da Carlotta, una bionda tutta riccioli di trent'anni, tette grosse e sode, vitino sottile, culo imperiale, coscia lunga e viso d'angelo con due meravigliosi occhi azzurri; ella era figlia della proprietaria del negozio, la signora Salasco del VI piano, ed ovviamente corrispondeva alla madre solo un affitto fittizio, giusto per poter far lievitare le spese d'esercizio del negozio.

Carlotta era la moglie di Rodolfo (Rudi), il condomino del V piano, e pur vivendo nell'appartamento di costui aveva mantenuto uno studiolo ricavato nell'appartamento materno ove praticava la cartomanzia, leggeva bocce di cristallo, prediceva il futuro, preparava filtri d'amore e pozioni magiche, il tutto rigorosamente in nero e su appuntamento.

Quando era occupata a fare la maghetta, in negozio restava Annibale, un ragazzo un po' ritardato di 25 anni, grosso come un armadio, assunto regolarmente per far lievitare le spese; costui, oltre che servire eventuali clienti, doveva svolgere il lavoro di magazziniere e quello di decoratore delle maschere esotiche più scialbe, dipingendole con colori più vivaci.

Per acquistare le merci che trattava, Carlotta si recava nei luoghi di produzione approfittando dei due mesi di vacanza che si concedeva annualmente con Rudi, visitando una mezza dozzina di fornitori nel Sudamerica, in Marocco ed in Messico, e concludendo il giro di acquisti con una settimana di completo relax nell'Isla de Margarita, in Venezuela. Almeno l'80% del costo della vacanza veniva portata in detrazione dal reddito, con tutte le pezze d'appoggio necessarie a controbattere le eventuali obiezioni della Finanza.

Una tappa obbligata Carlotta la effettuava a Città del Messico per incontrare suo padre, il prof. Salasco, che trafficava in antichità maya ed azteche, e che affidava i pezzi migliori alla figlia affinché li vendesse ad un antiquario di Milano, trattenendosi una parte del ricavato e accreditandogli il resto. I pezzi antichi di pregio e le carabattole etniche venivano spediti al negozio di Viale delle Rimembranze, ben imballati in casse, per il tramite di corrieri internazionali, e nonostante i colli fossero stati aperti alla dogana e fiutati da cani antidroga decine di volte, non in una sola occasione era stato trovato in esse qualcosa di sospetto o di illegale.

Il prof. Salasco, ex insegnante di storia dell'arte in un liceo cittadino, si era allontanato dalla famiglia otto anni prima, quando le condizioni della moglie Teodolinda, affetta dal morbo di Alzheimer, si erano tanto aggravate che lui, ancor pieno di voglia di vivere, non era riuscito a rassegnarsi a dover viverle accanto esclusivamente per accudirla. Per questo motivo, alla maggiore età della figlia le aveva lasciato ogni sua proprietà, fra cui l'appartamento ed il negozio nel condominio, a patto che fosse lei a prendersi cura della madre; lui nel frattempo, tramite il commercio di antichità, avrebbe continuato a fornirle il denaro necessario per la cura della moglie.

Carlotta aveva accettato, ma aveva voluto essere coinvolta appieno nel commercio delle antichità contrabbandate, al fine di ricavarne un profitto maggiore, ed assieme al padre aveva studiato nei particolari la trafila che avrebbe consentito di smerciare in Italia, e da qui nell'intera Europa, i pezzi precolombiani più pregiati; quindi aveva allestito il negozio di arte povera un po' per dotarsi di un'attività di copertura, un p0' per avere la scusa di viaggiare, ed un po' per mero divertimento.

#

Al primo piano del condominio da un lato abitava il prof. Pietro Filangeri insieme al figlio Fausto, e dall'altro la famiglia Paternò, composta dal rag. Paolo, dalla moglie Aurelia e dalle figlie Patrizia e Tiziana, gemelle omozigoti.

Pietro era un ex insegnante di latino di 58 anni, alto e dinoccolato, che si era fatto i soldi impartendo lezioni private a gruppi fino a quattro studenti per volta, riuscendo a guadagnare in pochi anni una barcata di soldi, quanto gli era bastata per acquistare l'appartamento nel condominio, una Mercedes Pagoda, ed un pacco di BOT alto due dita.

Anni prima, dopo la morte prematura dei genitori, Pietro aveva deciso di convivere con l'avvenente dominicana che aveva prestato servizio nella casa paterna; probabilmente pensava che sarebbe stato bello recitare con lei la parte del Pigmalione, e certamente riteneva che sarebbe stato oltremodo conveniente disporre gratuitamente di una cuoca-governante tuttofare che all'occorrenza avrebbe potuto anche sollazzarlo sessualmente, facendolo così risparmiare non poco sul budget mensile destinato alle puttane rumeno-nigeriane che aveva fino ad allora frequentato.

La dominicana, Dolores, lo aveva invece concepito col chiaro intento di farsi sposare, di ottenere la cittadinanza e di sistemarsi per il resto della vita, oppure, in subordine, di ottenere una ricca fuoruscita. Pietro però non intendeva sposarla, era restio a posare il coltello che teneva per il manico, a conferire alla partner gli strumenti giuridici che avrebbero potuto consentirle di spennarlo di metà dei suoi averi, così Dolores aveva deciso di farsi ingravidare.

Sapendo che il compagno, sospettoso com'era, prima di acconsentire a sposarla avrebbe preteso di poter analizzare il DNA del figlio, Dolores aveva manomesso un'intera scatola di preservativi – con non poca fatica perché aveva dovuto acquistare una piccola termosaldatrice per poter risigillare le confezioni – che Pietro usava sempre prima di ogni rapporto. Riuscì a restare incinta prima che si esaurisse la scatola, ma quando tre mesi dopo – per essere sicura che non l'avrebbe fatta abortire – comunicò a Pietro di essere incinta, questi non sembrò affatto entusiasta della notizia, tuttavia per il momento abbozzò e fece buon viso alla situazione.

Quando Dolores scodellò il pupo – senza alcun problema di parto dato che era già il terzo, avendo abbandonato la prole precedente alle cure dei genitori rimasti in Dominica – Pietro gli fece fare l'analisi del DNA e poi si rassegnò a riconoscere il neonato Fausto come figlio suo, non senza un certo patema d'animo perché aveva sospettato da subito che la compagna avesse manomesso i preservativi, senza tuttavia averne le prove. Proprio per questo non volle impalmare la creola arrampicatrice sociale, anzi prese a riservarle atteggiamenti distaccati, rinunciando persino ad avere rapporti con lei quando ne ebbe la possibilità.

Dolores se ne ebbe grandemente a male: sopperì all'esigenza di essere trombata con assiduità rivolgendosi ad altri, oltretutto più aitanti e meglio dotati del compagno, e quando Faustino fu svezzato lo abbandonò alle cure di Pietro e fuggì in un'altra città, forse Torino, non facendo avere più notizie di sé.

Pietro fu costretto ad assumere una governante-tata polacca, ma questa volta si assicurò che non fosse minimamente attraente, ma solo fidata ed efficiente, ed in effetti Liuba era più somigliante ad una pompa di benzina che alla dolcissima quarantenne qual era. Anche nei confronti del figlio, Pietro si mostrò sempre freddino, pur non facendogli mancare niente, tranne quell'amore di cui Fausto aveva disperatamente bisogno, nonostante le premure che Liuba pur gli riservava.

Man mano che cresceva Fausto divenne sempre più quel bel ragazzo che il connubio creolo-padano aveva determinato: fisico atletico, capelli neri ricci, carnagione abbronzata, virtuoso del ballo latino-americano, pareva sempre essere appena tornato dalle Maldive, ma il suo rapporto col padre, soprattutto dopo la pubertà, si era raffreddato tanto da sfociare in un'acredine neppur tanto repressa.

Il suo rendimento scolastico, mai esaltante durante le scuole dell'obbligo, gli aveva spesso causato aspre reprimende, ma fu durante la sua frequentazione del liceo classico, che il padre gli aveva imposto suo malgrado, che la voglia di studiare gli passò del tutto, preferendo di gran lunga dedicarsi ad attività più gratificanti, come quella di trastullarsi con le numerose compagne di scuola appena uscite dall'infanzia e nel pieno del loro sviluppo fisico, che se lo disputavano facendo a gara per regalargli teneri pompini, appaganti palpazioni, baci succosi, innocenti esplorazioni dei propri buchetti, avendo appena scoperto quanto questi fossero ambiti dai maschietti.

Se la musica afro-cubana poteva essere un retaggio materno, e se lo spupazzamento di ragazzine dispensatrici a piene mani di carinerie non potevano che essere un'apprezzabile pulsione naturale di un bel giovane – pensava Pietro – certo non si poteva passar sopra al fatto che tali attività occupassero tanto il figlio da farlo bocciare in prima liceo, farlo promuovere con due pesanti debiti l'anno successivo, e farlo sospendere da scuola per 15 giorni appena cominciato il nuovo anno scolastico, essendo stato sorpreso da un bidello mentre in uno sgabuzzino era intento a scopare in piedi una disinibita compagna.

Oltretutto il figlio aveva preso ad assillarlo con richieste di denaro che andavano ben oltre ad un saltuario extra della paghetta che gli corrispondeva, e Pietro aveva cominciato a pensare che Fausto potesse far uso di stupefacenti.

Già una volta, entrando nella camera del figlio, gli era parso di sentir odore di cannabis combusta, e aveva anche provato a frugargli fra le sue cose, ma la bustina di polvere che aveva trovato si era rivelata una polverina urticante per le narici, che lo aveva fatto sternutire disperatamente per un'ora difilata. Non aveva più insistito nelle ricerche, ma aveva stretto ancor più i cordoni della borsa, non concedendo al figlio alcun extra, e limitandogli anche le uscite da casa serali.

Quelle riguardati Fausto non erano le uniche preoccupazioni di Pietro, anche la sua condizione economica era andata via via peggiorando. Prima era arrivata la scuola media unificata a far diminuire considerevolmente il numero di studenti cui impartire lezioni private, poi, con la messa in disparte del latino in molte scuole superiori, il suo bacino di potenziali clienti si era ancora ridotto, infine, con l'eliminazione degli esami di riparazione a settembre, il numero di studenti cui impartire ripetizioni si era quasi annullato. È pur vero che nel frattempo l'importo orario delle lezioni che impartiva era lievitato grandemente, ma per contro già alcuni studenti non si erano più accontentati del solito pezzo di carta da formaggio con su scarabocchiato l'importo dovuto, come Pietro aveva fatto fino ad allora, ma avevano preteso una regolare fattura. Ciò era assolutamente inaccettabile.

Naturalmente la situazione venutasi a creare col padre era inaccettabile anche per Fausto, che si era ripromesso di restare in famiglia solo perché ancora privo di risorse e perché mancava poco al compimento della maggiore età. Aveva sopperito alla mancanza di denaro vendendo ad un libraio vecchi libri del padre, ad un rigattiere alcune sedie da teatro della fine del XIX secolo ritirate in cantina, ed in un negozio di numismatica e di filatelia una decina di monete antiche ed un paio di francobolli rari; di più non aveva voluto sottrarre al padre, perché altrimenti se ne sarebbe sicuramente accorto.

Col ricavato Fausto aveva acquistato da uno spacciatore della cannabis con cui aveva preparato delle canne, tagliate con tabacco, che aveva smerciato senza dar troppo nell'occhio presso ex compagni di scuola media, ma il ragazzo non era molto soddisfatto dell'affare per l'esiguità del guadagno, tale da consentirgli solo di pagarsi le canne che fumava personalmente.

Al bar sotto casa, ove trascorreva gli ultimi giorni di sospensione da scuola, un perdigiorno che la sapeva lunga gli aveva però insegnato che, se voleva guadagnare somme adeguate al rischio che correva, doveva rivolgersi ad un "grossista", il quale gli avrebbe anche anticipato la prima fornitura di una certa consistenza, che avrebbe pagato dopo averla spacciata. Ovvio che se poi non avesse pagato entro i tempi prefissati sarebbe finito male – lo aveva avvisato l'esperto – non per niente quel tipo di contratto di fornitura era chiamato "al gancio", ma il guadagno, alla fine, non sarebbe stato inferiore al 100%.

Fausto era rimasto folgorato. Si era informato se lo stesso grossista avrebbe potuto fornirgli anche della coca con la stessa modalità di pagamento, e rassicurato in merito prese la sua decisione: in attesa della maggiore età avrebbe spacciato nel modo suggeritogli, avrebbe fatto finta di frequentare la scuola per avere una valida scusa per uscire di casa, e non appena fatta la"grana" se ne sarebbe andato; per intanto avrebbe usato la cantina, che il padre e Liuba non frequentavano mai, per preparare le dosi da smerciare e come deposito degli stupefacenti, per farsi una canna in santa pace e, perché no, per trombare qualche fighetta sul vecchio divano sdrucito.

#

Il ragionier Paolo Paternò aveva 45 anni ed un aspetto florido; era alto, aveva la carnagione rosea, i capelli ondulati ed era un po' sovrappeso. Se non ricco poteva ben definirsi benestante, ed i soldi se li era fatti esercitando abusivamente la professione di commercialista e di fiscalista, ma a dispetto della mancanza di requisiti accademici, era considerato un genio nel far risparmiare ai suoi clienti una barcata di soldi dovuti al fisco, e per tale motivo poteva calcare la mano quando presentava le sue parcelle.

Aveva sposato l'Aurelia, l'archetipo delle massaie emiliane, non tanto per le forme giunoniche, la faccia da porca e l'insaziabile volontà di farsi sbattere in ogni momento della giornata, bensì per i tortellini che preparava con somma maestria.

Paolo l'aveva conosciuta tornando da Rimini, ove si era recato in vacanza per "cuccare", quando si era fermato a pranzo nella trattoria con alloggio "Il riposo del guerriero", alla periferia di Modena, e dove aveva piantato uno squarcio allo stomaco memorabile; poi, complice il Lambrusco, aveva chiesto al titolare di stendersi per un'oretta prima di riprendere il viaggio di ritorno. Un'ora dopo era entrata nella sua camera l'Aurelia in tenuta da adescamento per svegliarlo, ma Paolo non se n'era andato, bensì si era fermato fino alla settimana successiva riuscendo ad infilare parecchi amplessi selvaggi, un numero imprecisato di pompini, una rude sodomizzazione, ed una quantità spropositata di tortellini: in brodo, al ragù, al burro e salvia, ed alla panna con una spolverata di tartufo nero di Norcia.

A Vercelli erano tornati insieme, lui completamente preso dalla macchina sessual-gastronomica che era la compagna, lei invaghita di quel signore così affabile e gentile, ma anche ben dotato e soprattutto benestante e scapolo. L'improbabile connubio aveva funzionato e dopo un paio di mesi i due si erano sposati ed avevano comprato un appartamento nel condominio; dopo un altro anno l'unione era stata allietata dalla nascita di Patrizia e Tiziana, gemelle omozigoti.

Paolo aveva continuato ad operare per consentire ai clienti di eludere il fisco, Aurelia aveva abbandonato il piacevole hobby di collezionare uccelli, ma aveva mantenuto quello di tirare la pasta fatta in casa e di preparare dei tortellini divini.

Le due gemelle, man mano che crescevano, si rivelarono essere sempre più uguali, anche nella voce, nel carattere e nel modo di fare, tanto che erano diventate indistinguibili anche per i genitori, che alla fine, stufi di sbagliare quando le chiamavano per nome, avevano provato con dei nei posticci, con abiti di diverso colore, con articoli di bigiotteria differenti. Ma le gemelle adoravano quella situazione e ci mettevano del loro per farsi beffa di ogni tentativo di identificazione: troppe erano le situazioni in cui faceva comodo avere una perfetta sosia cui attribuire malefatte, o per attribuirsi i meriti dell'altra.

A scuola si erano divise alcune materie per poter dimezzare la fatica di doverle studiare, e quando qualcuna di loro veniva interrogata, a rispondere usciva solo quella più preparata. Era facilissimo procurarsi degli alibi pressoché perfetti, e quand'anche una delle due fosse stata fotografata mentre combinava una malefatta, sarebbe stato arduo determinare a chi attribuirla.

Anche nei confronti dei ragazzi l'assoluta somiglianza determinava situazioni spassosissime ed intriganti, soprattutto da quando le gemelle avevano deciso di condividere tutto, maschietti compresi, ma per far ciò era necessario dirsi tutto di quanto facevano con gli amori del momento – momento che non si prolungava mai per più di alcune settimane – tanto che per essere sicure di avere comportamenti identici quando si scambiavano i ragazzi, e di avere orgasmi simili, avevano preso a sgrillettarsi vicendevolmente davanti ad un registratore, per risentirsi e per cogliere ogni minima differenza, fino ad annullarle completamente.

Al momento dei fatti avevano 17 anni ed erano già delle gran fighe: alte, slanciate, dalle movenze flessuose, le tette sode ed appuntite, il culo poderoso, la pelle che profumava di pesca; dalla madre avevano preso ogni segreto di arte amatoria, dal padre l'intelligenza, la razionalità ed una totale mancanza di scrupoli morali ed etici.

#

Al secondo piano del condominio abitava l'ing. Dante Domenichelli, di 65 anni, che si era messo in pensione alcuni anni prima quando si era accorto di avere problemi di cuore, che aveva acquistato l'appartamento e ci viveva come se fosse agli arresti domiciliari, dedicandosi esclusivamente al suo plastico ferroviario che occupava una buona metà di una stanza. In esso aveva investito milioni di Lire ed ogni minuto libero, ma il risultato era spettacolare: c'erano montagne con tunnel che le attraversavano su livelli diversi, c'era lo scalo ed un deposito ferroviario, la rete stradale, gruppi di casette, alcuni passaggi a livello, due ponti ferroviari e fasci di binari che consentivano di movimentare tre convogli contemporaneamente; tutto era elettrizzato ed automatizzato, e numerosi erano i modellini di locomotori a vapore, perché apprezzava molto il movimento dei loro biellismi. In una teca vi erano dieci locomotori della Fleischmann, due della Rivarossi e una trentina di vagoni per lo più merci.

Nonostante il tempo che l'ingegnere dedicava al plastico, era tuttavia raro vedere questo in funzione, vuoi perché oggetto di manutenzioni straordinarie, vuoi per ampliamenti o per modifiche; molto più spesso, chi fosse entrato nella stanza del plastico, avrebbe trovato l'ingegnere a carponi per terra per raggiungere le parti di esso addossate alle pareti, oppure emergere da "botole" ben mimetizzate ed allungarsi sui fasci di binari per sistemare ciò che andava sistemato.

La moglie Domitilla, di 55 anni, era quanto di più lontano ci fosse dalla bellezza femminile: alta, magra, arcigna, incartapecorita, con una evidente peluria sul viso e sui polpacci, piatta come un asse sia sul lato A sia su quello B. Era tutta casa e chiesa, ma se avesse potuto scegliere, avrebbe senz'altro optato per quest'ultima. Era infatti presente in tutte le attività parrocchiali, tranne il catechismo ai fanciulli che dovevano fare la Prima Comunione, perché li avrebbe spaventati, e la preparazione al matrimonio dei fidanzati, per non scoraggiare i futuri mariti, che avrebbero visto in lei un esempio di come sarebbe potuta evolvere la donna che volevano impalmare.

I rapporti col marito, che le sarebbe piaciuto coinvolgere nelle attività parrocchiali, erano ben al di sotto del minimo sindacale, anche perché Dante aveva capito che, per tenerla alla larga dal suo plastico, ovvero da sé stesso, bastava tirare un bestemmione e lei sarebbe fuggita facendosi il segno della Croce. Non che i rapporti col figlio Enzo riuscissero a gratificarla maggiormente dell'avere una famiglia, da quando un lustro prima era capitato un increscioso episodio al Grest allestito dalla parrocchia ed in cui Enzo era stato coinvolto.

Domitilla si era stupita per l'entusiasmo con cui il figlio aveva accondisceso a fare l'animatore di quei giochi, e di dedicare così un mese delle vacanze estive per accudire, insieme ad altre giovani animatrici, una cinquantina fra bambini e ragazzi del quartiere. Enzo doveva allestire corse nei sacchi, arbitrare partite di pallone, cercare di fare in modo che nessuno si facesse male, ed in effetti all'inizio tutto andò bene.

Poi però era successo che mentre giocava a moscacieca con le ragazze più grandicelle, quelle che, pur non avendo dismesso le calze corte, avevano un seno in piena fase di prorompente sviluppo, con la scusa di essere bendato e di dover riconoscere al tatto gli altri ragazzi, aveva preso a brancicare energicamente le tette delle ragazze più sviluppate. Alcune di esse ci avevano riso sopra, ma una si era lamentata del fatto coi genitori, che si erano precipitati dal parroco, responsabile dei giochi, facendo fuoco e fulmini.

La grana fu facilmente fatta rientrare dal parroco, che tuttavia pretese l'allontanamento di Enzo dal Grest e da ogni tetta parrocchiale. Domitilla era rimasta sconvolta per lo scandalo che aveva contribuito a determinare, avendo lei stessa indicato il figlio quale animatore; ciò infatti era stata una garanzia di correttezza sufficiente sia per il parroco e sia per i genitori dei bambini, per cui alla fine si era sentita colpevole delle malefatte di Enzo.

Per sei mesi non si era più fatta vedere in parrocchia, sospendendo le attività caritatevoli e sociali che vi svolgeva, poi si era autoinflitta una "punizione" facendo da accompagnatrice ai malati ed agli handicappati diretti a Lourdes, infine, sollecitata da molti, parroco in testa, aveva ripreso il suo posto nelle attività svolte in precedenza, perché il suo apporto era stato giudicato prezioso ed insostituibile da parte dell'intera comunità parrocchiale.

Enzo era un bamboccione di 26 anni dall'aspetto florido ma dal carattere introverso; chi lo avvicinava aveva l'impressione che fosse una persona sgradevole, se non addirittura viscida. Era piuttosto tardo di comprendonio, tanto da aver impiegato tre anni più del necessario per completare le scuole superiori e per diplomarsi geometra da privatista, presso il Cepu, facendo così spendere al padre una barcata di soldi.

Poi si era iscritto all'università Cattolica di Milano per frequentare la facoltà di lettere, ma in due anni non aveva dato neppure un esame, ed aveva seguito i corsi saltuariamente solo per avere la possibilità di rimorchiare qualcuna delle numerose matricole. Un giorno, sorpreso da un bidello nello sgabuzzino delle scope mentre si stava facendo fare un pompino da una ciospa inguardabile, era stato espulso dall'università – insieme alla compiacente compagna – e da allora era rimasto a casa per cercar lavoro con scarsa convinzione, trascorrendo lunghe ore al computer per visionare siti porno su internet, ed a consumarsi in estenuanti seghe.

Ci aveva provato anche con le ragazze che lavoravano nel bar sottocasa, che sulle prime non lo avevano respinto: Valentina si era fatta sbattere un paio di volte in scomodissime camporelle lungo la Sesia, che raggiungevano con la Smart della ragazza, perché lei qualche mira sul patrimonio dei Domenichelli l'aveva anche avuta, ma poi la lascivia del ragazzo le aveva dato troppo fastidio, per cui l'aveva scaricato a Tamara, più di bocca buona.

Quest'ultima però, dopo essere stata legata e rudemente sodomizzata nella cantina-deposito del bar, aveva intuito che nel ragazzo c'era qualcosa di malsano e ne aveva avuto paura; troppo giovane ancora per aver pensieri di "sistemazioni" future, l'aveva lasciato per farsi sbattere da altri giovani parimenti arrapati, ma che le richiedevano prestazioni più canoniche e meno fantasiose.

Le gemelle Paternò, pur piacendogli assai, non lo cagavano punto, nonostante le sue assidue avance di ménage a trois, così come non lo cagava Concetta Prandi, da quella volta che era stato con lei al cinema ed aveva provato a toccacciarla ovunque. Le donne più anziane di lui lo intimorivano, e le ragazze che frequentavano il bar, che lo arrapavano oltremodo coi loro modi da troietta, non si accorgevano di lui neppure quando tentava goffi approcci, tanto erano occupate a scambiarsi messaggini col cellulare, sentire musica da lettori MP3, od a starnazzare tra loro per poi scoppiare in risate, strepiti ed urletti.

Nel condominio – pensava Enzo – un altro possibile trastullo poteva essere Simona, la sua dirimpettaia, che pur avendo 14 anni era nel pieno dello sviluppo adolescenziale, con culo e tette già sviluppati; peccato che aveva un osceno apparecchio odontoiatrico, ed al solo pensiero di avvicinare il suo uccello a quel marchingegno, ad Enzo gli si afflosciava.

Tuttavia riteneva di non dover scartare tout court Simona, primo perché presto o tardi si sarebbe tolto l'apparecchietto, poi perché ogni volta che la incontrava sulle scale o in ascensore lei gli faceva dei sorrisi smaglianti – purtroppo rivelatori dell'apparecchietto – ed infine perché la ragazza mica poteva avere delle trappole metalliche anche sugli altri suoi buchetti, e si era ripromesso di accertarsene alla prima occasione.

Nel frattempo, quando riusciva a scroccare qualche extra alla paghetta che il padre ancora gli corrispondeva, pur di toglierselo di torno, Enzo si trastullava con le negre del piano di sopra, trovando piena soddisfazione nel maltrattarle un po', rammaricandosi solo che i servizi che fornivano, e soprattutto gli optional, fossero così cari.

#

Sullo stesso II piano del condominio abitava la famiglia Ubezio, che aveva affittato l'appartamento dalle sorelle Sensini del VI piano. Era composta dal geom. Giovanni, 47 anni, agente plurimandatario di commercio, dalla moglie Emilia, 45 anni casalinga, e dai figli Simona, di 14 anni, di cui si è già accennato, Giuseppina di 12 e Giorgio di 10; le prime due frequentavano le scuole medie, mentre il ragazzino frequentava le scuole elementari.

Il geom. Giovanni si era fatto un po' di soldi vendendo camionate di concimi organici ai risicoltori della zona, i cui terreni erano molto carenti di sostanze organiche. Se non che mentre alcuni prodotti, come il sangue di bue, la cornunghia e la farina di carne, erano molto apprezzati ma acquistati in quantità modeste, quelli più economici che vendeva, costituiti da residui della torrefazione, stallatico, pollina, erano sì acquistati in gran quantità ma presentavano non pochi problemi: i pellet di concime potevano intasare le girelle degli spargiconcimi, stormi di uccelli assediavano gli agricoltori durante la distribuzione, ma soprattutto la puzza che si respirava nei luoghi di stoccaggio era sconvolgente. Poi

16

Giovanni aveva scoperto che una ditta veneta che gli forniva i concimi più economici miscelava la farina di carne con scarti organici di natura poco chiara e con rifiuti sminuzzati, abbattendo così il costo dei concimi, ma contribuendo ad inquinare migliaia di ettari di terreno.

Prima che scoppiasse qualche grana e che lo si ritenesse responsabile di colpe non sue, Giovanni aveva cambiato settore, scegliendo di rappresentare una ditta produttrice di vasi in cotto, e per qualche tempo aveva venduto centinaia di bancali di vasi a decine di rivendite di articoli per il giardinaggio, a florovivaisti e via dicendo. Poi però, quando si sono affacciati sul mercato nuovi tipi di vasi di plastica, le sue provvigioni hanno cominciato a calare, tanto da indurlo, pur non abbandonando il settore per mantenere i clienti già acquisiti, a rappresentare ditte che producevano o commercializzavano le merci più disparate: canne di bambù, tutori muschiati, balle di torba, terricci professionali, cotto artistico toscano, attrezzi da giardino, concimi liquidi e fogliari, fitofarmaci, mastice per innesti, vasetti di torba, pezze e reti per zollare e cento altri prodotti.

Per quanto si desse da fare però, le provvigioni continuavano a diminuire, il costo per viaggiare aumentava, e cresceva la necessità di denaro per la famiglia: per le dotazioni scolastiche dei figli, per le cure dentistiche della moglie, per il corso di danza di Giuseppina, per la colonia montana di Giorgio, e adesso anche per l'apparecchio dei denti di Simona. Giovanni, pur non essendo ancora alla canna del gas, era conscio di dover avere nuove entrate, e si lambiccava per trovare un settore che gliele potesse assicurare.

Emilia, pur essendo oberata da mille incombenze domestiche e dai problemi che i figli le procuravano soprattutto a scuola, per le assurde fisime degli insegnanti, si era messa a produrre provocantissimi bikini all'uncinetto che consegnava a Carlotta perché li vendesse nel suo negozio come artigianato thailandese; poi aveva acquistato a rate una macchina per fare la maglia e si era messa a produrre maglioni di lana con raffigurazioni di renne, che Carlotta avrebbe provveduto a spacciare come artigianato lappone. Ma fintanto che i suoi prodotti non venivano venduti, di soldi extra non ne entravano, ed era già tanto averne abbastanza per acquistare i gomitoli di lana.

Giorgio e Giuseppina erano due bravi ragazzini che non davano problemi, anche se la seconda aveva insistito non poco per frequentare un corso di danza, con la caterva di spese che il fatto aveva comportato fra iscrizione, assicurazione, vestitini, scarpette, ecc. Inoltre, per non far restar male Giorgio, lo si era iscritto agli Scout ed al loro campeggio estivo montano, così lo si era dovuto dotare di divise, zaino, borraccia, gavetta e quanto altro necessario. Emilia aveva rinunciato volentieri al cappotto di cui aveva bisogno per poter soddisfare le esigenze dei figli, perché riteneva che la scuola di danza e lo scoutismo fossero utili alla crescita sana dei propri figli, ma intanto non riusciva a pensare al futuro senza essere molto preoccupata.

Simona era in piena fregola adolescenziale. Pur aiutando la madre nelle faccende domestiche e nella sorveglianza dei fratellini, ogni occasione era buona per uscire di casa e recarsi al bar sottocasa nella speranza di incontrare Enzo. Si era infatuata di lui perché era l'unico che la guardava con attenzione dall'alto in basso, soffermandosi sui seni che le crescevano di mese in mese insieme alle chiappe. Passava molto tempo davanti alla specchiera della camera dei genitori assumendo posture provocanti e chiedendosi se fosse abbastanza "figa" da far colpo su Enzo, così più adulto di lei, già uomo fatto. Si chiedeva come fare per fargli capire che era innamorata di lui, che era pronta a corrispondere a qualsiasi sua iniziativa, semmai ne avesse intrapresa una, preoccupata solo di non essere abbastanza esperta per soddisfare i suoi desideri.

Si era ripromessa di tentare un approccio con Enzo non appena le avessero tolto l'apparecchio odontoiatrico, magari in ascensore, magari fingendo un malessere per sostenersi a lui, magari fingendo di inciampare per finirgli tra le braccia e potersi strusciare contro la sua patta, come aveva sognato di fare negli ultimi mesi.

#

Al III piano del condominio abitavano l'ing. Tito Tiraboschi, di 45 anni, vedovo, il figlio Walter di 19 anni, e la compagna Olga Stuparich, di 30 anni, dalmata.

Il Tiraboschi in realtà non era ingegnere, bensì diplomato in elettronica, ma siccome in Italia c'è il vezzo di anteporre al cognome il titolo di studio, e che a nessun perito industriale sarebbe venuto in mente di farsi appellare in tal modo, aveva usurpato il titolo più prestigioso non per dolo, ma per puro senso estetico; nessuno aveva avuto da ridire, anche perché nella professione era un vero genio.

Egli aveva un negozio-laboratorio a due passi dal condominio ove vendeva articoli elettronici, progettava e realizzava sistemi d'allarme ed istallava antifurti; ma il soldi per acquistare l'appartamento nel prestigioso condominio di Viale delle Rimembranze gli erano venuti dall'aver realizzato per una banda di malavitosi un dispositivo che leggeva, decodificava e consentiva di clonare le carte di credito che venivano fatte passare attraverso gli apparecchi POS.

Più recentemente aveva dismesso le attività più compromettenti, come quella di piazzare microspie negli uffici in cui doveva effettuare la manutenzione dei computer e delle relative reti aziendali, fra cui la Questura, per una più tranquilla attività di "disinfestazione" di eventuali cimici presenti nei locali, naturalmente evitando accuratamente di "scoprire" quelle che aveva piazzato in precedenza.

Aveva diradato, ma non interrotto del tutto, i contatti coi malavitosi che lo avevano fatto arricchire con le carte di credito, fornendogli micro-videocamere per carpire codici PIN di bancomat, e succulente informazioni contenute in alcuni computer della Polizia, trasmesse wire-less direttamente nel suo negozio-laboratorio, ubicato a due passi dalla Questura. Qui ascoltava tutte le registrazioni, scartava quelle irrilevanti, aggiungeva alcuni codici di riferimento e la data delle intercettazioni più interessanti, criptava il tutto su un altro dischetto e lo portava provvisoriamente a casa, o più definitivamente in un rustico che teneva a Riva Valdobbia, in Valsesia.

Da qualche anno il Tiraboschi si faceva aiutare dal figlio sia nei suoi traffici leciti, facendogli istallare sistemi d'allarme e di telecontrollo, sia in quelli meno commendevoli, quali la selezione delle registrazioni più interessanti, il posizionamento di automezzi che facessero da "ponte radio" fra una particolare cimice istallata ed il negozio-laboratorio, la ricarica delle loro batterie, l'eliminare di ogni traccia che potesse far sospettare che la macchina fosse stata abbandonata, quali l'eccessivo impolveramento, le deiezioni di piccione, le multe per mancata esposizione del tagliando dell'assicurazione obbligatoria. Le auto erano tutte dei catorci meritevoli di demolizione, acquistate per quattro soldi tramite dei prestanome, e che dopo alcuni anni venivano rivendute a extracomunitari.

Walter era un ragazzo molto più maturo dei suoi 19 anni, era entusiasta degli insegnamenti paterni e fiero di aiutarlo nelle sue attività, poco importandogli che queste fossero in parte illegali, per contribuire al massimo delle sue possibilità al benessere famigliare. Poco incline a passare il tempo sui libri, aveva abbandonato gli studi, ma lavorando col padre si era fatto un bagaglio di competenze di prim'ordine, che lo avevano dotato di una professionalità più unica che rara.

Pur non disprezzando qualche sporadica canna, non ne era un consumatore abituale, così come era avulso da altre manie dei giovani della sua età, quali ogni tipo di musica moderna, la sbronza del sabato sera, le discoteche assordanti, ma era più che interessato alle ragazze, ed in primis a quelle del suo condominio.

La Tamara, appena aveva cominciato a lavorare nel bar, lo aveva "sverginato"; poi Walter aveva avuto una storia con Concetta, la diciottenne del IV piano, ed attualmente si spupazzava una delle gemelle del I piano, la Patrizia o la Tiziana, non era mai sicuro chi fosse delle due quella che stava trombando, ma la cosa non lo preoccupava più di tanto.

Olga Stuparich si era messa col Tiraboschi appena arrivata in Italia da Zara alla fine degli anni '80. Era una morettina non molto appariscente, buona come il pane, lavoratrice instancabile, che ben presto, avendo tra l'altro un diploma di elettricista, si era messa ad aiutare Tito nella costruzione di apparecchiature elettriche e di quadri di controllo. Poco le importava che le attività del marito fossero in parte illegali e pericolose, era determinata a guadagnare il più possibile, anche perché inviava ai genitori ed alle sorelle rimaste in Croazia non meno di 500 Euro al mese, col pieno consenso del compagno.

#

La signora Manuela Tarantola, brindisina di 45 anni, era una vistosa baldracca bionda che da pochi anni aveva smesso la nobile professione, esercitata prima sui marciapiedi di Milano, quindi in mini-appartamenti di Lodi, di Pavia e di Abbiategrasso, ed aveva infine potuto permettersi di acquistare il vasto appartamento al III piano del condominio di Viale delle Rimembranze a Vercelli.

Non aveva mai avuto un "protettore" che la sfruttasse, e forse per questo aveva potuto accantonare in relativamente poco tempo il denaro che le serviva per l'acquisto, anche se ciò l'aveva messa non di rado in situazioni pericolose, ma dalle quali era sempre riuscita ad uscire con pochi danni, più nello spirito che nel corpo.

Era stato l'incontro col suo uomo, il conterraneo Gaspare Tagliacozzo di 50 anni, ex pugile dilettante e camionista, almeno finché gli era stata ritirata la patente per aver causato un incidente, che aveva indotto Manuela a cambiar mestiere, per intraprendere quello più redditizio e meno usurante di maîtresse.

Infatti nel suo appartamento esercitavano Olga ed Irina, due bielorusse poco più che ventenni, attratte in Italia da false promesse di lavoro ad opera del racket delle bianche, e costrette a suon di cazzotti a prostituirsi battendo i marciapiedi di varie località della Brianza. Da tale stato di schiavitù, oltretutto privo di ogni prospettiva e che consentiva di accantonare per sé ben poco del denaro guadagnato, le aveva salvate Manuela in uno dei suoi giri caritatevoli volti a sottrarre le ingenue ragazze da un brutale sfruttamento, ed a procurarsi al contempo ragazze già navigate per far marchette in condizioni ambientali ed economiche più gratificanti.

Insieme a Gaspare infatti, mentre di notte percorreva un viale alla periferia di Monza, aveva caricato Olga ed Irina sulla propria Volvo familiare, si era accertata della loro condizione e che volessero sottrarsi ai loro sfruttatori, quindi i quattro erano spariti in un dedalo di stradine e si erano diretti rapidamente prima a Milano e poi a Vercelli.

Nei giorni successivi le ragazze avevano denunciato ai Carabinieri chi le aveva schiavizzate, si erano dichiarate disponibili a testimoniare contro il racket a condizione di avere una qualche forma di protezione, avevano fatto richiesta di nuovi documenti e fissato il loro domicilio provvisorio presso l'appartamento della Tarantola. Costei le aveva assistite durante tutto l'iter burocratico guadagnandosi, oltre che la gratitudine delle ragazze, anche l'ammirazione ed il sostegno dei Carabinieri, che però non poterono non raccomandarle di andarci piano con l'attuare altri salvataggi del genere, perché potevano essere molto pericolosi.

Olga ed Irina, una castana e l'altra bionda, entrambe con le tette all'insù, il culo a mandolino e le gambe lunghissime, erano strepitose tanto erano belle, ed avendo già rotto il ghiaccio si erano fatte facilmente convincere a proseguire nell'attività, ma su basi ben diverse: conti correnti individuali su cui versare i guadagni, una stanza dell'appartamento in cui esercitare, comodi turni di lavoro inframmezzati da adeguate pause per sciacquarsela e per ritemprarsi, elevata sicurezza sul luogo di lavoro, diritto alle festività ed a 15 giorni di ferie all'anno, fondo pensione assicurativo, spese per vitto, alloggio e di gestione contenute, modesta provvigione per l'intermediazione di Manuela.

Milù ed Ofelia erano invece due somale di vent'anni, belle da mozzare il fiato, molto somiglianti a Naomi Campbell a vent'anni, e con l'aspettativa dunque di restare strafiche anche quando ne avessero avuti quaranta, come evidenziato dalla bellissima Venere nera.

Manuela le aveva conosciute sul "treno delle troie", ovvero l'ultimo treno da Milano per Torino, che movimentava un gran numero di professioniste della marchetta di ogni età, mentre venivano catechizzate da una anziana baldracca di colore su come pronunciare correttamente la parola "Cinquantamila". Le ragazze infatti erano appena arrivate e non spiaccicavano una parola d'Italiano, e Manuela si affrettò ad affittarle per un giorno intero, concordando con la baldracca il luogo ove restituirle, quindi scese con le ragazze alla stazione di Novara, al fine di far perdere le sue trace, e si fece venire a prendere in auto da Gaspare per tornare a Vercelli.

Manuela cercò di spiegare alle due ragazze cosa intendeva fare: avrebbero continuato a fare marchette ma in un ambiente più salubre, comodo e sicuro, quale poteva essere la stanza dell'appartamento che le avrebbe riservato. Con non poca difficoltà ed alternando espressioni pugliesi a parole inglesi, Manuela aveva illustrato le condizioni che aveva offerto ad Irina e ad Olga, almeno quelle che potevano essere attuate nel loro caso, ed aveva promesso di far fronte alle altre condizioni – assicurazione, conto corrente – in modo concordato, finché non fosse stato possibile trattarle come le altre ragazze. A Manuela sembrò che le ragazze avessero capito, perché dopo essersi scambiati un'occhiata avevano assentito con la testa.

Il fatto che fossero prive di documenti avrebbe necessariamente limitato la loro mobilità, praticamente relegandole in casa, ma Manuela promise che alla prima occasione avrebbe sopperito alla bisogna, magari fornendole documenti falsi. Disse loro anche che alla domenica e nei 15 giorni di ferie, se lo desideravano, le ragazze potevano accompagnarli in gite fuori porta ed in vacanze al mare o in montagna, in modo da non diventare troppo pallide. Quest'ultima battuta però Manuela non riuscì a spiegargliela, ed a ridere fu solo Gaspare.

La "scuderia" di Manuela si mise al lavoro di gran lena, ma con molta discrezione; la maggior parte degli incontri avveniva previo appuntamento, ma per rapide sveltine improvvisate con clienti adescati al bar, era in uso anche una roulotte parcheggiata presso casa. La roulotte serviva anche a limitare il viavai dei clienti nelle ore diurne, mentre nulla ostava che la processione di facoltosi uomini arrapati continuasse fino a tarda notte. Manuela aveva approntato tariffe differenziate, a tempo ed a "buco", aveva previsto una serie di optional quali il bondage, il blindage ed il sadomaso soft, ed in breve tempo il bordello cominciò a fruttare non meno di 4000 Euro al giorno, metà dei quali restavano in mano alle ragazze.

Manuela si occupava di fissare gli appuntamenti, di intrattenere i clienti in fremente attesa con bevande energizzanti, di fornirli di preservativi, di fissare il prezzo della prestazione richiesta, di incassare preventivamente l'importo relativo, di incassare eventuali conguagli per le prestazioni non precedentemente concordate, di offrire al cliente un tiramisù prima che se ne andasse; poi naturalmente preparava da mangiare per sei, curando particolarmente la dieta delle ragazze.

Gaspare rigovernava in cucina, riassettava la casa, faceva la spesa del giorno, e naturalmente svolgeva le funzioni di guardiano del serraglio.

#

Al IV piano del condominio abitava una coppia di omosessuali che faceva vita discreta e ritirata. Il sig. Carlo Vercelloni, di 35 anni, era titolare un avviato laboratorio artigianale di tappezzerie in centro città, e lo coadiuvava il partner, sig. Attilio De Pisis, di 33 anni.

Entrambi benestanti, erano coproprietari al 50% dell'appartamento che avevano acquistato qualche anno prima dagli eredi del proprietario precedente, un colonnello dell'Esercito, insieme al mobilio. Esso infatti era troppo massiccio e kitch per meritare di essere venduto a parte, perché ciò avrebbe comportato un costoso trasloco a carico degli eredi; alla coppia gay invece i mobili non erano spiaciuti, così avevano acquistato ex novo solo la cucina, mentre quella del generale era finita in cantina insieme alle altre carabattole che gli eredi si erano guardati bene dallo sgombrare. La cantina era risultata così zeppa di mobili e di ricordi da risultare praticamente impossibile accedervi, tanto che la coppia, dopo la prima volta, non vi era più entrata.

Carlo e Attilio possedevano anche un camper, un pulmino Volkswagen attrezzato, con cui facevano giri a lungo ed a corto raggio aventi per meta la montagna, soprattutto nella stagione estiva, ma non disdegnando di effettuare anche qualche puntata sulla Riviera ligure durante i week-end.

Dirimpetto abitava la professoressa Secondina Toscani vedova Prandi, di 53 anni, baby pensionata che aveva avuto la malasorte di veder morire il marito subito dopo aver chiesto di essere messa a riposo, ma che, fra la modesta pensione di reversibilità lasciatagli dal consorte ed impartendo lezioni di matematica, di chimica e di fisica, era ugualmente riuscita a mantenere l'appartamento al IV piano. Ella era bassa, magra e perennemente scarmigliata, era tutt'altro che una bella donna, ma era una vera e propria macchinetta, nel muoversi, nel parlare ed anche nel pensare.

Aveva tre figli, Carlo, di 25 anni, che aveva trovato un modesto impiego presso una ditta di Cesena e che tornava a trovare i familiari solo per le feste, Corinna, di 22 anni, che frequentava la facoltà di Fisica alla Statale di Milano, e Concetta, di 18 anni, che frequentava con buoni risultati il liceo scientifico cittadino.

Corinna aveva purtroppo preso dal padre perché era tozza e paffutella, priva quasi di fianchi, con seni cadenti ed il culo gelatinoso; l'insieme era tanto poco femminile che Berlusconi, guardandola, l'avrebbe sicuramente definita "una culona intrombabile", come aveva definito la Cancelliera tedesca.

Concetta invece, pur non essendo una strafica, faceva la sua brava bella figura: alta, slanciata, tettine a punta dure come il marmo, culo all'infuori e vitino da vespa, aveva un carattere aperto e risultava subito simpatica a chiunque la conoscesse. Era anche uno spirito irrequieto capace di combinarne di cotte e di crude; non aveva avuto particolari filarini coi ragazzi, solo rapide sveltine, per lo più durante le festicciole in casa di amiche. Gli piaceva Walter Tiraboschi, del piano di sotto, e gliela aveva anche data una volta, ma lui, il porco, a lei aveva preferito una gemella del primo piano, se non tutte e due, ed il fatto le era apparso oltremodo frustrante.

Concetta aveva anche accettato il garbato corteggiamento di Enzo Domenichelli, del II piano, ma quando costui si era permesso di brancicarle ruvidamente le tette al cinema, e gli aveva messo in mano l'uccello sollecitandola a succhiarglielo, si era grandemente indignata, non tanto per la richiesta, ma per il contesto ambientale in cui era avvenuta; così aveva rifiutato ogni suo altro invito, oltretutto accorgendosi di alcuni suoi atteggiamenti lascivi, come aveva potuto osservare in alcune occasioni al bar sotto casa.

Concetta era un po' incazzata con la sorella perché costei aveva tanto brigato da aver strappato alla madre la promessa di comprarle un'auto – una Y10 – come regalo di laurea; mentre quando lei aveva chiesto una semplice Vespa 125 come regalo per la maturità, la madre le aveva risposto picche, adducendo motivazioni economiche, e di accontentarsi al più di un "cinquantino".

Quando aveva pregato la sorella di moderare le sue pretese in modo da lasciar spazio alla sua Vespa, Corinna le aveva fatto la linguaccia, lei aveva risposto dicendole che una Y10 non avrebbe trasformato un sacco di patate in una fica, Corinna era scoppiata a piangere ed aveva ribattuto che era meglio essere un sacco di patate che la troietta del condominio... poi la lite era degenerata, e solo l'energico intervento della madre vi aveva posto fine. Da quel momento i rapporti fra le sorelle si erano fatti gelidi, in casa e fuori, e Concetta ebbe il suo bel da fare a spiegare alla madre l'inconsistenza dell'accusa mossale dalla sorella di essere la troietta condominiale.

Un altro motivo di risentimento di Concetta, questa volta esclusivamente nei confronti di sua madre, era che invece del liceo scientifico avrebbe voluto fare un istituto tecnico, come suo fratello che aveva trovato rapidamente un lavoro, per diventare perito chimico od elettronico. Non aveva infatti nessuna intenzione di passare sui libri un'altra mezza dozzina d'anni, voleva invece diventare indipendente quanto prima ed uscire di casa.

#

Un appartamento del V piano era vuoto. Era stato di proprietà di un piccolo imprenditore fallito che non era stato più in grado di pagare il mutuo che aveva acceso per comprarlo, ed era così diventato di proprietà della Cassa di Risparmio di Vercelli; essa l'aveva affidato ad una agenzia affinché lo vendesse, ed era stato visitato da alcune coppie, che tuttavia si erano spaventate per le spese condominiali molto elevate,

25

o erano state deluse dalla presenza di un solo bagno, o erano salite in ascensore con qualcuna delle procaci donnine del condominio – magari con Milù ed Ofelia, le più appariscenti – ed il fatto aveva insospettito la moglie del possibile acquirente.

Fatto sta che l'appartamento era vuoto da due anni, le chiavi erano presso l'agenzia, ma un duplicato delle stesse, compresa quella della cantina vuota, per ogni emergenza erano presso la portineria.

Sullo stesso piano abitava il sig. Rodolfo Vinciguerra, Rudi per gli amici, di 40 anni, alto, robusto, capelli ondulati color castano chiaro, occhiali di tartaruga e vestito sempre come se dovesse essere insignito dell'onorificenza di Cavaliere del lavoro; ma era molto improbabile che potesse ricevere un'onorificenza del genere, perché il Vinciguerra faceva il truffatore di professione.

È pur vero che emeriti farabutti erano stati insigniti con quell'onorificenza, ed anche con quelle di lignaggio superiore, ma erano persone che avevano pagato milioni di Lire per dotarsi della ambita pergamena, della spilla e della fascia, il Vinciguerra invece ci aveva investito solo poche centinaia di Euro, acquistando l'intero set in un negozietto romano, ove, nonostante le sollecitazioni del titolare, si era accontentato della spilla di Cavaliere del Lavoro e della pergamena che teneva in un quadretto appeso dietro alla scrivania.

Rodolfo aveva cominciato vendendo oggettistica pubblicitaria, e nei cinque anni che aveva dedicato al settore, pur non avendo guadagnato un gran che, aveva acquisito una grande capacità nel convincere i clienti a comportarsi come lui voleva si comportassero, valutando la capacità persuasiva di singole frasi, inventandosi "incipit" differenti, scoprendo quali erano le risposte più efficaci alle obbiezioni dell'interlocutore.

Poi si era messo a progettare giardini, ovviamente delegando a giardinieri l'onere di realizzarli manualmente, sviluppando una particolare capacità di individuare i desideri inconsci dei clienti, e di farsi richiedere le cose che lui voleva dar loro.

Infine si era deciso a fare il gran salto, ed aveva affittato a Vercelli un ufficetto per fornire consulenze astro-economiche. Si era abbonato ad "Astra" per avere utili spunti e per non essere clamorosamente contraddetto, aveva realizzato un quadrante graduato in cui l'ampiezza delle costellazioni non era di 30° ciascuna, come adottato dagli astrologi, bensì dell'ampiezza di cielo effettivamente occupata dalla costellazione; in tal modo la Vergine, per esempio, risultava essere tre volte più estesa dell'Ariete, le costellazioni erano 13 anziché 12, comprendendo quella del Serpentario, e le date di passaggio fra una costellazione e l'altra erano differenti da quelle canoniche che figuravano su ogni almanacco.

Dotatosi di tale impianto teorico originale, il Vinciguerra si era abbonato al "Sole 24 Ore" ed al "Financial Times", per avere un supporto di credibilità nonché ulteriori spunti, per fare scena aveva comprato un computer con due grandi schermi perennemente collegati alle principali borse aperte in quel momento, oltre che ad un portatile che teneva sempre acceso. In una libreria teneva parecchi libri sugli Assiri, sui Caldei, sui Babilonesi, sugli Antichi Egizi, sui Maya, sugli Arabi e su altre civiltà, mentre in una teca teneva un fascicolo di pergamene sbrindellate da cui emergevano margini di pagine in Sanscrito.

Una scrivania e due grosse poltrone, un tavolino con la stampante, un armadio blindato ed uno schedario completavano l'arredamento dell'ufficio. Gli sarebbe piaciuto esibire pure un treppiede con un cannocchiale, ma poi l'idea gli era parsa troppo cretina, anche per i clienti che sperava di attrarre.

Infine aveva appeso alla porta una targa con inciso:

CÆSAR
Consulenze Astro-Economiche
Statistiche- Agenzia di Rating

e aveva fatto un po' di pubblicità sui giornali locali e quelli delle città limitrofe con un'inserzione di questo tenore:

Volete intraprendere un'attività qualsiasi?
Dovete stipulare un importante contratto?
Siete preoccupati di come andrà a finire?
Pensate di aver fatto tutto il possibile?
Chiedete cosa ne pensano le stelle.
Male certo non può farvi!
Consultateci! Senza nessun impegno

Poi il Vinciguerra aveva cominciato a ricevere i primi clienti, tutti curiosi di sapere di cosa si trattasse. A loro diceva subito che non era minimamente in grado di conoscere il futuro, né di poterlo influenzare, ma poteva solo dire se un certo evento nasceva sotto una buona stella o meno. Spiegava poi che per "buona stella" si doveva intendere una percentuale di positività della configurazione astrale superiore al 60%, mentre in una fascia fra il 40 ed il 60% sarebbe stato difficile stabilire che tipo di influenza gli astri potevano esercitare.

I clienti venivano avvertiti che lo studio delle influenze astrali sarebbe avvenuto in tre fasi: nella prima il cliente doveva spiegare esattamente cosa voleva sapere, poi avrebbe dovuto rispondere esattamente a tutte le domande che il Vinciguerra gli avrebbe posto, il tutto sarebbe stato caricato in un file riservato per ogni cliente, che per questa fase avrebbe corrisposto una tariffa oraria di 50.000 Lire. Nella seconda fase il Vinciguerra, con tutto comodo, avrebbe fatto i calcoli del caso e steso un breve responso, che nella terza fase avrebbe comunicato al cliente, per via orale se il cliente si fosse accontentato, ed in questo caso avrebbe corrisposto un cachet di 50.000 Lire, o per iscritto, con tanto di diagrammi, statistiche e di spiegazioni, per un importo di 200.000 Lire.

Ogni pagamento doveva avvenire rigorosamente in nero, esplicitando il fatto che si fosse voluto richiedere una fattura, oltre che aggravare detti importi di un'IVA del 20%, gli si sarebbe fatta una "fattura" vera e propria.

Ogni responso era comunque improntato al buon senso ed alla massima prudenza, ogni iniziativa appena azzardata veniva indicata nascere sotto una cattiva stella, ogni contratto da stipulare veniva fatto slittare di qualche tempo, finché la configurazione astrale si fosse fatta più favorevole, così che il richiedente potesse pensarci bene prima di stipularlo.

Ad un settantenne che chiedeva cosa pensassero le stelle del suo prossimo matrimonio con la badante polacca, di quarant'anni più giovane, venne risposto che le stelle lo benedicevano, e comunque – ma questo non gli fu detto – che se fosse schiattato mentre la trombava, sarebbe morto felice. Ad un altro che chiedeva lumi sull'acquisto di una limousine di prestigio con oltre 120.000 km, si consigliò di acquistarne una con un chilometraggio inferiore, ed a una donna che chiedeva in che periodo dell'anno darsi da fare per restare incinta fu risposto che le stelle di ogni settore dello zodiaco erano favorevoli ad un suo ingravidamento, ma per le gravidanze successive il responso poteva essere diverso a causa del moto dei pianeti lenti e di quelli con moto retrogrado, e che pertanto sarebbe dovuta tornare ancora.

Poi Vinciguerra avviò l'"Agenzia di rating". Ad oltre 500 ristoranti e trattorie della provincia di Vercelli, di Biella, di Novara e del Verbano-Cusio-Ossola fu inviata una comunicazione in cui si informava che un'indagine condotta fra i loro clienti aveva rivelato alcuni elementi di criticità e che pertanto il loro locale era stato declassato da XXX- a XX.

In attesa del completamento dell'indagine e della conseguente pubblicazione dei risultati, qualora i titolari fossero stati interessati a conoscere i motivi del malcontento dei clienti, avrebbero dovuto contattare l'Agenzia e, se si fossero impegnati ad eliminare le disfunzioni segnalate, avrebbero potuto in un primo tempo riguadagnare il + che indicava la tendenza, quindi, dopo un congruo lasso di tempo, sarebbero passati da XX+ a XXX pieno. (Ove per X doveva leggersi A, B o C, in piena analogia con le note agenzie di rating).

La risposta all'iniziativa fu travolgente: più di 400 gestori invitarono il Vinciguerra a pranzo presso i loro locali per ottenere ulteriori informazioni; qui Rodolfo fece mangiate pantagrueliche, ovviamente gratuite, poi, davanti ad un tiramisù e ad un cognac, segnalò ai titolari che le lamentele, esigue per la verità, erano relative a: aree di parcheggio insufficienti e non ombreggiate, porzioni di cibo troppo modeste, cameriere un po' ciospe ed inesperte, coltelli non affilati, vini non proprio eccellenti, e ogni altra quisquilia che Rodolfo aveva notato entrando nel locale; ma in nessun caso Rodolfo fece cenno a conti eccessivamente salati. Quasi tutti i titolari si impegnarono a porre rimedio alle questioni segnalate, a consentire tre ispezioni a sorpresa da condurre nei due anni successivi, a corrispondere un rimborso spese di 100.000 Lire per ispezione, e di 200.000 Lire per il certificato finale, su pergamena, con il rating del locale.

In pochissimo tempo Vinciguerra cominciò a fare soldi a palate, oltre che a prendere rapidamente peso. Cambiò la Renault Nevada che aveva in una più prestigiosa Volvo familiare, comprò l'appartamento al V piano del condominio di Viale delle Rimembranze, fece eseguire i lavori per avere un altro ingresso indipendente e traslocò armi e bagagli, dall'ufficetto che aveva in centro di Vercelli, in due locali appositamente dedicati nella sua nuova residenza. Poi assunse Diana, una grafica pubblicitaria piccola e graziosa, un vero "brignino" poco appariscente, ma molto efficiente sia come segretaria, sia per realizzare pergamene col rating dei locali, sia per altre realizzazioni.

Infine Rodolfo ebbe il tempo di guardarsi un po' attorno, conobbe Carlotta e ne rimase folgorato. I due si piacquero subito, sia fisicamente sia intellettualmente, compiacendosi del reciproco successo economico-commerciale; Rodolfo invitò Carlotta alle ispezioni dei migliori ristoranti, sostenendo coi gestori che si era ritenuto necessario disporre anche di un parere femminile, e dopo un mese di abbuffate, quando Carlotta si rifiutò di seguirlo ancora per non diventare grassa come una botte, Rodolfo le chiese di sposarla.

La cerimonia, solo civile, si svolse nel settembre del 1999 e fu molto riservata; testimone della sposa fu il suo commercialista, il rag. Paternò, quello dello sposo l'ing. Tiraboschi, appena conosciuto ma con cui Rodolfo aveva fatto subito amicizia, così come l'aveva fatta col rag. Paternò, tanto che l'aveva incaricato di fare il commercialista anche per le sue attività non proprio commendevoli. Il pranzo di nozze si tenne in un ristorante sul lago di Viverone, cui era stata riassegnata la valutazione AA+, ed alla sera ci fu una simpatica bicchierata presso il bar sotto casa cui parteciparono molti inquilini del palazzo.

Carlotta arredò la cucina e le tre camere restanti secondo il proprio gusto, e quella parte dell'appartamento alla fine risultò essere stupenda, da meritare un reportage fotografico di una rivista d'arredamento, in cui il pezzo più pregiato era una orrenda maschera di pietra del dio Quetzalcòatl.

Il viaggio di nozze consistette in un lungo viaggio di lavoro: Calotta fece conoscere a Rodolfo suo padre a Città del Messico, gli fece visitare tutti i posti in cui si approvvigionava di manufatti esotici e gli presentò ogni personaggio della trafila di esportazione clandestina di antichità. Per due mesi mangiarono malissimo, ed entrambi persero i chili di troppo acquistati nelle abbuffate padane, poi passarono una settimana di relax a Isla de Margarita, ove Carlotta poté esibire alcuni bikini e tanga da urlo, e Rodolfo poté sbronzarsi facendosi rosolare dal sole.

#

Al VI ed ultimo piano del condominio c'era il vecchio appartamento di Carlotta, ora abitato dalla madre Teodolinda, come già detto affetta dal morbo di Alzheimer, e dalle badanti Fedora e Maria, la prima ucraina e la seconda peruviana, entrambe di mezz'età, forti come querce e di assoluta fiducia, che la assistevano 24 ore su 24 e 7 giorni su 7 alternandosi fra di loro.

Nella parte di appartamento che Carlotta usava come studio- due came-re che avevano un ingresso indipendente sul ballatoio- lavorava Zeila, una eritrea di 16 anni bella come una fata, con lo sguardo ora malizioso, ora misterioso, ora spiritato.

Essa raggiungeva il negozio di arte povera alle 9 per fare la commessa, poi si fermava a pranzo da Carlotta e nel pomeriggio si trasferiva nel suo studio per recitare la parte dello sciamano ed assistere Carlotta in mille modi. Alle 21, dopo una breve cena, Carlotta riportava Zeila dalla sua famiglia che abitava in un tugurio alla periferia della città, ed in quell'occasione dava a Zeila 50 Euro affinché li consegnasse alla madre, mentre altri 5o li accantonava per la ragazza, che le aveva chiesto di tenerglieli nello studio.

Quando faceva lo sciamano Zeila si agghindava con un turbante ed un mantello dorato su uno sfarzoso vestito nero con ricami d'argento, una verosimile divisa per chi doveva fungere da intermediaria fra gli spiriti dell'aldilà e Carlotta, a sua volta vestita in modo simile ma al contrario, con un tubino di lamè dorato, mantello e turbante nero con ricami argentati.

La musica in sordina di "Una notte sul Monte Calvo", fatta irrompere nella stanza al momento giusto, i faretti spot puntati sulla sfera di cri-stallo, un vago odore di incenso, o di cannabis a seconda dei casi, o più raramente di vaniglia, di cannella e di pino silvestre, il grosso gatto sia-mese dall'aria indecifrabile, l'orrenda maschera di Quetzalcòatl, le luci stroboscopiche che danzavano sulle pareti, incutevano una fifa blu ai clienti, per lo più donne mature, e li rendevano molto ricettivi a sentire le cose che in definitiva volevano sentirsi dire.

Carlotta infatti, prima di dispiegare tutto l'ambaradan, chiacchierava a lungo con loro, in modo da carpirgli più informazioni possibili, gli faceva domande di controllo, si faceva dire quali fossero i loro desideri e le loro aspettative, si informava sui loro guai, sulla loro salute, sulle loro sostanze, sulle loro paure; poi chiedeva ai clienti di raccogliersi in reli-giosa preghiera. Carlotta procurava ai clienti una pergamena con le for-mule per invocare angeli e demoni, dei di ogni religione, messia, profeti e santoni di ogni fede e di ogni eresia, e gli chiedeva di recitarle sottovo-ce ma non troppo, con enfasi ma senza teatralità; lei avrebbe salmodiato con loro per dargli il ritmo ed i toni giusti, ma se loro non ci avessero messo del sentimento nelle invocazioni, se non avessero profuso tutta l'anima nella preghiera, col cazzo che gli spiriti si sarebbero fatti vivi.

Finito di pregare Carlotta chiedeva un momento di raccoglimento e di meditazione silenziosa, quindi spegneva le luci, accendeva gli spot e le luci stroboscopiche, faceva accomodare Zeila, fino ad allora rimasta dietro un séparé, attaccava l'ultimo brano della "Sinfonia Fantastica" di Berlioz, quello del sabba dei maghi e delle streghe, e quando Zeila assumeva un'aria spiritata e fingeva di cadere in trance, Carlotta cambiava musica mettendo il CD di "So Sprächt Zarathustra". Solo a questo punto Zeila cominciava a biascicare parole sconclusionate, senza neppure affannarsi tanto, perché era il dialetto della Dancalia che parlava quand'era bambina, e che ora era parlato solo da una ventina di persone al mondo, essendo stata sterminata da Menghistu la popolazione che lo parlava.

Carlotta fingeva di capire con difficoltà le frasi di Zeila, ed infatti non le capiva affatto, anche se sapeva che si trattava di una ninna nanna per averglielo detto la ragazza, e di tanto in tanto ricapitolava affannosamente i punti salienti di quanto sentiva per consentire al cliente di capire qualcosa di più che frasi smozzicate tradotte in diretta. Dopo una decina di minuti, od anche prima nel caso fosse opportuno, Carlotta faceva un segnale a Zeila e costei si accasciava sul tavolo fingendo uno svenimento, al che Carlotta poneva rapidamente termine alla seduta, fingendo anch'essa di essere spossata.

Anche se non si era pisciato addosso dalla paura, il cliente usciva comunque scosso da quell'esperienza, ma si dichiarava soddisfatto per le informazioni ricevute, e spesso chiedeva di tornare una seconda volta per ulteriori approfondimenti o per altre questioni. Quando poi chiedeva quanto dovesse pagare per la seduta, Carlotta gli spiegava che se la medium – Zeila – si fosse fatta pagare per svolgere il suo lavoro, avrebbe perso le sue capacità, per cui poteva accettare solo delle offerte spontanee, mentre per quanto la riguardava, per le funzioni di focalizzazione delle tematiche proposte, di vaglio della liceità delle stesse, e di "traduttrice" in italiano del linguaggio della medium, le erano dovuti 100 Euro all'ora, cui dovevano aggiungersi altri 100 Euro per le spese generali e quelle relative all'appartamento ed all'attrezzatura. Alla fine dell'ora e mezza – due ore di ogni seduta, raramente il cliente veniva alleggerito di meno di 500 Euro e talvolta, nei casi più succosi, si raggiungevano anche i 1000 Euro.

I filtri d'amore che Carlotta preparava a caro prezzo in originali bottigliette senza etichetta erano a base di zabaione, di Amaretto di Saronno, di cognac Martell, di grappa Nardini, o di Centerbe Toro, a seconda dei gusti del cliente e della potenza che dovevano avere, con l'aggiunta di una spolverata di cacao, di cannella, di vaniglia, di pepe bianco o di paprica a seconda di una infinita congerie di fattori. Le creme di bellezza erano le solite in commercio, ma confezionate in vasetti anonimi più piccoli, ed erano spesso mescolate con le sostanze più esotiche ed innocue.

Carlotta non praticava la magia nera né forniva prodotti che potessero minimamente nuocere a terzi, ma dietro compensi esorbitanti dettava appunti per realizzare filtri malefici, allestire riti satanici, preparare le fatture più disparate, che però non avrebbero funzionato se il cliente non si fosse trovato in sintonia coi demoni dell'inferno; per esserlo, ma la sintonia non era affatto assicurata dato che i demoni potevano non volersi rapportare a lui, il cliente doveva tracannare nel minor tempo possibile un intruglio infernale – costituito da ¼ di litro di vodka se donna, ½ litro se uomo – addizionato a santoreggia, alloro, mirto, estragone e dragoncello ben polverizzati.

Nessun cliente di Carlotta, fra quelli che le avevano richiesto lumi sulle pratiche di magia nera, era mai entrato in coma etilico, ma anche se ciò fosse accaduto Carlotta non avrebbe provato nessun rimorso, giudicando che in quel caso aveva avuto piena attuazione la legge del contrappasso.

#

Al VI piano del condominio abitavano le sorelle Sensini, Assunta ed Addolorata, di 68 e di 70 anni, zitelle, che conducevano vita ritirata avendo come unica compagnia un enorme gatto persiano bianco di nome Nuvola, e la domestica Virginia, una vercellese della Bassa di 45 anni, senza legami familiari, che viveva anch'ella nell'appartamento.

Le sorelle potevano ben dirsi ricche, perché, oltre all'appartamento che abitavano, erano proprietarie di altri immobili e di terreni tutti ubicati nel circondario di Vercelli, oltre che un pacco di BOT spesso quattro dita, oro e gemme che tenevano in parte nell'appartamento ed in parte in una cassetta di sicurezza. Ad amministrare il patrimonio ed a provvedere ad ogni loro esigenza era il rag. Quaglia, dotato di procura generale che gli consentiva di operare anche sul loro conto corrente, oltre che su quello della società che aveva fatto costituire all'uopo, la Immobiliare Sant'Eusebio s.r.l..

Una volta al mese il Quaglia faceva visita alle sorelle, le riforniva di contante, così che non dovessero uscire di casa per andare in banca, e talvolta le rappresentava nell'assemblea condominiale, in cui le Sensini avevano la golden share. Ogni due o tre mesi le sorelle ricevevano la visita del dottor Bortolotti, che le visitava per accertarsi che continuassero a godere di buona salute, ed eventualmente le riforniva dei farmaci necessari. Virginia usciva dall'appartamento solo per fare la spesa del giorno e per alcuni acquisti: libri, riviste, biancheria, filati, articoli per il ricamo e la maglieria, tessuti e passamanerie, e quant'altro potesse servire per alimentare gli hobby delle sorelle.

Ogni mese faceva visita alle sorelle Sensini anche fra' Gerolamo, un Domenicano che le confessava e le portava la Comunione, sobbarcandosi tale onere non perché erano impedite dal recarsi in chiesa, come tutti gli altri cristiani, ma perché sollecitati dalle alte sfere ecclesiastiche provinciali a trattare coi guanti le due sorelle in prospettiva di ricevere la loro eredità, perché Assunta ed Addolorata erano prive di eredi che potessero rivendicarla.

Il giornale "la Stampa", spedito in abbonamento, le sorelle lo trovavano sullo zerbino dell'ingresso di casa entro le 7, e impiegavano più di un'ora per leggerlo tutto; poi passavano il tempo a sentire la radio mentre erano impegnate una a ricamare fazzoletti, tovaglie, tende e lenzuola, l'altra a realizzare maglioni, sciarpe, scialli e buriole all'uncinetto. Dopo un pasto frugale le sorelle passavano il pomeriggio davanti al televisore, spesso addormentandosi davanti ad esso; alle 19 facevano un cena ancor più leggera del pranzo, ascoltando il giornale radio, poi si ritiravano nelle rispettive camere prima delle 20.30, consentendo a Virginia di farsi uno squarcio allo stomaco con le mille prelibatezze che le sorelle non avevano neppure voluto assaggiare.

Virginia trascorreva il resto della serata davanti al televisore a vedere telefilm polizieschi, e soprattutto CSI, poi, a mezzanotte, si ritirava nella sua camera ove passava un paio d'ore a pensare a come fare per mettere le mani sul patrimonio delle sorelle, o almeno su una arte importante di esso.

Nel tempo libero – e l'accudire alle sorelle gliene lasciava parecchio – Virginia leggeva i Gialli Mondadori ed aveva preso l'abitudine di appuntarsi metodi, tecniche ed idee su come realizzare l'intento e nel contempo sui modi di farla franca. Era la sola, oltre al rag. Quaglia ed a fra' Gerolamo, a conoscere la reale consistenza del patrimonio delle Sensini; ovvio che in caso di morte delle sorelle – quand'anche fosse riuscita a farsi inserire nel testamento di una delle due, o di entrambe – questa doveva essere attribuita ad un incidente, inoltre la morte delle due doveva essere simultanea, e lei doveva avere un alibi di ferro, tale da far allontanare da lei ogni sospetto; meglio ancora se fosse riuscita ad indirizzare i sospetti su altri.

Della fauna condominiale faceva parte anche Ìnes, la portinaia peruviana quarantenne che però dimostrava dieci anni di più. Prestava servizio – come detto – dalle 8 alle 17 dedicandosi soprattutto a tenere puliti gli spazi comuni, a smistare la corrispondenza degli inquilini, tranne quella che, avendo un numero civico differente, veniva consegnata direttamente al bar-tabaccheria ed al negozio di Carlotta, a sostituire le lampadine bruciate ed a sorvegliare gli operai chiamati a fare le piccole riparazioni agli impianti comuni.

Capitolo II – VITA CONDOMINIALE

Quel sabato mattina il bar era particolarmente affollato di ragazzi che avevano bigiato le lezioni, e con la cagnara che facevano mettevano a dura prova la pazienza del personale e dei titolari.

Dino era alla cassa situata nella parte riservata ai tabacchi intento ad effettuare ricariche di telefonini, a riscuotere preventivamente gli importi delle consumazioni richieste, ma limitandosi a battere sul registratore di cassa solo un importo su cinque, a vendere qualche pacchetto di sigarette fregandosene bellamente se l'età del richiedente fosse o meno superiore ai 16 anni, a consentire ai ragazzi – tutti minorenni – di giocare alle tre macchinette di videopoker, sistemate dietro un séparé in un angolo appartato per limitare il rumore che producevano. Quando il baccano degli studenti superava una certa soglia, Dino li invitava a darsi una calmata, anche per non disturbate i pochi altri clienti, ma lo faceva con un tono di voce tanto bonario che nessuno gli dava retta, e poco dopo il casino riprendeva più vigoroso di prima.

Beatrice, con due grossi seni ancora molto apprezzati che fuoruscivano dalla scollatura generosa, manovrava in continuazione la macchina dell'espresso per preparare cappuccini, bicchieri di latte, tè e cioccolate, ed era madida di sudore perché erano ore che manovrava la manopola del vapore senza interruzione.

Ad un ragazzaccio che le aveva chiesto uno schizzo di latte nel caffè, purché munto da una sua tettona, Bea, dopo aver squadrato l'imberbe, gli aveva replicato in veneto:
- Quando el gavrà un osèo più grosso del ciodo che ti ga fra le gambe, xe una cosa che se podria anca far.-
Il ragazzaccio naturalmente era arrossito ed aveva battuto in ritirata fra gli sfottò dei suoi compagni e le risate delle ragazze che avevano assistito allo scambio di battute, ma quando Bea, nel portargli la consumazione al tavolino, per consolarlo gli strusciò un seno sul coppino, al ragazzo tutta l'umiliazione passò per incanto.

Valentina aiutava Bea guarnendo i cappuccini e le cioccolate, preparando piattini con pasticcini e fette di torta e riscotendo l'importo delle consumazioni, che al tavolino erano maggiorate, senza dimenticare di esibire le tette a balconcino, ben visibili attraverso la camicetta sbottonata, insieme al culo imperiale, strettamente fasciato da una minigonna inguinale, facendo così arrapare oltremodo i maschietti che se la divoravano con gli occhi.

Tamara, che avrebbe voluto trattenersi nel bar per farsi ammirare anch'essa dai baldi giovani, era invece stata incaricata di scaricare il furgone che Dino, di prima mattina, aveva parcheggiato in cortile, e di portare le casse di bibite e di liquore in cantina, operazione che le prese gran parte della mattinata. Riuscì tuttavia a tornare nel bar prima che gli studenti se ne andassero, giusto per farli impazzire coi suoi capezzoli che emergevano prepotenti dalla maglietta, coi suoi blue jeans appesi al culo per miracolo, che lasciavano scoperto l'ombelico ed il pancino; e qui si mise a preparare insalatone, capresi e panini imbottiti per l'ondata di impiegati che sarebbero giunti a pranzo.

Verso le 10, pacato l'appetito, gli studenti si dedicarono alle attività preferite per tirare l'ora della fine delle lezioni, chi giocando al videopoker, chi giocando a carte, chi sentendo musica da lettori MP3, chi spettegolando degli assenti, chi vantandosi di chissacosa, chi scorrendo articoli di calcio, chi flirtando appartati dagli altri.

A rinserrare le fila ci pensò un frate cappuccino entrato nel bar per fare la questua, ma solo Bernardino infilò 10 Euro nel barattolo che il frate teneva in mano, scotendolo per far tintinnare le monete che conteneva, e nonostante il frate si fosse aggirato fra i giovani sollecitando il loro obolo, tutti lo avevano guardato come se fosse un extraterrestre, o avevano voltato la testa da un'altra parte. Resosi conto che da quegli individui non avrebbe cavato un centesimo, il buon frate era uscito in istrada per proseguire la questua, ma la sua comparsa nel locale aveva acceso la fantasia di alcuni ragazzacci che erano usciti dal bar dietro di lui con l'intento di dileggiarlo. Altri ragazzi, più di buon senso, intuito cosa volessero fare i compagni e non volendo attrarre l'attenzione su sé stessi, e su dove si trovavano invece di essere a scuola, erano usciti anch'essi per impedirgli di fare sciocchezze, e riuscirono nell'intento, perché il frate poté allontanarsi indisturbato.

I ragazzacci però, per non darla vinta a chi gli aveva sottratto un possibile divertimento, si adunarono in capannello ed iniziarono a cantare, non proprio a bassa voce, sull'aria di un canto gregoriano:

C'era un fraate di Certoosa
con la faava lacrimoosa,
che voleva footteree.
Suora Biice, suor amaata,
mi fai faare una chiavaata,
ti darò un Paaoloo.
Per un Paaolo, fra' Cazzaaccio,
la chiavaata non la faaccio,
ti farò 'na seegaa.
Suora Biice, suor oneesta,
glielo preese per la teesta,
fin che 'l frate veennee.
Fra' Cazzaaccio, cuor conteento,

se ne toorna al suo conveento,
con la fava moosciaa.
La moraale della stooria,
è che i fraati fan baldooria,
re-li-gio-sa-meen-tee.

Tutti nel condominio avevano sentito distintamente, stante la tranquillità dei luoghi, l'antico canto goliardico, peraltro molto ben eseguito, con le tonalità e le pause giuste, anche la signora Domitilla, che scevra di ogni suggestione musicale si indignò moltissimo e telefonò ai vigili per far cessare l'incresciosa esibizione.

Il canto si era appena concluso, ed i ragazzacci erano ancora sull'angolo a compiacersi della bravata, che una macchina della polizia urbana si fermò presso di loro e ne scesero due vigili, che subito sentirono una voce dall'alto gridare istericamente:

- Eccoli! Sono loro quelli che cantavano sconcezze! Quello con la giacca a vento color pervinca e quell'altro col maglione color vinacce! Poi ce n'erano altri, un biondino che ha girato l'angolo ed un capellone che è entrato nel bar...-

Era la signora Domitilla che dal balcone del II piano dirigeva la caccia ai giovani dissacratori e che si era interrotta solo quando aveva visto scomparire i cantori in tutte le direzioni, mentre i vigili guardavano all'insù verso di lei che si sbracciava, chiedendosi che cazzo di colore fosse il pervinca e se le vinacce dei vini rossi avessero lo stesso colore di quelle dei vini bianchi.

La cosa non ebbe nessun seguito, con gran scorno della Domitilla, perché quando i vigili entrarono nel bar trovarono una mezza dozzina di ragazzi seduti composti ai vari tavolini intenti a fingere di studiare qualcosa, quelli che giocavano ai videopoker erano andati chi al cesso, chi era uscito passando dalla porta sul retro, e quando Beatrice chiese ai vigili cosa desiderassero prendere, dopo qualche esitazione optarono per un frizzantino, che naturalmente gli fu offerto, quindi se ne andarono.

#

Anche Fausto ed Enzo si trovavano nel bar quella la mattina, il primo per far conoscere agli studenti da sua disponibilità a procurargli del fumo, ed all'occorrenza anche della coca, in modo di farsi un parco clienti; il secondo per "cuccare" qualche ragazza con cui divertirsi, e

38

che avrebbe avuto delle remore a lamentarsi coi genitori di aver subito qualche rudezza di troppo, per non svelare di aver marinato la scuola. Fausto infatti da alcuni giorni si era procurato- "al gancio"- da un grossista due etti di cannabis, l'aveva suddivisa in porzioni da 2 grammi e tagliata con 2 grammi di tabacco, usando un bilancino per le lettere che aveva trovato in cantina, aveva avvolto le dosi in carta stagnola affinché l'erba si mantenesse fresca e le aveva inserite in bustine anonime, quindi aveva sistemare il tutto in un grosso vaso in vetro col coperchio a vite che aveva ritirato in un vecchio mobile in cantina. Fausto aveva 15 giorni di tempo per pagare al grossista la fornitura di cannabis, ed era certo di riuscirci facilmente, perché in un paio di giorni aveva già piazzato 20 bustine, e quella mattina, facendo la spola dal bar alla sua cantina, ne aveva piazzate 8.

L'andirivieni di Fausto era stato però notato da Tamara, che alla prima occasione lo aveva avvicinato minacciandolo che, se non le avesse regalato un paio di bustine, avrebbe segnalato a Dino che il ragazzo spacciava proprio nel suo bar. Fausto, dopo una debole ed impacciata difesa, abbozzò e promise che gliele avrebbe date quella sera stessa, dato che ne era rimasto sprovvisto – mentì, pensando in che modo rifarsi del ricatto – poi, riordinate le idee ed abbozzato un piano, disse alla ragazza che glie ne avrebbe date due alla settimana, purché non ostacolasse la sua attività e si fosse mostrata un po' carina con lui, dato che fino ad allora lo aveva trattato come un ragazzino; e per sigillare il patto si sarebbero fatti una canna insieme in un posticino tranquillo.

Tamara aveva squadrato il ragazzo, che effettivamente aveva sempre considerato come un "nargiòn" (ragazzino cui cola sempre il naso) e l'aveva visto sotto una diversa luce; pensò che una "ciulatina" con lui ci poteva anche stare, anche perché pensava che in tal modo si sarebbe assicurata per il futuro tutta l'erba che voleva.

- Ci sto! si può fare.- disse la ragazza- Ci vediamo in cantina dopo la chiusura del bar, e vedi di esserci e di portare la roba, perché se provi a fare il furbo con me, oltre che a Dino, potrei dirlo anche a tuo padre.-
- Non ce ne sarà bisogno, non ti preoccupare; tu piuttosto, vedi di farti bella per allora.-

#

Ad Enzo il piano di rimorchiare qualche "fighetta" del bar non era riuscito. Aveva provato ad attaccar discorso con alcune di esse, ma aveva rimediato risposte secche che non lasciavano spazio a possibili prosecuzioni, ed i suoi tentativi di inserirsi nei loro pettegolezzi era stato smorzato da occhiate di compatimento, da risolini e da commenti sussurrati nelle orecchie, o erano stati annullati quando le interlocutrici si erano infilati gli auricolari per ascoltare gli MP3, e si erano messe a muovere la testa a ritmo di musica.

Anche i ragazzi si erano accorti dei suoi tentativi di abbordare le compagne, e la cosa li aveva divertiti oltremodo, perché vedere quanto fosse imbranato uno ben più anziano di loro aveva fatto lievitare la loro autostima; quando poi appresero, ascoltando le vanterie di Enzo, che si era diplomato geometra al Cepu, presero a dileggiarlo neppure troppo velatamente, chi chiamandolo "giometro", chi "Cepu" e ci fu chi suggerì a Sara, la troietta della compagnia, di provare a strusciarsi contro di lui mentre gli passava vicino. Sara eseguì, intrigata dalla parte che le era stata assegnata, ma il coro di risate che accolse l'aria al contempo sbigottita ed arrapata assunta da Enzo, fece sì che costui capisse di essere stato oggetto di una burla.

Preso in contropiede e non avendo la presenza di spirito di approfittarsi della situazione, Enzo arrossì come un peperone e cercò di darsi un contegno andando al bancone per un aperitivo, un vodka-lemon che beffardamente Valentina gli preparò nello shaker facendogli ballare le tette davanti agli occhi. Il tempo di sorbire l'aperitivo e la delusione mista all'incazzatura passarono; gli studenti uscirono per rientrare a casa all'ora giusta, Sara nel passargli accanto strusciò ostentatamente il fianco sul culo dell'intraprendente giovanotto, gridandogli "Ciao Cepu", ma Enzo non rispose neppure, vuotò il bicchiere e, visto che era l'una passata, salutò tutti ed uscì dal bar, per incocciare in Simona che tornava da scuola.

La ragazza gli elargì un grande sorriso, svelando che si era tolta l'apparecchio odontoiatrico, si fermò presso di lui e lo salutò con un garrulo:
- Buongiorno signor Enzo. Ma che combinazione. Sono tre giorni che non la vedo, pensavo che fosse partito. Volevo che mi vedesse senza apparecchietto.-
Era un attacco che Simona aveva studiato a lungo, provando movenze, parole e tonalità.

- Il piacere è tutto mio. Così è proprio splendida, ma era bellissima anche prima. Però non deve darmi del "lei". Diamoci del "tu", sempre che...-

- Oh sì! – disse subito Simona, già in estasi per i complimenti ricevuti – mi accompagni a casa, o devi andare da qualche parte?-

- Ti accompagno, anche se siamo già arrivati, però posso salire con te.- Enzo la prese a braccetto, anche se per farlo dovette inclinarsi verso di lei, dopo pochi passi entrarono nel palazzo e sfilarono davanti alla portinaia Ìnes che, intenta a pranzare, non fece caso a loro; poi entrarono in ascensore ed Enzo premette il pulsante che li avrebbe portati in cantina.

- Devi prendere qualcosa in cantina?- chiese ingenuamente Simona, sorpresa più che preoccupata.

- Volevo prendere te bambina- rispose Enzo con voce truce, in una grottesca imitazione del Lupo Cattivo di "Cappuccetto Rosso".

Intanto la porta dell'ascensore si era aperta ed Enzo aveva sospinto la ragazza fuori dalla cabina, nella penombra del corridoio a servizio dei box, rischiarato solo dalla porta dell'ascensore rimasta aperta.

Simona si girò verso di lui e gli offerse le labbra, sollevandosi sulla punta dei piedi e col cuore che le batteva forte. Enzo si chinò su di lei e la baciò rudemente, cercò la sua lingua ed iniziò con essa una schermaglia più di sciabola che di fioretto; intanto la ragazza si era sciolta nelle sue braccia, si era inarcata e gli aveva fatto così sentire il calore del ventre sulla coscia.

Enzo, senza staccarsi dalle labbra di Simona, con una mano si insinuò nella sua camicetta fino a raggiungerle e sfiorarle un capezzolo, e sentì che una scossa le percorreva il corpo; poi le brancicò rudemente una tetta, cavando alla ragazza un lamento.

Ma l'ora della ricreazione era finita: qualcuno chiamò l'ascensore e la porta automatica di questo si chiuse, facendo piombare nel buio più completo il corridoio. Sorpresa la coppia si sciolse e Simona lanciò un gridolino di spavento. Enzo non la trattenne e pensò che c'era la possibilità che qualcuno, invece di voler scendere al piano terra o di salire ai piani alti, potesse voler scendere in cantina: era l'ora di pranzo, e magari si era accorto di essere rimasto senza vino; a suo padre, per dirne uno, era una cosa che capitava spesso dato che sua madre, astemia, non si assicurava mai che ve ne fosse in casa.

In quei pochi istanti Simona si riprese, non tanto dallo spavento, ma dalla fregola che l'aveva assalita, e disse che doveva andare, perché era già in ritardo sulla solita ora di rientro da scuola. Enzo accese la luce e chiamò il montacarichi, che si mise in moto con alcuni cigolii, poi rivolse un mezzo sorriso alla ragazza, cercando le parole adatte che il momento richiedeva, e con un tono da persona vissuta le disse:

- Non può finire così, la cosa deve avere un seguito; quando possiamo vederci?-

Simona era sconcertata, un po' si vergognava per l'accaduto, ma neanche più di tanto, in fondo era ciò che aveva ardentemente desiderato da mesi; sorrise al "suo uomo", come ormai lo considerava, e gli disse che quella sera, se i genitori si fossero recati all'assemblea condominiale, com'erano soliti fare, sarebbe uscita per un'oretta, e di prestare attenzione a quando uscivano perché poco dopo sarebbe uscita anche lei.

Intanto era arrivato il montacarichi, Enzo aprì le due serrande e fece entrare la ragazza, che prima di allontanarsi gli diede un rapido bacio, quindi richiuse le serrande ed il montacarichi partì. Enzo rimase a guardare la ragazza mentre spariva verso l'alto, ed un ghigno gli attraversò il viso: la troietta ci stava eccome, aveva fatto bene a non scartarla dai suoi pensieri – pensò – stasera ci sarà modo di divertirsi.

#

Beatrice e Valentina, mentre erano intente a servire i clienti che si erano fermati a pranzo, avevano visto attraverso le vetrine del bar l'incontro fortuito di Enzo e di Simona, ed avevano notato l'aria gasata della ragazza quando lui l'aveva preso a braccetto; si erano date di gomito e la prima aveva commentato:

- *Cosa ti vuol scommetter che la prossima putea ad esser deflorata dal porcòn la sarà la Simona?-*
- Non sono mica scema ad accettare la scommessa; sono sicura di perdere.-
- *Di' un po', te piaseva farti trombàr dal maniaco? Cosa te ga fatto? T'el ga troncà nel dedrìo?-*
- Neanche un po'! È un sadico, non un porco, gli piace farti male. Un porco l'avrei anche accettato ma uno come lui mi fa schifo, ed anche un po' paura.-

Poi la conversazione si interruppe perché entrambe richieste dai clienti. Walter aveva impiegato la mattinata a movimentare alcune auto che fungevano da ponte-radio per caricarne la batteria e per cambiarne il posto di sosta; un'auto, una decrepita Ford Mondeo, voleva lavarla perché, bombardata com'era dalle deiezioni di uccelli, dava troppo nell'occhio.

Mentre era in attesa del suo turno per entrare nel tunnel del turbo-lavaggio, il ragazzo era stato visto dalle gemelle che rientravano da scuola in motorino e si erano fermate per dileggiarlo. Una, forse Patrizia, forse Tiziana, si tolse il casco spaziale che le celava completamente il viso ed i lunghi capelli, e diede un lungo bacio voglioso sulla bocca di Walter; l'altra alzò la visiera del casco e lo apostrofò con tono canzonatorio:
- Se è con quel catorcio pieno di cacche di piccione che speri di conquistarmi, sei completamente fuori strada, vedi di procurarti un'auto più nuova e che non sia da pappone.-
- Come come? ma allora tu sei Patrizia? Ed il bacio me l'ha dato Tiziana... io credevo...-
- Perché? Ti è spiaciuto che te l'abbia dato io? Stronzetto! Puoi scegliere fra due strafiche intercambiabili e ti lamenti?-
- Ah, non sapevo che le cose stessero così; a me la cosa va benissimo, basta che poi non mi scassiate le palle facendomi scenate di gelosia. Cosa farete nel pomeriggio?-
- Noi dobbiamo masterizzare delle canzoni, vieni anche tu? Così magari potremo masterizzare anche te.
- Non posso, ho da lavorare io! Però un saltino potrei anche farlo sul tardi, verso le sei, poi potremmo scendere al bar per un aperitivo.-
- Okay, allora ci vediamo alle sei. Ciao stronzetto.-
La gemella si calò la visiera e partì lasciandosi dietro una scia di fumo azzurrino, l'altra nel frattempo era rimasta in disparte, aveva contato le cacchine di piccione e notato che l'assicurazione della Mondeo era scaduta, e disse a Walter:
- Ma i tuoi non la pagano l'assicurazione? è scaduta da più d'un anno.- e senza aspettare la risposta gli diede un gran bacio, strusciandosi contro di lui in modo affatto indecente, quindi si rimise il casco ed inforcò il motorino, ma prima di partire aggiunse:- Comunque guarda che Patrizia sono io. Ci vediamo, stronzetto!- e partì anch'essa.
Walter rimase interdetto per alcuni istanti, poi scrollò le spalle e si disse che non gli fregava niente quale delle due aveva baciato, e se era la stessa con cui aveva pomiciato nell'ultima settimana; se andava bene a loro

le avrebbe scopate entrambe senza problemi, e salì in auto portandola in posizione di lavaggio, compiacendosi con sé stesso per la fortuna di aver trovato due ninfette compiacenti, per di più due piani sotto casa. Poi riportò la Mondeo in un parcheggio presso l'edificio in cui erano state collocate delle cimici, assicurandosi di essere ben lontano da alberi fronzuti, ancorché privi di foglie.

Quando rientrò nel condominio con la sua auto, un Volkswagen Golf GT nero dall'aria resa ancor più cattiva da alcune strisce rosse che gli attraversavano la fiancata ed il cofano, erano quasi le due e mezza, e passando davanti alle vetrine del bar fu richiamato all'interno da ampi gesti imperiosi di Tamara. Entrò e si diresse al tavolino ove Tamara era insieme ad un'altra ragazza, e solo quando costei si girò verso di lui poté vedere che era Concetta, con gli occhi rossi di pianto. Walter si sedette con quelle che considerava essere due sue conquiste, Tamara perché lo aveva "sverginato" due anni prima e gli aveva insegnato una vasta gamma di pratiche erotiche, Concetta perché per alcune settimane aveva sperimentato con lei gli insegnamenti appresi, ed avrebbe continuato se Concetta non lo avesse sorpreso in atteggiamenti equivoci e troppo confidenziali con una gemella, e lui, ancora inesperto, non era riuscito a medicare la situazione.

Tamara gli raccontò cos'era successo: pochi minuti prima Concetta si era ritrovata in attesa dell'ascensore con Enzo, che l'aveva portata in cantina e qui si era messo a molestarla pesantemente, con branicature di tette ed altro; lei era riuscita a sfuggirgli e si era rifugiata nel bar entrando dalla porta sul retro, e qui, nel raccontare a Tamara ed a Beatrice cosa le era capitato, era scoppiata a piangere.

- Quel debosciato le ha strizzato un seno e le ha rotto i bottoni della camicetta.- raccontò Tamara- Ho consigliato a Concetta di dirlo ai suoi genitori, o di denunciarlo ai carabinieri, ma lei non vuole perché la madre le aveva raccomandato di restare in casa per studiare e fare i compiti finché non fosse tornata. Comunque bisogna far qualcosa per fermare quel satiro... appena due ore fa ha abbordato la Simona Ubezio, lei ha solo 14 anni, non riuscirebbe mai a fargli fronte se volesse abusare di lei.-

Walter teneva stette le mani della ragazza e gliele copriva di bacini, per fargli sentire la sua vicinanza e comprensione, poi le mise un braccio sulle spalle e la avvicinò a sé, in modo da poterla baciare sulle guance; Concetta sembrò rinfrancata e si abbandonò fra le braccia dell'ex-amore, ma mai passato del tutto, smise di disperarsi e giunse a sorridergli, ed a ringraziare anche Tamara per la comprensione.

Beatrice portò alla ragazza un tè bollente e le diede una carezza sui capelli, poi le disse amorevolmente:

- *Consolate, el porcòn te lo sistemo mi. Quando el capita qui ghe do una purga che lo farà cagarse addosso per tutta la notte, altro che trombar le putee.-*

- La prima volta che lo trovo in istrada lo investo con l'auto, quel bastardo!- promise Walter.

- No!- disse Concetta, ormai rasserenata – Non voglio che ti metta nei pasticci per me. Però potresti fargli una foto col tuo cellulare, che ha la web-cam, e potresti stamparla ingrandita al computer in una cinquantina di copie da appiccicare ovunque nella zona, con un messaggio adeguato, del tipo "Ragazze e bambine attente! Questo è un satiro che abita nel quartiere. Evitatelo! È pericoloso!"-

- Giusto, farò così, ma mi piace anche l'idea della Bea di farlo cagare addosso. Ha! Ha!-

Beatrice diede un bacio alla ragazza, contenta di poter essere utile a quei ragazzi cui voleva bene come a dei figli, quelli che non aveva potuto avere, e se ne tornò dietro il bancone portandosi dietro Tamara e dicendole:

- *Di' un po', par saperla così lunga sul porcòn, sarà mica che el ga pucciato l'oséo anca nei tuoi bei busetti?-*

Walter si trattenne ancora una mezz'ora in tenero colloquio con Concetta, durante la quale i rapporti sentimentali fra i due ripresero dal punto in cui si erano interrotti, e la pace solenne fu suggellata da un appassionato bacio; poi l'accompagnò in ascensore fin sull'uscio di casa e le strappò la promessa di vederlo quella sera stessa, approfittando del fatto che la madre sarebbe andata all'assemblea condominiale. La ragazza confermò che sarebbe scesa in cantina alle 21.30 e che l'avrebbe atteso nel suo box, ove c'era un vecchio ma ancor comodo sofà.

#

Quando Walter rientrò nel suo appartamento erano quasi le tre, si fece scaldare il pranzo da Olga, la giovane compagna del padre che ormai considerava come fosse sua madre, e disse al padre, che era venuto ad informarsi del nuovo posizionamento delle auto, che occorreva esporre il tagliando dell'assicurazione della Mondeo, della Alfa Romeo Giulia e, forse, anche delle altre auto che facevano da ponte-radio.

- Beh, sarai capace di procurarti un tagliando di assicurazione, scannerizzarlo, cancellare il numero di targa e la data di scadenza su un suo ingrandimento, inserire i dati nuovi, effettuare i ritocchi del caso, rimpicciolire il tutto e stampare a colori su una carta adatta – disse il padre – coi macchinari che abbiamo potremmo stampare anche banconote se non fosse per la carta col filo metallico e per quei maledetti ologrammi.-

Walter si mise all'opera ed nell'arco di un paio d'ore fece vedere il risultato al padre, intento ad armeggiare con un videoregistratore, e costui approvò il lavoro con un "Bravo!" ed una banconota da 100 Euro, un trentesimo di quanto gli sarebbero venute a costare delle assicurazioni vere.

Erano le 18.30 quando Walter suonò alla porta della famiglia Paternò e gli aprì la signora Aurelia, ancora molto bella coi suoi 43 anni, con le sue grandi tette, il culo imperiale e la faccia da porca, che gli disse, non senza ironia, che le gemelle erano nella loro camera a studiare, di raggiungerle pure e di stare tranquillo che avrebbe bussato ed atteso un po' prima di entrare. Walter arrossì e cercò di rispondere con una frase al contempo rassicurante ed intelligente, ma non ci riuscì e bofonchiò qualcosa che non capì neppure lui, quindi si affrettò a raggiungere la camera delle gemelle.

Le trovò entrambe stese sui loro letti disposti a L con indosso hot pant ed una maglietta che le fasciava strettamente il seno mettendo in evidenza dei capezzoli svettanti; avevano in testa gli auricolari che uscivano da un computer con un doppino, ed un cavo collegava il computer ad un masterizzatore; le ragazze avevano magliette e pantaloncini di colore differente, ma non avevano nulla che potesse facilitare un loro riconoscimento, ed anche si fossero messe magliette con su scritto Tiziana e Patrizia, con ogni probabilità le carognette avrebbero indossato la maglietta sbagliata.

- Alla buonora – disse una togliendosi gli auricolari ed avvicinandosi al ragazzo – pensavo che non ti interessassi più. –

Quindi con un gesto fluido si tolse la maglietta mostrando delle bellissime tette all'insù, abbracciò il ragazzo cercando la sua bocca, e quando l'ebbe trovata la forzò con la lingua ed ingaggiò con la sua una danza infernale fatta di affondi e di ritirate, di sciabolate e di tentativi di avvitamento; intanto la sorella, senza togliersi gli auricolari, gli sbottonò la patta per impossessarsi del suo uccello, già in piena erezione, e dopo alcune esperte manipolazioni prese a leccarlo ed a succhiarlo, regalando a lui un megapompino ed a sé stessa un originalissimo musical-pompino.

Walter, che all'inizio era intenzionato a rispettare la promessa fatta solo poche ore prima col ritrovato amore, e che si era recato dalle gemelle più che altro per educazione, avendo promesso di raggiungerle, fu travolto dal desiderio che le due furie gli avevano scatenato, rispose con entusiasmo ai baci di Pamela (?) accarezzandole le tette e pizzicandole i capezzoli con una mano, mentre con l'altra si insinuava nei suoi pantaloncini seguendo la fossetta delle chiappe fino a trovare il buchetto che cercava. Le posizioni si invertirono una mezza dozzina di volte, i buchetti esplorati e le tette ciucciate anche, e per un'ora filata Walter fu teneramente sfruttato dalle vogliose vampire, che soddisfecero le loro vogliacce risucchiando ogni energia del ragazzo; solo l'amplesso gli risparmiarono, per timore di essere sorprese dalla madre e di non riuscire a ricomporsi in tempo.

Si erano appena rimesse le magliette e sistemati i pantaloncini, che sentirono bussare alla porta: era la madre che avvertiva che erano le 19.30 e che si sarebbe cenato di lì a un quarto d'ora. Walter per la fretta di tirarsi su la cerniera dei calzoni non fece a tempo a rinsaccare opportunamente il glande, che rimase fuori dagli slip e venne pizzicato dalla cerniera-lampo. Riuscì a fatica a trattenere l'urlo di dolore, ma divenne paonazzo in volto, così che, quando uscì dalla stanza con le gemelle, la signora Aurelia, vedendolo, poté essere certa che era effettivamente accaduto quanto era altamente probabile che accadesse.

- Come mai ceniamo così presto stasera?- chiese Tiziana (?) alla madre.
- Perché il papà deve partecipare all'assemblea del condominio ed io volevo uscire, magari per andare al cinema, mi accompagnate voi?- chiese rivolta alle figlie, ma abbracciando con lo sguardo anche il ragazzo.
- Uau!- esclamarono le ragazze felici- e poi andiamo in discoteca? Tanto domani è domenica e potremo dormire fino a tardi.-
- No. Sta salendo un nebbione della madonna, e le discoteche che mi piacciono sono tutte lontane, anche andare al cinema sarà un problema

se non ci sarà nulla di bello da vedere a Vercelli.-

- Allora potremmo andare in qualche locale qui in città.-

- Io in un bar a reggervi il moccolo non ci vengo, piuttosto vado su dalla Secondina a spettegolare.-

- Però ci lasci uscire lo stesso con Walter? Nel senso che ci dai i soldi per poter uscire.- vollero assicurarsi le ragazze.

- Se Walter vi riporterà per l'una, e se mi promettete che non uscirete dalla città, sì.-

Walter si trovò di colpo nella merda. In un primo tempo, mentre le gemelle lo accompagnavano alla porta e parlavano con la madre della possibilità di andare al cinema ed in discoteca, aveva pensato di dire che non gli piaceva andare al cinema perché non vi si poteva fumare, che non sapeva ballare e che le luci stroboscopiche di una discoteca gli procuravano un gran fastidio, in modo da potersi dedicare a Concetta, che sarà stata anche meno figa delle gemelle, ma sicuramente era meno troia. Poi aveva ascoltato l'ipotesi di trascorrere la serata con le gemelle senza l'Aurelia appresso, certamente non in un bar, bensì in camporella, e l'ipotesi non gli era parsa malvagia, anche se ciò avrebbe comportato dover fare il bidone a Concetta, che si sarebbe incazzata senza dubbio, ma non più di tanto; tuttavia, prendi due al posto di uno, era un'offerta imperdibile che sicuramente avrebbe sottoscritto pur con qualche rimorso.

Però, pensandoci bene, aveva capito di essere stato incastrato: non aveva alcuna possibilità di scelta, perché se quella sera si fosse trovato con Concetta, non solo avrebbe rinunciato alle grazie che le gemelle gli avrebbero dispensato a piene mani, ma queste si sarebbero trovate senza scorta e senza auto; fatto che, se colto dall'Aurelia, avrebbe fatto sì che difficilmente costei avrebbe autorizzato le figlie ad uscire da sole in una notte di nebbia. Inoltre l'Aurelia avrebbe potuto dire alla Secondina che, per venir su a chiacchierare con lei, si era liberata delle gemelle spedendole in un locale di Vercelli, non certo da sole, ma scortate da Walter, che riteneva essere un bravo ragazzo. Era anche probabile che Concetta avrebbe assistito alla conversazione, ed in tal caso lo avrebbe cancellato per sempre dai suoi pensieri.

In ogni caso lui si trovava in un mare di merda: le gemelle, se costrette a stare in casa un sabato sera per colpa sua, come minimo non gli avrebbero più rivolto la parola, ed avrebbe dovuto dire addio per sempre ai piacevolissimi trastulli delle ore precedenti; Concetta, se fosse venuta a sapere che le aveva fatto il bidone per uscire con le gemelle, come minimo non lo avrebbe più guardato in faccia. Risultato: una o due fiche bruciate in un batter d'occhio.

Gli serviva un colpo di genio per venirne fuori, e doveva averlo entro pochi secondi, avendo già addosso gli occhi dell'Aurelia e delle gemelle che attendevano una sua conferma al programma della serata. Optò per una via di mezzo, che sperava potesse salvare capra e cavoli: sarebbe uscito con le gemelle e le avrebbe scaricate in un locale ove era certo che non si sarebbero annoiate, poi avrebbe accampato una scusa per allontanarsi e tornare a casa per incontrarsi con Concetta, probabilmente incazzata perché sarebbe arrivato comunque in ritardo sull'orario concordato, ma non tanto da non dargliela; infine, lasciata libera Concetta di rientrare a casa sua ben prima della fine dell'assemblea di condominio, che sapeva durare sempre a lungo, sarebbe tornato dalle gemelle per concludere con loro la serata, riaccompagnarle a casa e consegnarle intatte – si fa per dire – alla madre.

- Beh, ma non ne farà una malattia se invece dell'una gliele riporto alle due, in compenso giuro che non ci allontaneremo da Vercelli; anche mio padre non vuole che vada in giro quando c'è tanta nebbia- promise Walter, guadagnandosi un bacio virtuale da parte delle gemelle.

- Va bene per le due – acconsentì l'Aurelia – ma che siano le due, non le due e mezza o le tre- volle precisare.

- Okay, allora vengo a prenderle alle nove meno un quarto – disse Walter all'Aurelia, nella disperata necessità di anticipare i tempi; poi, rivolto alle gemelle, aggiunse – voi fatevi trovare pronte, sennò troveremo i tavoli migliori già occupati.-

- Ma così non avremo tempo di truccarci a modo, perché tanto bruciaculo?-

- Non avete nessun bisogno di truccarvi per essere bellissime, tutto merito di vostra madre – disse Walter sapendo che leccare un po' era cosa buona e giusta – e poi se vi truccherete troppo potreste passare per delle poco di buono...-

- Stronzo!- dissero le gemelle all'unisono facendogli anche la linguaccia, mentre la madre gli faceva un gran sorriso ed apriva la porta consentendo a Walter di uscire, non prima di avergli fatto l'occhiolino.

#

A Manuela, la maîtresse del bordello del III piano, l'idea di dover partecipare quella sera all'assemblea dei condomini faceva venire l'orticaria; come al solito qualcuno si sarebbe lamentato per il continuo viavai di uomini di ogni età, ma in prevalenza maturi ed eleganti, che prendeva avvio nel pomeriggio per trovare il suo culmine nelle ore serali e talvolta si prolungava fino a notte fonda. La Domitilla Domenichelli, per dirne una, l'avrebbe accusata di gestire un bordello e di essere un pessimo esempio per i giovani ed addirittura un pericolo per la serenità delle famiglie che abitavano nel palazzo, per l'indubbia tentazione che le procaci meretrici gestite da Manuela potevano esercitare nei confronti dei loro mariti.

La maîtresse non aveva alcuna preoccupazione di poter essere denunciata per favoreggiamento della prostituzione, perché sia il Sindaco, sia il comandante dei CC, sia un commissario di polizia, sia il Questore, sia alcuni assessori comunali e provinciali, erano assidui frequentatori delle sue ragazze, soprattutto delle due negrette, molto richieste dagli assessori della Lega.

Già dai primi giorni di esercizio del bordello, paventando grane di quel tipo, Manuela aveva incaricato il dirimpettaio, l'ing. Tiraboschi, di istallare due videocamere a circuito chiuso nelle stanze delle ragazze, per controllare che i clienti non le maltrattassero troppo, ed un impianto di registrazione per documentare gli amplessi più interessanti con le personalità più in vista. Proprio queste registrazioni, dopo tre anni di esercizio del bordello, erano diventate tanto numerose da costituire la miglior garanzia perché lo stesso potesse proseguire ad essere quel che era senza alcuna tema di irruzioni a sorpresa, di chiusure e di denunce all'autorità giudiziaria.

In ogni caso si era dotata di vocabolari di ucraino, di russo e di swahili, per sostenere senza tema di smentite che le sue ragazze, per mantenersi, impartivano lezioni di quelle lingue agli industriali, ai procacciatori d'affari ed agli impiegati commerciali interessati a trattare affari nell'Est europeo ed in Africa.

Anche controbattere alle geremiadi della Domenichelli non sarebbe stato difficile: Manuela disponeva di una foto tratta dalla videocamera in cui appariva chiaramente suo figlio Enzo sodomizzare l'Ofelia dopo averla legata alla testiera del letto, ed un'altra in cui lo stesso montava Milù alla pecorina, ed era sicura che alla Domitilla sarebbe venuto un coccolone se le avesse viste.

Per essere comunque sicura che in un'eventuale votazione in sede di assemblea condominiale non venisse censurata la sua attività, da un anno aveva regalato al prof. Filangeri ed al rag. Paternò, amministratore del condominio stesso, un carnet che consentiva di effettuare 3 sedute di sesso sfrenato con una qualsiasi delle sue ragazze, ed entrambi, avendoli esauriti già da tempo, le avevano chiesto se era possibile averne un altro, "agratis", come aveva chiesto il ragioniere, o più correttamente "gratis", come aveva chiesto il professore.

L'ing. Tiraboschi, cui era stata fatta un'analoga offerta, aveva gentilmente declinato perché, avendo montato le telecamere e l'impianto di registrazione in casa Tarantola, non aveva nessuna intenzione di essere ricattato dalla baldracca, e poi la sua Olga lo spompava già tanto che di sesso selvaggio ne aveva più che abbastanza.

La coppia di omosessuali non aveva nessuna intenzione di partecipare alla riunione di quella sera, perché avevano già fatto una volta quell'esperienza, ed avevano giurato di non ripeterla più. In quell'occasione infatti Carlo Vercelloni era quasi venuto alle mani col prof. Filangeri, che l'aveva chiamato "sodomita inveterato ed impenitente", mentre Domitilla Domenichelli aveva aggredito Attilio De Pisis apostrofandolo con un più plebeo "culattone di merda".

Avevano pertanto deciso di coricarsi presto, subito dopo cena e dopo aver preparato l'armamentario per godersi una domenica in montagna per sciare, e l'indomani sarebbero partiti alle 6 per Aosta, in modo da essere sul posto quando avrebbe aperto la funivia per Pila. Sarebbe stata una levataccia, ma d'altra parte se il nebbione che era salito nel pomeriggio non si fosse diradato nella notte, avrebbero corso il rischio di metterci il doppio del tempo per arrivare, ed anche se la nebbia fosse sparita, il camper Volkswagen non era proprio rinomato per la sua velocità.

Anche la signora Secondina Toscani non aveva nessuna intenzione di partecipare all'assemblea: dopo aver assistito per tutto il giorno ai battibecchi fra Concetta e Corinna sugli argomenti più disparati e meno importanti, non se la sentiva di passare la serata a sentir i litigi e le recriminazioni dei suoi vicini, tanto più che alla fine avrebbe prevalso il parere del rag. Paternò, rappresentando costui, oltre alla sua proprietà, anche le proprietà Sensini, Vinciguerra e Salasco, ovvero i 500/1000, che, non essendo mai intervenuta con un suo rappresentante la CRV, proprietaria dell'appartamento vuoto del V piano, costituiva la maggioranza assoluta dei voti esprimibili dai condomini. Inoltre dubitava che i due culattoni... pardon... i due pederasti... ops... i due gay si sarebbero fatti vedere in assemblea dopo il casino scoppiato l'anno precedente, rendendo praticamente bulgara ogni votazione.

Pertanto aveva delegato Corinna a rappresentarla, così si sarebbe fatta un po' di esperienza della vita reale ed avrebbe smesso di provocare la sorella e di rispondere alle provocazioni di costei in un crescendo rossiniano assolutamente insopportabile. Inoltre, potendo restarsene a casa, avrebbe curato che Concetta non se la battesse per incontrarsi con qualche ragazzo per andare in giro in auto con lui in una sera di fitta nebbia, com'era emerso durante i battibecchi fra le due sorelle.

#

Per Rodolfo Vinciguerra era stato un sabato di intenso lavoro. Per tutta la mattina aveva studiato con Diana la possibilità di estendere ai piccoli alberghi ed ai bed and brekfast delle quattro province l'attività di Agenzia di Rating, e di estendere alle pizzerie e paninoteche quella già in atto riguardante le locande, le trattorie ed i ristoranti. Avevano stilato elenchi di titolari, preparato fac-simile di lettere da inviare ai possibili interessati, preparato bozzetti di diplomi e di riconoscimenti, con grossi titoli in caratteri gotici simili a quelli del New York Times, si era persino inventato un riconoscimento per le attività che avessero mantenuto la classe d'eccellenza (XXX+) per tre anni consecutivi, costituita da una medaglia in similoro con un soggetto, relativo alla ristorazione, ancora da determinare.

All'ora di pranzo si era incontrato con Carlotta e l'aveva trovata in lacrime: era appena arrivato un telegramma da parte di Rosa, l'amante-assistente che suo padre aveva a Città del Messico, che l'informava che il professore il giorno prima era stato investito da un camion mentre attraversava la strada ed era morto sul colpo. I funerali si sarebbero tenuti il lunedì pomeriggio, e Rosa si augurava che potessero essere presenti e che potessero trattenersi per qualche tempo per contattare importanti membri della filiera.

Rudi passò parecchio tempo per far sentire la sua vicinanza alla moglie e cercò di consolarla in cento modi, ed alla fine Carlotta si fece scivolar via la tristezza e si avviò verso l'appartamento della madre per portarle la ferale notizia, anche se pensava che la madre non avrebbe capito, tanto era devastata dal morbo. Rudi si preoccupò di organizzare il viaggio in aereo per Città del Messico, e riuscì a prenotare due posti in prima classe su un volo in partenza dalla Malpensa alle 10 dell'indomani; per fortuna passaporti e visti erano già pronti, così come il bagaglio essenziale.

Quando Carlotta tornò dall'appartamento della madre era ancora in lacrime, perché costei non aveva capito nulla di quanto le aveva detto, ed aveva fatto commenti assurdamente incoerenti. Poi Carlotta si riprese e preparò le valige per entrambi, quand'ebbe finito si avvicinò al marito e gli disse:

- Ci sarebbe un'altra cosa da sistemare: non posso riportare Zeila dai suoi familiari, mi ha detto che stanno organizzando una cerimonia durante la quale verrà infibulata, o almeno così mi è parso di aver capito, e poi verrà fatta sposare con un vecchio caprone sdentato disposto a pagare ai familiari una somma aggiuntiva per il maggior valore di una ragazza così mutilata. Lei non vuole che la riporti a casa e vorrebbe restare con noi. Cosa possiamo fare?-

Rudi ristette pensoso a lungo, poi guardò la moglie e le chiese:

- E tu vorresti tenerla? Intendo dire per sempre, o almeno finché vorrà restare?-

- Sì, lo sai che potrei avere grossi problemi se dovessi mai restare incinta, così potremmo avere la figlia che desideriamo. Lei ti adora.-

- Cazzo! Ma le autorità potrebbero togliercela in un battibaleno se dovessero accorgersene; guarda cos'è successo a quella coppia di Cuneo che si era procurata la figlia illegalmente.-

- Non se avesse dei documenti che le consentissero di arrivare a 18 anni, poi potremmo adottarla legalmente.-

- Ma io i documenti li invento, non sono capace di falsificarli.-

- A questo ci penseremo durante il viaggio, per adesso dobbiamo risolvere il problema di non riportare Zeila a casa senza che i familiari vengano a cercarla o che ne segnalino la scomparsa alla polizia.-

- Facile allora, la affittiamo per due anni fino alla maggiore età della ragazza, assicurando ai familiari regolari pagamenti mensili, o la compriamo tout court pagando sull'unghia se, come probabile, i familiari preferissero far cassa più rapidamente.

- Ma se poi cambiassero idea ed approfittassero della nostra assenza per riprendersela?-

- La faremo custodire da Annibale e da Diana, tu chiamali a rapporto, e chiama anche Zeila, che le devo parlare.-

Per chiamare Zeila a Carlotta bastò aprire la porta dietro cui la ragazza aveva ascoltato la conservazione, e che si precipitò fra le braccia di Rodolfo sommergendolo di baci e di ringraziamenti, poi dichiarò:

- Starò con voi tutta la vita, sarò la vostra schiava...-

- Stai tranquilla bambina, non dovrai assolutamente considerarti una schiava, ma una figlia. Ti ho voluto parlare solo per accertarmi che vuoi veramente lasciare i tuoi familiari per sempre, senza ripensamenti, per fare una vita completamente diversa da quella che facevi.-

- Oh sì. Avevo paura quando Carlotta mi riportava da loro, non vedevo l'ora di uscire il mattino successivo per venire qui. Ti prego, non riportarmi da loro.-

- Va bene. Però c'è un problema: hai ancora 16 anni, e finché non ne avrai 18 non ci è possibile adottarti legalmente, e per farlo ci sarà comunque da tribolare, per cui dovremo tenerti nascosta per almeno due anni; non dico che non potremo uscire assieme, e neppure non andare in vacanza, ma sono cose che non potrai fare da sola, senza documenti. Lo capisci? Sei sicura di volerlo fare?-

- Sì, farò sempre tutto quello che mi direte di fare, non vi creerò nessun problema.-

Entrarono Annibale e Diana, il primo erculeo ma con l'aria un po' tonta, la seconda minuta e con un'aria molto sveglia e determinata, deliziosa con le sue tettine a balconcino ed il culo in fuori. Rodolfo si rivolsi a loro, ma chiedendo l'attenzione anche di Zeila, mentre Carlotta si sedeva accanto a lui:

- Noi domani dovremo partire per il Messico per partecipare al funerale del padre di Carlotta...-

Sobbalzarono tutti e tre, Zeila si avvicinò a Carlotta e l'abbracciò per consolarla, ma si mise a piangere conseguendo l'effetto contrario, mentre Annibale le disse poche parole di circostanza, ma mostrando anch'egli una forte emozione; dopo alcuni minuti ripresero ad ascoltare.

- Non so per quanto tempo staremo via, forse per qualche settimana, ed in tutto questo tempo mi sarà difficile tenermi in comunicazione con voi. Per quanto riguarda la madre di Carlotta non c'è problema, la signora Teodolinda sarà ben accudita dalle signore Maria e Fedora 24 ore su 24 e 7 giorni su 7, entrambe hanno un'autonomia di oltre un mese riguardo alle piccole spese, mentre le bollette ed ogni altra spesa ricorrente, compresi i propri salari, sono pagate automaticamente dalla banca. Per ogni incombenza amministrativa e fiscale vi rivolgerete al rag. Paternò e seguirete le sue istruzioni.-

- Okay capo – disse Diana – e per gli appuntamenti delle prossime settimane?-

- Carlotta sposterà i suoi, e terrà chiuso il negozio per lutto, e tu Diana sposterai i miei di un mese, vuol dire che se dovessimo tornare prima vi porteremo tutti in vacanza, a nostre spese.-

- Uau! Come mai tanta generosità? E se dovesse saltare fuori qualche questione relativa all'Agenzia di Rating...-

- Te la caverai da sola, se ritieni di farcela, altrimenti prenderai tempo. Quanto alla mia generosità non vi sto regalando niente, perché da domani siete precettati per 24 ore al giorno e 7 giorni alla settimana fino al nostro ritorno, con stipendio raddoppiato, anche se parzialmente in nero. Spero che non abbiate impegni personali perché in tal caso dovrete disdirli.-

Rodolfo era sicuro che Annibale non avesse impegni, ma non altrettanto riguardo a Diana, che invece lo stupì dicendomi:

- Non ho impegni di nessun genere, come ragazza non mi caga nessuno, e sarà un piacere stare in ufficio senza scassaballe che ti soffiano sotto il culo, però mi chiedo: stare in ufficio a fare che?-

- Se il negozio chiude finché non tornerete, io cosa dovrò fare?- chiese Annibale – Io in ufficio non so fare niente.-

- Zeila starà qui con voi, e non in ufficio da Carlotta, ma in questo appartamento, che anche voi potrete utilizzare come se fosse casa vostra; ma che non vi venga in mente di organizzarci una festa. Per il resto potrete fare quello che volete, sentire musica, vedere i film nel videoregistratore, giocare a qualche videogioco... però tu Diana potresti fare un po' di scuola a Zeila, ed anche ad Annibale, che deve essere rimasto un po' indietro.-

- Tutto qui? Ci paghi il doppio praticamente per non fare un beato cazzo di niente? Dov'è la fregatura?-

- Fra mezz'ora comprerò Zeila dai suoi familiari, vi spiegherà lei perché. La porterò qui dove dovrà restare nascosta, non dovrà uscire, e non dovrà essere rapita da nessuno, nell'eventualità che i familiari la rivolessero indietro. Nel caso improbabile che dovessero presentarsi qui con le forze dell'ordine per reclamare la ragazza, farai intervenire l'avvocato Nocera, che avviserò più tardi, e lui vi dirà come comportarvi e cosa sostenere.-

- In che modo una mini-ragazza come me può contrastare una manica di negri decisi a riprendersi Zeila? Li devo stendere a furia di pompini?-

- No, creatura sfrontata e birichina, li stenderai con questi – e le diede una pistola paralizzante a dardi ed un neutralizzatore elettrico a contatto – Carlotta ti insegnerà ad usarli, poi c'è una bomboletta di spray urticante, con cui ti consiglio di non giocare, che potrà essere usata da Zeila. Infine ci sarà Annibale a tenerli a bada, mentre voi farete il lavoro sporco.-

- Perché devo solo tenerli a bada e non posso menarli anch'io con una mazza da baseball?- protestò Annibale.

- Certo che puoi, ma se dovessero venire in due o tre per rapire Zeila, penseranno di dover neutralizzare prima te, che sei grande e grosso, così non si aspetteranno un attacco da parte di due gracili ragazzine.-

- Sono un po' preoccupata per loro – intervenne Carlotta – anche se non penso che i familiari possano venire a riprenderla dopo che l'avrai comprata, perché non piazziamo nell'appartamento qualcuno con una grossa pistola o un maestro di karate?-

- Perché una sparatoria che faccia accorrere qui mezzo mondo è l'ultima cosa che desidero avvenga, poi non conosco nessun karateca, boxeur, tagliagole da assoldare, non in così poco tempo almeno. Credimi, non succederà, ma se dovesse succedere è meglio che si difendano da soli.-

- Dopo aver steso i farabutti, cosa ne facciamo dei corpi?- chiese Diana.

- Li legherete come salami e chiamerete l'avvocato Nocera, provvederà lui a tutto; probabilmente dirà a Zeila di nascondersi in casa della Teodolinda e chiamerà la polizia segnalando che una banda di malviventi hanno tentato di introdursi in un appartamento per saccheggiarlo, ma sono stati neutralizzati da due giovani dipendenti del padrone di casa

che lavoravano in uno studio attiguo.-
- Okay, per me va bene.- disse Diana.
- Anche per me.- fece eco Annibale.
- Prenderete servizio domattina alle 7. Avrete bisogno di un po' di denaro per la spesa del giorno o per qualsiasi altra esigenza – e gli diede alcune migliaia di Euro del denaro che Carlotta aveva prelevato da una cassaforte a muro, intascando il resto – ma tu, Annibale, vorrei che mi accompagnassi mentre vado al tugurio ove abitano i parenti di Zeila. Prenditi dietro la mazza e lo spray, io terrò il neutralizzatore elettrico.-
Annibale scese in negozio per prendere la giacca a vento e la mazza da baseball, poi uscì ad aspettare presso la Volvo. Rodolfo si era fatto spiegare da Carlotta dove abitavano esattamente i parenti di Zeila, quindi salutò lei e la ragazza dicendole che sarebbe andato tutto bene, ma prima di scendere volle dire a Diana:
- Grazie di cuore, senza di te non avrei saputo come fare. So che riuscirai a cavartela alla grande in ogni occasione, e sappi che hai tu il comando. Vedi anche se riesci ad evitare che Annibale si ingroppi Zeila.-
- Fossi matta a lasciare campo libero a quell'armadio, se vuol sbattere qualcuna, può sempre sbattere me. Io un ercole così non me lo lascio scappare!-
Rodolfo scese in istrada, salì sulla Volvo con Annibale e si diresse verso una zona degradata della città, con fabbriche abbandonate e vecchie case fatiscenti. La nebbia rendeva il poco paesaggio che si riusciva a scorgere simile al set di un film dell'orrore.
Parcheggiarono a poche decine di metri dall'ingresso, una sgangherata porta di legno con la base sfrangiata dalle intemperie, entrarono e percorsero un breve corridoio su cui si affacciavano alcune porte, probabilmente ex uffici, da cui si sentivano uscire voci incomprensibili di molte persone.
Rodolfo bussò energicamente ad una porta che venne subito aperta da un ragazzino dall'aspetto di uno scugnizzo, ma dalla carnagione color nocciola, che gridò poche parole incomprensibili rivolto a qualcuno che era nell'interno della stanza. Una donna dall'età imprecisabile, bassa e magra, col volto raggrinzito color caffelatte e con le spalle coperte da un ampio scialle di lana si presentò dietro lo scugnizzo e lo allontanò rispedendolo a giocare con gli altri bambini della stanza.

Rodolfo chiese alla megera se fosse la madre di Zeila, ed alla sua risposta affermativa chiese dove potevano andare a parlare di una questione della massima importanza, e se ci fosse un "padre" di Zeila cui rendere ragione e coinvolgere nel colloquio.

- Non c'è nessun padre da sentire, parlo io per Zeila – disse la megera pilotando Rodolfo in una stanza piena di mobili usati e di ciarpame – qui nessuno ci disturberà, mi dica chi è e cosa vuole da Zeila.-
- Sono l'avvocato Spirolazzi – mentì Rodolfo – e rappresento la signora che ogni sera riporta a casa Zeila. Cosa le ha raccontato Zeila del lavoro che fa presso la signora? Quanto le consegna del denaro che la signora le dà ogni volta?-
- Mi ha solo detto che al mattino fa la commessa in un negozio ed al pomeriggio aiuta la signora nella sua attività di medium; di più non mi ha detto, e neanche mi sarebbe interessato, purché ogni giorno mi avesse consegnato 50 Euro. Forse che la signora la pagava di più e Zeila si tratteneva il resto per sé? Perché in questo caso la spellerò viva...-
- No. La somma che le consegnava era la stessa che percepiva dalla signora. La signora è molto contenta di Zeila e vuole portarla con sé in una tournée che effettuerà in Italia ed all'estero; partirà domani e starà via per molto tempo, forse due o tre anni, tornando di tanto in tanto a Vercelli per pochi giorni e ripartendo subito dopo.-
- Ma allora chi mi darà i 50 Euro al giorno? Anzi, se la signora vuole usare Zeila per l'intera giornata me ne dovrà dare 100, anticipati e per tutta la durata della tournée. Inoltre ho trovato un marito adatto per Zeila, mi sono già impegnata ed ho accettato un anticipo sull'importo della vend... volevo dire... della dote. Dovrò restituire l'anticipo, 1000 Euro, e pagare una penale per aver infranto il patto. Chi mi darà i soldi necessari?- cercò di spiegare la megera, dimenticando che, semmai, la dote avrebbe dovuta darla lei al futuro genero, e svelando appieno la natura del mercimonio.

Rodolfo, rassicurato dall'assenza di rapporti affettivi fra Zeila e la madre, e convinto che questa volesse guadagnare il più possibile dalla transazione, avanzò la sua proposta:
- Tenendo conto che Zeila dovrà pur dormire, la sua paga giornaliera potrà al massimo essere portata a 60 Euro al giorno, che per i 730 giorni di due anni di tournée fanno 43.800 Euro, cui vanno aggiunti i 1000

Euro della "dote" e la penale, diciamo altri 200 Euro, totale 45.000 Euro. Mi sembra un prezzo equo per affittare Zeila per due anni.-
- Faccia 50.000 Euro e potrà tenersi Zeila per sempre.-
- D'accordo allora. Voglio anche i documenti di Zeila e le sue cose personali.-
La megera frugò in un bauletto dopo aver spostato una lurida coperta che lo nascondeva ed estrasse uno scartafaccio, composto da un foglio di protocollo sporco di macchie di unto contenente altri fogli ed un cartoncino, che Rodolfo dopo una scorsa ripiegò ed affidò ad Annibale, rimasto fino ad allora in silente attesa.
- Ecco, i documenti sono tutti lì, i vestiti ed i braccialetti di Zeila passano alle sorelle; che Zeila si sbatta per acquistarsene altri, o se li faccia comprare dalla signora.-
Rodolfo prese una busta che teneva jn tasca, vi estrasse una mazzetta di banconote da 500 Euro e la consegnò alla megera, che contò il denaro accuratamente; poi, soddisfatta, fece un ampio ghigno – che sarebbe dovuto essere un sorriso – e disse:
- Se interessa alla signora, avrei da vend... ops... da maritare anche la sorella di Zeila, Alina, di 12 anni, bellissima ed appena sbocciata, ancora vergine, gliela posso dare per 30.000 Euro.-
- Chiederò alla signora, anzi le telefono subito.-
Rodolfo si allontanò di alcuni passi e telefonò a Carlotta col cellulare, quando l'ebbe in linea le disse che andava tutto come previsto, parlando in spagnolo per non farsi capire dalla megera, quindi si fece passare Zeila.
- Hai una sorellina di 12 anni di nome Alina?- le chiese tagliando corto.
- Sì, le voglio tanto bene e mi piange il cuore lasciarla da mia madre, la farà sposare a qualche vecchio come voleva fare con me. Perché me lo chiedi?-
- Niente, pura curiosità, non dire niente a Carlotta perché voglio farle una sorpresa.-
Rodolfo chiuse il cellulare e da una tasca interna della giacca estrasse una mazzetta di banconote da 500, ne contò 60 e li consegnò alla vecchia, cui si dipinse un ghigno satanico sul viso raggrinzito; fece per aggiungere qualcosa ma Rodolfo la interruppe:
- Basta sorelle, la signora ha già dato, ma se in futuro dovesse aver biso-

gno di qualche lavorante per il suo numero, saprà a chi rivolgersi. Voglio i documenti di Alina, lei dov'è? La voglio portar via subito.-

La megera glieli diede: un altro scartafaccio unto e spiegazzato che fu consegnato ad Annibale; poi entrò in un'altra camera e dopo alcuni istanti ne uscì insieme ad una ragazzina molto graziosa, che come aveva illustrato la madre era appena sbocciata, ma che mostrava un'aria impaurita.

- Alina, questo è il tuo nuovo padrone, ti porterà da Zeila e starai con lei, e non ti azzardare a fuggire perché ti ha pagato parecchio. Addio.-

Rodolfo, palesemente impacciato, prese sottobraccio la ragazzina e, con Annibale che li seguiva, uscì dall'edificio fatiscente e salì sulla Volvo; gli si strinse il cuore quando, appena dentro, sentì Alina raccomandargli con tono lamentoso:

- Non mi farete male vero? Sono ancora vergine, vi prego!-

- Alina, stai tranquilla, non ti toccheremo neppure con un dito – le disse Rodolfo trattenendo a stento le lacrime – ti voglio salvare da un destino triste, come ho fatto con Zeila, è per questo che ti ho comprata; adesso ti porterò in una casa sicura ove troverai Zeila ed un'altra signora che ti spiegheranno tutto. Abbi pazienza ancora per qualche minuto e sarai al sicuro per sempre.-

Poi Rodolfo si allontanò nella nebbia, sempre più fitta, e dopo pochi minuti parcheggiò nel controviale di Viale delle Rimembranze, fece scendere Alina e l'accompagnò dentro il palazzo; Annibale, dopo aver lasciato gli scartafacci a Rodolfo ed avergli assicurato che l'indomani alle 7 sarebbe stato lì, disse che sarebbe rincasato a piedi.

- Questo è il palazzo in cui abiterai – disse Rodolfo attraversando l'ingresso e chiamando l'ascensore, sospingendo Alina all'interno della cabina e pigiando il pulsante del V piano – io e mia moglie abitiamo al V piano, ed oltre a Zeila ci troverai una simpatica ragazza che si prenderà cura di te, domani verrà anche Annibale, il gigante che era con me, ed anch'egli si prenderà cura di te nei prossimi giorni.-

Alina era frastornata, non capiva, si guardava attorno e tutto ciò che vedeva erano cose nuove e di un lusso sfacciato, per il suo metro di giudizio. Quando le porte dell'ascensore si aprirono Alina si trovò di fronte Zeila e le sorelle si abbracciarono con mille strepiti, poi questa l'accompagnò nell'appartamento, e sul pianerottolo dell'ascensore rimase solo

Carlotta, con un'aria di assoluto sbigottimento.

- Sono andato a comprarti una figlia, come mi avevi chiesto, ma c'era un'offerta speciale "prendi due al prezzo di uno", così ne ho approfittato e ne ho prese due, ma la seconda la tengo per me.-

Poi Rudi dovette raccontare con dovizia di particolari quant'era successo nella stamberga: la trattativa con la megera, l'offerta speciale aggiuntiva, l'indignazione schifata che lo aveva preso quando avevo saputo del destino di Alina, la stessa che aveva provato Carlotta quando aveva conosciuto quello di Zeila, e l'improvvisa decisione di porvi rimedio senza consultare nessuno, non avendo tempo di chiedere il parere di Alina ed essendo sicuro dell'approvazione di Carlotta.

- Sì, ma io ho avuto un anno e passa di tempo per conoscere ed apprezzare Zeila, per creare un legame con lei, tanto da volerla come figlia; tu invece hai scelto in un battibaleno, senza neppure averla vista, senza conoscere il suo carattere, magari può essere una grandissima stronza...-

- Perché? Nell'avere un figlio naturale non si corre lo stesso rischio?- obbiettò Rudi.

Poi fece cenno ad Alina, sempre intenta a parlottare con Zeila, di avvicinarsi e quando fu vicina gli fece una carezza sul viso; lei per tutta risposta gli diede un bacio sulle guance e gli si sedette in grembo, lo abbracciò e si fece stringere forte contro il suo petto. Il quadretto fu completato da Carlotta e da Zeila, che si avvicinarono anch'esse e subissarono Rudi ed Alina di affettuosità e di carinerie, mentre Diana, un po' commossa, inquadrava con la web-cam del cellulare il "gruppo familiare su poltrona Frau" e commentava:

- Ma guarda che culo! Altre si sobbarcano lunghe gravidanze, penosi travagli, cicatrici di tagli cesarei, smagliature, depressioni post-parto, notti insonni per le poppate, maniglie sulla pancia, cellulite, e lei invece si ritrova due figlie belle pronte per aiutarla in casa e nel lavoro. Non è giusto!-

- Proprio così – rispose Carlotta facendole la linguaccia – inoltre ho anche risparmiato sulle spese che avrei dovuto sostenere per crescere due figlie fino a 12 e 16 anni. Ha! Ha!-

- Consolati Diana, per come sono andate le cose non penso che possa venire qualcuno a riprenderси le ragazze – le disse Rodolfo ridacchiando – così non avrai preoccupazioni e potrai passare il tempo a farti sbattere da Annibale.-

- Allora vale sempre l'offerta di restare qui giorno e notte a doppia paga per curare le ragazze? Anche se sei sicuro che non verrà nessuno a riprendersele? Non è che adesso vuoi rinunciare ad Annibale perché non serve più come guardia del corpo, ed io sarò costretta a restare qui senza manico, anzi, nella fattispecie senza obelisco.-

- Certo che l'offerta è sempre valida! Anche se dovrete fare da balia a due ragazze anziché una, ed avrai una persona in più cui dovrai far scuola: italiano, matematica e geografia prima di tutto, almeno i rudimenti, poi provvederemo noi quando torneremo. Ma ti resterà tutta la notte per farti ingroppare dal tuo Annibale.

Carlotta rimase a bocca aperta, sorpresa che una ragazza così minuta volesse farsi sbattere da un gigante, e stupita di essersi lasciata sfuggire l'interesse di Annibale per una ragazza, poi le venne un dubbio e chiese:

- Ma Annibale lo sa che intendi concupirlo? Ti ha fatto delle avances?-

- Ancora no, praticamente l'ho conosciuto solo oggi, ma entro domani a quest'ora lo saprà di certo. Quando tornerete vi racconterò tutto.-

#

Walter si presentò in casa Paternò alle nove meno un quarto, puntualissimo, per prendere le gemelle, ma queste erano ancora nella loro camera davanti alla specchiera per dare gli ultimi ritocchi di eye-liner. Quando dopo alcuni minuti uscirono erano splendide, fasciate da un tubino nero che le avvolgeva come un preservativo, truccate come troie d'alto bordo, assolutamente identiche anche nelle tonalità di blu delle palpebre, di lillà dell'area sottostante le sopracciglia e delle sfumature argentate verso le orecchie, le labbra di un rosso brillante sconvolgente.

- Valeva la pena, stronzetto, di aspettare qualche minuto per uscire con le fiche più strafiche della città?- chiese una gemella mentre i tre scendevano dalle scale.

- Senza dubbio, ma c'è un problema. Sono venuto a prendervi perché altrimenti vostra madre non vi avrebbe fatte uscire, ma purtroppo ho un impegno con mio padre cui non ho potuto sottrarmi e sono costretto a rinunciare alle fiche più strafiche della città per un paio d'ore al massimo, pertanto vi accompagnerò in un locale carino ove potrete divertirvi anche senza di me, ed alle undici, undici e mezza al massimo, tornerò da voi ad adorarvi.-

- Ma che stronzo! E noi dovremmo grattarcela per due ore mentre ti aspettiamo? Ai primi palestrati che ce la batteranno passeremo la serata con loro, e tanti saluti al Walter.-
- E chi vi riporterà a casa entro le due?-
- Non sei l'unico ad avere un'auto, stronzetto, comunque grazie di essere venuto a prenderci ed averci permesso di uscire; tu comunque, finiti i tuoi impegni, vieni pure dove ci hai lasciate, magari lasciamo fare un giro di valzer anche a te.-
- Un ultimo giro di valzer col Walter. Ha! Ha! – rise l'altra gemella – Dove ci porti stronzetto? Non in una bettola spero.-
Walter considerò di essersela cavata a buon mercato: come previsto si erano incazzate, ma non più di tanto, ed aveva messo in conto che non gliela avrebbero tenuta in caldo, ma l'avrebbero data a chiunque, purché ben dotato, glie l'avesse chiesta; inoltre, con tutta probabilità, avrebbe avuto modo di pucciare il piripacchio anche lui, sempre che non si fossero allontanate da dove intendeva lasciarle.
- Vi sto portando al "Bar-bon", eccolo, vi lascio qui, così potrete fare una entrée spettacolare, senza dare l'impressione che vi abbia portato a battere.-
- Ci vediamo più tardi, stronzetto; e se non ci vedi non preoccuparti per noi, ma non dire all'Aurelia che ci hai perse di vista.-
Walter tornò al condominio il più rapidamente possibile, maledicendo la nebbia che si era fatta fittissima, tanto da impedirgli di mettere la quarta, e dire che si era in città. Alle 21.30 era nella sua cantina, ma Concetta, che sarebbe dovuta essere già lì, non era ancora scesa, quindi si sedette sul divano, al buio, in trepida attesa.
Alle 21.10 l'Aurelia suonò alla porta della famiglia Toscani/Prandi, e quando Concetta le aprì e la fece accomodare disse:
- Ciao Concetta, sono venuta a chiacchierare con tua madre, so che non ama partecipare alle assemblee di condominio, come me d'altra parte.-
- Ciao Aurelia – salutò Secondina uscendo dalla cucina asciugandosi le mani in un grembiule – vieni che ti faccio un caffè, se non l'hai già preso. Hai seminato le gemelle e ti sei concessa una serata di libertà?– continuò a dire mentre armeggiava col bricco del caffè e l'Aurelia si sedeva in cucina – Ma ti fidi di lasciarle uscire da sole in una sera di nebbia? E se poi vanno in giro in auto con chissachi-

- È venuto a prenderle il Walter Tiraboschi; mi ha promesso di riportarle per le due e di non uscire da Vercelli. Mi fido di quel ragazzo: deve avere un debole per una delle gemelle, ma non sono riuscita a capire per quale.-

Concetta, che quando aveva fatto entrare la Paternò aveva subito individuato una scusa per poter uscire di casa, aveva seguito le due donne in cucina per chiedere alla madre se poteva andare dalle gemelle a sentire musica, dato che erano a casa da sole; ma udite le parole di Aurelia si sentì venir meno, farfugliò qualcosa e si precipitò nella sua camera, ove si gettò sul letto a piangere disperata.

Alle 22 Corinna, che quel pomeriggio si era recata in bicicletta da un'amica e si era completamente dimenticata di dover partecipare all'assemblea condominiale in rappresentanza della madre, non volendo lasciare la bicicletta all'aperto, e neppure nel garage, per non rischiare di rigare l'auto della madre, si decise di ritirarla in cantina, anche se si trattava di un'operazione oltremodo scomoda. Dopo aver chiuso a chiave il portone da cui era entrata ed aver aperto la porta che portava alle cantine, trovò la luce già accesa e pilotò la bicicletta per il passaggio dei contatori spingendola a mano; ma nel fare la stretta curva per immettersi nel corridoio principale, il pedale le urtò un malleolo, scorticandogli la pelle e procurandole una brutta ferita che le faceva un male dell'accidente. Cacciò un grido e lasciò cadere la bicicletta, poi ne cacciò un altro quando vide aprirsi la porta del box vicino al suo ed un terzo, molto più forte, quando una figura emerse del box. Stava per abbandonare la bicicletta e fuggire verso l'ascensore quando una voce dietro a lei gridò:
- Corinna, sono io, Walter, non volevo spaventarti, scusami, ti sei fatta male? Aspetta che ti aiuto.-
- Cretino! Mi hai fatto venire un colpo e devo essermi pisciata addosso. Cosa ci fai in un box al buio come un tagliagole. Devo essermi scannato un piede.-

Walter, che quando aveva visto accesa la luce della cantina aveva pensato di trovare Concetta ad attenderlo, non trovandola era entrato nel suo box senza accendere la luce e qui aveva aspettato la ragazza; poi, sentito il primo grido di dolore aveva istintivamente aperto la porta per vedere cosa stesse succedendo, ed al secondo grido, questo di spavento, era uscito per farsi riconoscere.

Visto di chi si trattava, Walter aveva pensato in fretta, per trovare il modo di comunicare con Concetta. Nell'ultima mezz'ora infatti le aveva telefonato due volte, ma lei non gli aveva mai risposto, e nella telefonata che gli aveva fatto pochi istanti prima che Corinna entrasse in cantina aveva costatato che Concetta aveva spento il cellulare, e temeva di sapere il perché dell'incazzatura della ragazza. Evidentemente quello che aveva ipotizzato potesse succedere era successo, e Concetta aveva sentito l'Aurelia dire che le gemelle erano uscite con lui. Ma forse l'incontro con Corinna poteva in parte salvargli il culo.

- Ero venuto in cantina per cercare dei vecchi CD che mi aveva chiesto tua sorella e devo aver avuto un giramento di testa quando mi sono abbassato, così sono svenuto – mentre parlava si era avvicinato alla ragazza, le aveva sollevato la bicicletta e si era chinato sul piede per esaminarlo – sanguina e dovrai disinfettarlo per bene. Puoi dire a tua sorella che non li ho trovati e che gliene darò di nuovi?-
- Certo che se li cercavi al buio, difficilmente avresti potuto trovarli. Contamela giusta.-
Intanto Walter aveva aiutato Corinna a ritirare la bicicletta nel box vicino al suo, l'aveva accompagnata all'ascensore, era entrato in cabina con lei e schiacciato il pulsante del suo piano, il III; quando le porte si chiusero disse a Corinna:
- Non potevo dirtelo prima perché la cantina è piena di gente che sta scopando: quando sono entrato in cantina la luce era già accesa ed ho sentito un grido d'orgasmo provenire dal box del bar, poi, mentre mi avvicinavo al mio box, ho sentito del rumore provenire dal box contiguo al mio, quello di quel debosciato di Enzo, e mi sono trattenuto al buio per scoprire con chi era, perché ho un conto aperto con lui, e mi è parso di capire che era con la Simona Ubezio.-
- La Simona? Ma è ancora una bambina, e lui avrà 25 o 26 anni. È una cosa schifosa solo a pensarci!-
- Te l'ho detto che è un debosciato.-
- Perché non sali per dire tu stesso a Concetta dei CD?-
Walter ebbe un brivido, perché così facendo temeva di incontrarsi con Aurelia, così si salvò dicendo:
- No, diglielo tu per favore. È tardi e non vorrei disturbare a quest'ora. Ciao, e disinfetta quel piede.-

Walter entrò nel suo appartamento e Corinna salì nel suo. Qui salutò la madre e la signora Aurelia, poi si esaminò il malleolo e la madre l'aiutò a ripulire la ferita, a disinfettarla ed a fasciarla con una garza. Intanto Corinna raccontava cosa le era capitato, disse come si fosse spaventata a morte all'apparizione di Walter e di come questi l'avesse aiutata, sorvolando sui motivi addotti dal ragazzo per essersi trattenuto lì al buio.
- Walter? Vorrai dire Fausto, Walter è uscito con le gemelle.-
- No – ribadì Corinna – proprio Walter Tiraboschi, del III piano, lo conosco benissimo.-
Aurelia ebbe un travaso di bile, che non passò inosservato alla Secondina, si trattenne ancora per pochi minuti ma non partecipò più alla conversazione, ed alla prima occasione, facendo notare che erano già le 22.30, accampò una scusa e tornò nel suo appartamento schiumando rabbia.
Corinna si trattenne con la madre in cucina, ove consumò una tardiva cena a base di torta di mele e di bicchieri di latte, che si aggiunse a quella consumata a casa dell'amica. Alle 23 entrò nella camera di Concetta e la trovò intenta a leggere, non notò che aveva gli occhi rossi di pianto, e le comunicò il messaggio di Walter.
- Walter? Quando l'hai visto.-
- L'ho incontrato in cantina mentre ritiravo la bicicletta, saranno state le dieci, quel cretino mi ha spaventato tanto che mi sono pisciata addosso. Ti saluto.-
Walter alle dieci la stava aspettando in cantina e non era con le gemelle? – pensò Concetta – allora cos'è andato a prenderle per fare? Le aveva fatto due chiamate, una alle 21.40 ed alle 21.58, e ad entrambe non aveva risposto, anzi aveva spento il cellulare dopo la seconda. Forse poteva spiegare perché si era comportato così; Concetta voleva che fosse in grado di dargli una spiegazione esauriente. Forse quelle troie avevano chiesto a Walter di aiutarle ad evadere da casa, lui le aveva scarrozzate da qualche parte e poi era tornato da lei. E neppure troppo in ritardo, dopotutto c'era un nebbione della madonna. Era ugualmente uno stronzo, però non l'aveva tradita; in fin dei conti aveva fatto una leggerezza, ma perdonabile. Lei voleva perdonarlo. Prese il cellulare e compose il suo numero. Erano le 23.20.
Walter stava aprendo la portiera della Golf per recarsi al "Bar-bon", con

la speranza di trovarvi le gemelle, quando gli suonò il cellulare: era Concetta, e Walter ebbe un tuffo al cuore. Le spiegazioni richiesero parecchi minuti di complicate argomentazioni, con alcune piccole menzogne ed omissioni da parte di lui, e con una gran voglia di passar sopra alle incongruenze e di accettazione dei fatti da parte di lei. L'esaurimento della carica della batteria del cellulare di Walter impresse un'accelerazione nel pervenire a soluzioni condivise, ed i ragazzi si diedero appuntamento di lì a 10 minuti in cantina. Erano le 23.40.

Concetta si vestì rapidamente con jeans, maglietta e giacca a vento; la luce nella camera della sorella era ancora accesa, ma sapeva che Corinna amava leggere finché si addormentava, la madre si era addormentata davanti al televisore ascoltando Bruno Vespa condurre "Porta a Porta", papà Paolo ne avrebbe avuto ancora per un'ora e più. L'intenzione era di riappacificarsi completamente con Walter, fare la pomiciata e forse anche la sveltina di rito, rientrare prima del padre – il casino che avrebbero fatto i primi condomini nel lasciare l'assemblea l'avrebbe avvisata in merito, e suo padre, segretario della stessa, sarebbe stato l'ultimo ad andarsene – e poi riguadagnare il suo letto sperando di non svegliare la Secondina nel rientrare. Concetta agì con decisione ma in perfetto silenzio e dieci minuti dopo era fra le braccia di Walter. Erano le 23.50.

#

I coniugi Ubezio volevano partecipare entrambi all'assemblea del condominio, pur non avendo diritto di voto, perché in quel modo avrebbero potuto più facilmente far massa nel contrastare verbalmente – e magari anche fisicamente – l'eventualità che si facessero lievitare ulteriormente le già altissime spese condominiali; inoltre avevano una lunga serie di lamentele da presentare all'attenzione dell'assemblea, tutte relative alla non osservanza del regolamento, ed in primis dall'aver variato la destinazione d'uso di un appartamento, da abitativa qual era, in bordello. Prima di uscire di casa, alle 20.55, avevano raccomandato ai figli di comportarsi in modo responsabile: a Giorgetto avevano detto di andare a letto alle dieci, le dieci e mezza al massimo, a Giuseppina di non guardare alla TV film con psicopatici, vampiri, zombi ed altre schifezze sanguinolente, sennò non sarebbe riuscita ad addormentarsi, a Simona di sorvegliare i fratelli, di finire di studiare, e di evitare di guardare alla TV emerite vaccate del tipo "Il grande fratello". Non pensarono di raccomandare a Simona di non uscire di casa, non gli era neppure passato per la testa che, alla sua età, potesse voler fare una cosa del genere senza essere stata preventivamente autorizzata.

Appena usciti i genitori Simona fece giurare ai fratelli che non avrebbero fatto la spia, ma ritenne di dover integrare il giuramento con una confezione di rossetti dozzinali, ricevuta in regalo da una compagna di scuola, per Giuseppina, e con tre Chupa-Chupa più un coltellino multiuso trovato nel blister di una rivista per Giorgetto. Assicuratasi la complicità dei fratelli, Simona uscì di casa e, preso l'ascensore, scese in cantina col cuore che le batteva forte; quando le porte si aprirono si trovò davanti Enzo e si precipitò fra le sue braccia, lo strinse, alzò la testa e rispose con entusiasmo al goloso bacio che l'amato le diede. Insieme si diressero verso il fondo al corridoio, e giunti al terzultimo box Enzo aprì il lucchetto ed entrò con la ragazza, un po' preoccupata ed un po' ansiosa, ma determinata ad andare fino in fondo.

Il box era lungo e stretto, ingombro di mobili e con un grosso divano dal rivestimento consunto, Enzo e Simona si sedettero al buio e ripresero a baciarsi, con lui che presto prese da direzione delle operazioni. Le infilò una mano sotto la maglietta e prese a brancicarle le tette ed a giocare coi suoi capezzoli, cavandole dei lamenti e facendola impazzire dal desiderio; quando con l'altra mano si insinuò sotto la sua gonna trovò che aveva le mutandine già bagnate e si apprestò a togliergliele, prendendosela con tutta calma perché riteneva di avere molto tempo a disposizione per fare la festa alla ragazza, e voleva godersi ogni momento.

In quel mentre si sentirono delle voci nel corridoio, una femminile ed una maschile; Simona non se ne accorse neppure, ma Enzo volle controllare di chi fossero, quindi si alzò dal divano, socchiuse la porta del box e sbirciò nel corridoio illuminato, riuscendo a riconoscere Tamara e Fausto che entravano nel box del bar e chiudevano la porta dietro a sé. Beh, pensò Enzo con un sogghigno, non sarò l'unico a spassarmela questa sera.

Tornò al divano ripensando al sesso sfrenato che si era concesso con quella troia di Tamara, e si arrapò ben più di quanto lo fosse prima, oltretutto quella sciacquetta di Simona non faceva nulla per stimolarlo a dovere, per cui tirò fuori il pene, non proprio il massimo per uno stupratore seriale, e lo mise in mano a Simona, che non sapeva proprio cosa farsene, e se ne stette ferma, col suo pene in mano, come se fosse attaccata ad un maniglione dell'autobus. Enzo guidò la testa della ragazza verso l'estremità del pene, e proprio quando Simona parve capire cosa voleva che facesse col salsicciotto che teneva in mano, e provò a baciarlo timidamente, una nuova presenza si manifestò nel corridoio: qualcuno stava aprendo il lucchetto della porta del box adiacente al suo, quello dei Tiraboschi.

Simona mollò il salsicciotto che aveva cominciato a baciare ed esso si afflosciò, tanto che Enzo lo ritirò nei calzoni per non restar lì come un pirla con l'uccello fuori. Dall'assenza di luci e di rumori provenienti dal box del Tiraboschi, Enzo suppose che il visitatore, con tutta probabilità Walter, si fosse infrattato nel box per farsi una canna, ma non si sentiva neppure odore di cannabis combusta, allora aveva ipotizzato che il ragazzo stesse sniffando della coca, ma una sniffata al buio non era verosimile, infine sentì il ragazzo, o chi per lui, comporre un numero al cellulare, ma senza dar seguito alla chiamata.

Intanto nel box del bar si sentiva chiaramente che Tamara e Fausto stavano dandoci dentro di brutto. In Enzo l'ira cominciò a lievitare, per l'inerzia cui era costretto per non far rumore e svelare la sua presenza e quella di Simona, e quando si rivolse ancora alla ragazza le sue non furono più le parole dolci che le aveva detto fino ad allora. Si avvicinò a Simona che attendeva gli eventi, preoccupata più che altro dell'atteggiamento indeciso e sospettoso di Enzo con quel suo mettersi in ascolto nel buio, col suo sbirciare dalla porta, con l'essersi rimesso il salsicciotto nel fodero; quindi si chinò su di lei e le sussurrò in un orecchio:
- Ti decidi a leccarmelo e succhiarmelo come si conviene, o pensi che sia un peluche da sbaciucchiare?-
Ciò detto Enzo lo tirò novamente fuori e lo sbatté sotto il naso di Simona, basita per la richiesta e per la repentina variazione di tono del suo amore, ma abbozzò e si mise a ciucciare il salsicciotto come avrebbe ciucciato un Chupa-Chupa, ed a manipolarlo come se fosse una barretta di Pongo, sentendo che il salsicciotto si induriva e si gonfiava nella sua mano e nella sua bocca. I due cercarono di non far caso al rumore della porta della cantina che si apriva, né al rumore di una bicicletta spinta a mano, ma quando sentirono un grido di dolore e il fracasso della bicicletta lasciata cadere per terra, smisero di colpo l'ameno trastullo: lei si

ritrasse spaventata, ed a lui si afflosciò ancora l'uccello.

Enzo sentì Walter parlare con Corinna, quel sacco di patate assolutamente intrombabile, e dopo pochi minuti li sentì che ritiravano la bicicletta e se ne andavano entrando nell'ascensore, ma senza spegnere la luce del corridoio, perché dovevano essersi accorti che in cantina c'era qualcun altro: infatti non poteva non udirsi il rumore del furioso amplesso che usciva dal box del bar.

Enzo ormai era fuori di testa: spinse brutalmente Simona supina sul divano e le rovesciò la maglietta sulla faccia, poi si avventò sui suoi seni e glieli morsicchiò facendola gemere, quindi le strappò le mutandine e la penetrò rudemente con due dita, lacerandole l'imene, incurante dei lamenti della ragazza soffocati dalla sua stessa maglietta.

Quando ritenne di essersi eccitato abbastanza, montò su di lei e si accinse a penetrarla col suo salsicciotto, che tuttavia non si decideva a diventare abbastanza duro per svolgere il compito richiesto, e mentre si affannava sulla vagina della tapina, Enzo, sentita riaprirsi la porta del box dei Tiraboschi, mise una mano sulla bocca di Simona per soffocare ulteriormente i suoi lamenti e per prevenire una sua eventuale richiesta d'aiuto.

Enzo era allarmatissimo: infilò il fazzoletto nella bocca della ragazza per impedirle di parlare, la rigirò prona e le legò le mani dietro alla schiena con la cinta dei calzoni, poi le diede un cazzotto sulla schiena quando Simona provò a muggire col naso, e per evitare che potesse ripetere quella manovra le coprì la testa con una pesante coperta impolverata. Pensò di aver fatto appena in tempo perché nel box del Tiraboschi era entrata una seconda persona, una ragazza questa volta, che si era messa a parlottare col Walter. Erano le 23.50.

#

Carlotta quella sera fece una cena che non avrebbe più scordata, e che le aveva fatto quasi dimenticare il dolore per la perdita del padre. Attorno al tavolo della sala c'erano il suo amato Rudi, l'avvocato Nocera, invitato perché illustrasse i risvolti legali, i rischi e le modalità per tenere le due eritree senza soverchi problemi, Diana, che aveva voluto restare per sentire i consigli e le disposizioni dell'avvocato, oltre che per essere presente in un momento topico della vita del suo capo, e naturalmente c'erano la sua diletta Zeila e la nuova arrivata Alina, le sue nuove "figlie".

Zeila era euforica, Alina frastornata ed ancora incredula, avida di informazioni che Zeila, Diana e Carlotta le riversavano addosso. Rodolfo aveva lungamente parlato con l'avvocato, che, conoscendo il cliente, non aveva neppure cercato di dissuaderlo dall'azione intrapresa, e si era invece dilungato su cosa fare e cosa dire qualora le autorità avessero avuto qualcosa da eccepire sul fatto che i coniugi Vinciguerra ospitassero due minori stranieri col pieno assenso dei genitori, perché tale doveva essere il quadro giuridico fino al compimento della maggiore età delle ragazze, poi si sarebbe valutato come procedere. L'avvocato si era tenuto i documenti delle ragazze, li avrebbe fatti tradurre, avrebbe scoperto se erano scaduti od ancora utilizzabili e poi gli avrebbe fatto sapere. Nel peggiore dei casi avrebbe consigliato di procurare alle ragazze documenti falsi in cui risultassero essere figlie adottive dei Vinciguerra, adottate in Etiopia o in Eritrea o in qualunque posto fosse in culo ai lupi.

Alle 23 l'avvocato se ne andò, ma Diana volle restare per continuare a vezzeggiare le due sorelle; Carlotta le mostrò dove fossero le cose di casa che potevano servire durante la loro assenza, le fornì i numeri di telefono di alcuni fornitori che avrebbero provveduto a portarle a domicilio gli acquisti, infine si informò se fosse fornita di preservativi, visti i suoi intenti nei confronti di Annibale, perché in casa non ne avrebbe trovati.

- Viaggio sempre con una scorta – rispose la sfrontata ragazza – caso mai qualcuno volesse trombarmi, ma fino ad ora li ho usati solo a Carnevale per fare dei gavettoni.-

Alle 23.40 andarono tutti a dormire, chi nella propria camera, chi in quella degli ospiti, chi sul divano, nell'occasione trasformato in letto a due piazze.

Capitolo III – L'ASSEMBLEA

I Pavan chiusero il bar alle 21, come al solito, ma solo Beatrice e Valentina se ne andarono, la prima a casa e la seconda in qualche discoteca per farsi rimorchiare. Bernardino e Tamara rimasero, il primo anche perché, come inquilino, voleva partecipare all'assemblea per rintuzzare le lamentele circa i clienti del bar che sarebbero sicuramente giunte dalla signora Domenichelli, soprattutto dopo l'episodio del frate di quella mattina, la seconda per servire un giro di consumazioni ai condomini man mano che arrivavano, gratis, secondo quanto concesso da Dino, per fare gli onori di casa. L'assemblea si sarebbe infatti tenuta proprio nel bar, l'unico locale abbastanza ampio per contenere tutti i condomini qualora avessero voluto intervenire con le consorti, per accogliere eventuali inquilini, delegati o meno a votare per conto della proprietà.

I primi ad arrivare alle 20.58 furono i coniugi Ubezio, che ordinarono un caffè corretto cognac lui ed un caffè macchiato lei, e che consumarono al banco per poi affrettarsi ad occupare un comodo divano a tre posti, con l'intenzione di non farci sedere nessun altro.

Alle 21 spaccate entrò il rag. Paternò, che come amministratore del condominio pretese tre tavolini alti tutti per sé, su cui affastellò numerosi incartamenti e due enormi libroni: quello dei verbali e quello dei conti, ma lasciandone uno libero per prendere appunti e per appoggiarci una calcolatrice. Il ragioniere infatti avrebbe funto da segretario dell'assemblea, e come prima cosa, appena seduto su una sedia comoda per consentirgli di scrivere agevolmente, appoggiò davanti a sé le deleghe che gli avevano conferito le proprietà Salasco, Sensini e Vinciguerra, che unitamente alla sua quota di proprietà totalizzavano ben 500/1000 del condominio. Il Paternò non volle essere servito al tavolino per non correre il rischio di imbrattare nulla, e si appoggiò al bancone ove Bernardino gli servì un cognac Martell in una coppa Napolèon.

Mentre sorbiva il suo cognac annusandone estasiato il profumo, Paolo vide entrare in rapida successione la signora Domitilla Domenichelli con un'aria particolarmente arcigna, che rifiutò la consumazione che le era stata proposta e si sedette impettita dietro l'unico tavolino alto rimasto, pronta ad interpretare la parte della Pubblica Accusa, il prof. Filangeri, che visto cosa beveva il Paternò ordinò anch'egli un cognac e sprofondò in una poltrona per sorbirselo in pace, e la signora Stuparich che, dopo aver gradito un tè al limone consumato al bancone, prese posto vicino ai coniugi Ubezio, più che altro per avere vicino qualcuno con cui parlare, ma costringendo così la signora Emilia a farsi un po' più stretta.

Poi fece il suo ingresso Manuela Tarantola in una strepitosa mise composta da un collo di ermellino, un gilet color aragosta su una camicetta bianca finemente traforata ed una minigonna di pelle nera, che si stravaccò nella poltrona di fronte al prof. Filangeri, accavallò le gambe facendogli vedere le mutandine ed ordinò a Tamara una limonata. Dopo avergliela servita Tamara salutò tutti e se ne andò, perché c'era Fausto che la aspettava appena fuori la porta del retro del bar.

Quando furono le 21.10 il rag. Paternò tornò dietro ai suoi tavolini e chiese ad alta voce se pensavano che sarebbe intervenuto qualche altro proprietario.

- Io ho la delega dei signori Vercelloni e De Pisis.- disse la Manuela, che si alzò con un gran ballonzolio di tette, depositò un foglio sul tavolino del segretario e si stravaccò novamente in poltrona, deliziando il professore di un'altra visione delle mutandine.

- Due culattoni che delegano una baldracca... cose dell'altro mondo!- si sentì dire da una voce femminile non ben identificata.

- Signore, per cortesia, abbiamo appena cominciato e siete già dietro ad insultarvi – disse il ragioniere cercando di non ridere, poi aggiunse – se il prof. Filangeri accetta lo propongo come presidente di questa assemblea.-

- Accetto!- disse il professore senza distogliere gli occhi dalle cosce della Manuela.

- Ma come? – obbiettò Domitilla – senza neanche consultarci?-

- Volevo accelerare i tempi – rispose il ragioniere – e comunque, non essendo intervenuti né un rappresentante della banca CRV né la Toscani, le quote proprietarie presenti in assemblea sono i 857/1000, la maggioranza è dunque fissata in 429/1000, e siccome rappresento, direttamente o tramite delega, i 500/1000 del condominio, posso nominare presidente chi voglio, indipendentemente da consultazioni, discussioni, litigate, ecc. Per lo stesso motivo mi auto-nomino segretario dell'assemblea. Chiedo al Presidente il permesso di leggere ed approvare il verbale dell'assemblea precedente.-

- Il Presidente la autorizza – concesse il Filangeri, distrattosi un momento a causa di un riaccavallamento delle gambe di Manuela – ma sempre al fine di snellire le operazioni, propongo di considerare il verbale letto ed approvato.-

- Sono d'accordo – disse il ragioniere – passiamo al...-

- Ma è inaudito! – protestò Domitilla – ma questo è fascismo! Si vuole tappare la bocca...-

- ...ad un'emerita scassaballe – completò Manuela, e rivolgendo un ampio sorriso al Segretario continuò:- proceda ragioniere, sono sicura che avrà verbalizzato correttamente le diatribe e gli insulti che sono volati la volta scorsa; per quello che mi riguarda non ho nessuna intenzione di risentirli.-

- Sono pronta a ridirteli uno per uno, baldracca che non sei altro...-

- Basta così! – intimò il Presidente – Non tollero che si manchi di rispetto alla signora Tarantola, sempre corretta ed a modo, e questa sera veramente splendida nella sua mise.-

- Sì, da troia un po' appassita- sussurrò la Stuparich piegandosi verso l'Emilia.

- È chiaro che gliela sta battendo – rispose a bassa voce Emilia – e magari lei gliel'ha già data.-

- Al primo punto dell'ordine del giorno ci sono gli interventi straordinari – iniziò il Segretario sospirando – sostituzione delle porte dei garage, dalle attuali ante metalliche a serrande basculanti, ho già raccolto dei preventivi, ed il migliore di essi comporta una spesa di 2400 Euro per porta, per un totale di 33.600 Euro, scontati a 32.000. Io sono favorevole, e ciò basterebbe, ma non sembrare fascista, vorrei sentire anche il vostro parere.-

- Cos'hanno di male le porte che abbiamo, che bisogno c'è di sbattere via 2400 Euro?- obbiettò la Domitilla.

- Quando c'è vento e si entra od esce con l'auto in garage, è capitato che una folata abbia fatto sbattere un'anta metallica contro un'auto, rigando non poco la fiancata – intervenne il Filangeri – a me un'anta ha rotto un fanale.

- Io sono piccola e non arrivo ad afferrare la serranda quand'è aperta, e se dovessi legarci una corda per aiutarmi con essa, rimarrei appesa- si lamentò la Stuparich.

- Lo sforzo necessario per chiuderle è regolabile, ma non è bene che sia minimo, perché altrimenti la serranda, appena toccata, potrebbe chiudersi di colpo- spiegò il ragioniere – e poi Olga, se sei così piccola come dici, ti metti un paio di tacchi da 13 cm e sei a posto. Allora, posso considerare approvata all'unanimità la proposta?

- Io voto contro, anche se non serve a niente- disse la Domenichelli.

- Io anche – le diede man forte la Stuparich – non ho nessuna voglia di cadere da dei tacchi alti per non rigare l'auto.-

- Allora la proposta si intende approvata per 714/1000 contro 143/1000. Passiamo all'automazione del portone ed alla fornitura di 28 telecomandi. Il miglior preventivo fra quelli che ho raccolto è di 4800 Euro.

- Ellamadonna! Ma è così difficile infilare una chiave nella toppa del portoncino, entrare ed aprire il portone a mano? – chiese la Stuparich facendo una domanda retorica – oltretutto con un portone automatico c'è il rischio che qualche bambino rimanga spatacciato.-

- Non è difficile, è scomodo, soprattutto quando piove – rispose l'Amministratore – uno arriva in auto e deve fermarsi di traverso sul marciapiede, tira il freno a mano sennò l'auto va indietro, scende dall'auto sotto l'acqua ed apre il portoncino, poi toglie il catenaccio ed i puntoni di rinforzo, spalanca le due pesanti ante del portone sperando che non vi siano folate di vento, rientra in macchina sotto l'acqua, deve ricordarsi di togliere il freno a mano, entra in cortile con l'auto, scende sotto l'acqua, chiude le ante del portone, tira il catenaccio, rimette i puntoni, risale sull'auto sotto l'acqua... ti pare comodo? Per forza sei così piccola, ti sei ristretta a furia di prender acqua nell'aprire il portone.-

- Va bene, però di telecomandi ne voglio tre- ammise Olga .

- Ogni telecomando in più dei due di dotazione va acquistato a parte, ma costa una sciocchezza. Bene, mi pare che siamo tutti d'accordo. Approvato all'unanimità. Signor Presidente, esauriti gli interventi straordinari, passerei all'ordinaria amministrazione.

Dall'esame delle scritture contabili non mi risultano ancora pervenuti i pagamenti di ben due rate delle spese condominiali da parte del geometra Ubezio, per un ammontare di 1200 Euro, nonostante i ripetuti solleciti. Inoltre, come rappresentante della proprietà Sensini, devo ricordare allo stesso che è in ritardo nel pagamento dell'affitto di ben tre mensilità, per un totale di 2700 Euro. – il rag. Paternò alzò lo sguardo dalle carte che aveva davanti e cercò l'Ubezio, che si era infossato nel divano cercando di farsi il più piccolo possibile, e, trovatolo, lo fissò da sopra gli occhiali e gli disse – Geometra, che facciamo, cincischiamo?-

La signora Emilia era arrossita e fissava il marito con gli occhi sbarrati e la bocca aperta, sapeva del ritardo nel pagamento delle spese condominiali, ma non delle tre mensilità di affitto; infossò la testa nelle spalle e di mise a piangere sommessamente, non tanto per lo sputtanamento coram populo, quanto per il fatto che sapeva che 3900 Euro non li avrebbe mai tirati su confezionando bikini thailandesi e maglioni della Lapponia, anche ammettendo che poi Carlotta sarebbe riuscita a venderli.

- Ammetto di essere in gravi difficoltà economiche: il lavoro non tira più, le spese sono aumentate, i denti dei bambini... anche mia moglie si è messa a lavorare in proprio, ma è appena agli inizi, finora son state più le spese che i guadagni... ho bisogno di una moratoria nel pagamento delle spese condominiali, poi penso di riuscire a rientrare di quanto debbo al condominio; quanto alle sorelle Sensini, mi avevano detto che avrebbero pazientato per qualche mese...-

- Infatti hanno pazientato tre mesi, poi mi hanno detto che avrebbero adito le vie legali, e mi hanno incaricato di provvedervi se entro la fine dell'anno, e mancano 20 giorni, non avrà saldato il debito; quanto all'aiuto che potrebbe darle la sua signora, è solo per il rispetto che ho nei suoi confronti che non le dico cosa mi hanno raccomandato che dovrebbe dar via, altro che bikini e maglioni. Si rassegni, lei non può permettersi l'appartamento in cui abita!-

- Se potessi subaffittare il garage...-

- È assolutamente escluso. Per quanto riguarda le sorelle Sensini ha tempo fino al 31 dicembre, poi dovrò iniziare la procedura di sfratto. Per quanto si riferisce alle spese condominiali inevase, vorrei sentire il parere dell'assemblea.

- Per me deve pagare, ed alla svelta – disse la Domenichelli – ci mancherebbe altro che con la schioppettata di spese condominiali che devo già sostenere debba pagare anche quelle degli Ubezio.-

L'Emilia scoppiò ancora a piangere e si precipitò in bagno; Giovanni fece per seguirla, ma lei lo respinse, allora si diresse verso il bancone, dietro cui Bernardino era appollaiato su uno sgabello, e chiese qualcosa di forte da bere. Anch'egli aveva le lacrime agli occhi. Dino lo servì e disse che lo avrebbe aiutato in qualche modo.

Manuela si girò verso l'Amministratore e disse a voce alta, così che tutti potessero sentire:

- Le rate delle spese condominiali scadute dell'Ubezio le pago io, anche se sarò lieta di poterle dividere con qualcun altro.-

- Io ci sto; qualcun altro?- si offerse il Filangeri per far colpo sulla Manuela, ma non al punto di smenarci tutti i 600 Euro.

- Anch'io – fece eco Bernardino da dietro il bancone, facendo l'occhiolino al Giovanni.

- Ed io pure, almeno per la mia parte – disse il ragioniere – e sono sicuro che anche i Vinciguerra vorranno partecipare a dare una mano. Manuela, cosa pensi che vorranno fare i due culatt... i proprietari che rappresenti?-

- Fai conto che ci stiano anche loro, in ogni caso rispondo io.-

Manuela si alzò col solito ballonzolio di tette, fece una carezza sulla testa del Filangeri, segnalandogli così che aveva apprezzato il suo gesto, e si diresse in bagno per consolare e rassicurare Emilia, ma passando davanti alla Domitilla le mostrò il dito.

- Allora: io, il Filangeri, il Vinciguerra, il Pavan, la Manuela, i Tiraboschi, i culatt... i gay, siamo in sette, fanno 170 Euro a testa, va bene? – chiese il ragioniere – ed avuta conferma dal Filangeri, che aveva tirato un sospiro di sollievo, chiese all'assemblea una pausa di sospensione e si diresse al bancone.

- Grazie, grazie di cuore a tutti.- disse l'Ubezio, poi tornò al divano e ristette silenzioso, disinteressandosi di quanto avveniva in sala.

Poco dopo rientrarono l'Emilia a braccetto di Manuela e si fermarono al bancone ove Dino le servì con un latte e cognac ed una limonata. Poco dopo vennero raggiunte dal Filangeri che si avvicinò alla Manuela e la cinse con un braccio mentre le diceva:

- Sono felice di aver appoggiato il tuo gesto generoso. Fa sentirsi bene essere solidali. Sei una gran brava persona, oltre che una bellissima donna; dovremmo trovarci più spesso...-

- Ma non hai che da venirmi a trovare caro- e gli fece una carezza che lo arrapò oltremodo.

L'assemblea riprese coi condomini ancora sparpagliati ed il rag. Paternò chiese chi aveva proposte da avanzare; prese la parola la Domenichelli:

- Le spese condominiali sono troppo elevate, dobbiamo ridurle a tutti i costi: il montacarichi non serve a niente, e così pure la portinaia, cosa la teniamo a fare? a spiarci la corrispondenza?-

- Il montacarichi ormai c'è, e serve eccome: quando c'è qualche mobile da movimentare, per scendere con la carrozzina, come quando una delle Sensini s'era rotta la gamba, per portare giù il ciarpame accumulato a casa... eppoi tu, abitando al II piano, paghi molto poco per il suo uso. – rispose il ragioniere – Riguardo alla portineria, la Ìnes costa molto meno che cambiare tutti i citofoni che abbiamo messo da pochi anni con dei videocitofoni che non servono praticamente a niente, inoltre la Ìnes tiene lontano ragazzacci, barboni, zingari e testimoni di Geova, ha le chiavi di riserva delle cantine per quando perdete le vostre, lava le scale tutti i giorni... se lei non ci fosse bisognerebbe inventarne una.-

- Ma non chiude a chiave la porta della portineria! Se uno volesse potrebbe entrare e prendere le chiavi delle cantine per poi saccheggiarle.-

- Le chiavi devono essere sempre accessibili per possibili emergenze.-

- Ogni volta che vado in cantina trovo la luce sempre accesa; saranno 8 punti luce da 60W sempre accese. Si dovrebbero mettere dei temporizzatori, come sulle scale.-

- Potrebbe esserci qualcuno nei box, dal corridoio non si vedono le luci di questi, a meno che uno tenga la porta aperta. Se mettessimo dei temporizzatori sulle luci del corridoio, quando uno dovesse uscire dai box potrebbe trovarsi al buio, e per mettere degli interruttori che consentano di accendere la luce del corridoio dai singoli box costerebbe...-

- Va bene, hai sempre ragione tu, ma almeno si potrebbe aggiornare il numero di abitanti-equivalenti che frequentano gli appartamenti per tenerne debito conto nello stabilire i coefficienti per l'ascensore, per il montacarichi ed altro. Per esempio la Carlotta ha uno studio ricavato nell'appartamento della madre ove riceve ogni pomeriggio, il Vinciguerra ha fatto altrettanto nel suo appartamento, vi tiene una dipendente e riceve anch'egli alcune persone al giorno...-

- Infatti per questo motivo il coefficiente per la Salasco è 18 perché sta al VI piano e gli abitanti equivalenti sono 6, la Teodolinda, una domestica full time, un'impiegata e due visitatori a forfait; mentre per i coniugi Vinciguerra il coefficiente è 12,5 perché sta al V piano e gli abitanti-equivalenti sono 5, il Vinciguerra, la Carlotta, l'impiegata e 2 visitatori a forfait.-

- La Tarantola però, nel suo bordello, altro che due visitatori forfettari, saranno una ventina le persone che vanno su è giù per le scale ed in ascensore fino a notte fonda, dalle 15 alle 3-4 di notte tutti i santi giorni, ho controllato – si sfogò la Domitilla – e ragioniere, non mi venga a dire che è lecito modificare la destinazione d'uso del suo appartamento, da quello abitativo a quello ciulereccio, sistemarvi 4 troie professioniste, di cui 2 negre, mettere un brutto ceffo a fare da buttafuori, e pretendere di farla franca. Questo era un condominio di gente per bene, almeno fino a quando è arrivata lei e le sue troie...-

I presenti avevano assistito in silenzio alla sparata, chi pensando ai fatti propri, come il geom. Ubezio, chi con qualche prurito di eccitazione, come Bernardino ed il ragioniere, chi decisamente arrapato, come il Filangeri, chi infine era d'accordo con Domitilla, come la Stuparich, ma dopo il gesto generoso di Manuela non se la sentiva di darle addosso.

Anche Manuela era stata zitta, ma aveva preso dalla borsetta, una grossa trousse color aragosta, un fascio di fotografie 15x21 raffiguranti Enzo in piena azione con Milù ed Ofelia. Ne aveva distribuite alcune ai presenti, che avevano sgranato gli occhi nel riconoscere chi era il protagonista delle performance, ed aveva riservato le ultime due a Domitilla, che dopo averle viste era sbiancata in volto e si era accasciata sul tavolino.

Manuela intanto spiegava agli altri:

- Sembrava un giovanotto così a modo, e invece ha violentato Milù e voleva fare altrettanto con Ofelia. Non l'hanno denunciato solo per quieto vivere, per non mettermi in urto con un condomino e non dare una grossa delusione alla Domitilla, che è una donna di chiesa.-

L'assemblea era in subbuglio: Bernardino ed Olga fecero rinvenire Domitilla facendole annusare dell'ammoniaca, l'Ubezio e il Filangeri tampinavano la Manuela, il primo esternandole tutta la sua ammirazione per la sensibilità mostrata nei confronti di una persona indegna, il secondo cercando di metterle una mano sul culo. Il Paternò guatava le foto delle negrette, rammaricandosi di aver scelto le bielorusse per le sue trombate fuori via per stupidi pregiudizi razzisti. L'Emilia si era pisciata addosso dalla sorpresa e dal ridere, ed era andata in bagno a ripulirsi.

Erano le 23.52; d'un tratto dalla via traversa giunse lo stridio di una frenata seguito da uno schianto terribile.

#

L'Alfa 164 era partita da Milano poco dopo le 22 ed aveva impiegato ben un'ora e mezza per arrivare a Vercelli, tanto era fitta la nebbia. A Rocco, che era alla guida, bruciavano gli occhi per aver cercato di penetrare il muro di nebbia con gli abbaglianti; anche Don Salvatore, il capo, aveva male al collo per essere stato per tutto il tempo colla faccia attaccata al parabrezza, forse pensando che quei pochi decimetri di distanza guadagnati gli avrebbero permesso una visione migliore degli ostacoli e del percorso. Gennaro, il guardaspalle seduto dietro, aveva appoggiato la ventiquattrore col denaro sul sedile accanto al suo e vi teneva sopra la mano in atteggiamento protettivo. Ne aveva ben donde, perché nella valigetta c'erano 6 milioni di Euro in banconote da 500, quanto occorreva per comprare una grossa partita di coca che era stata scaricata da un TIR che percorreva la Voltri-Sempione, e parcheggiata in una casa sicura di Vercelli.

I tre avevano perso la strada in un paio di occasioni nel percorrere rotatorie e circonvallazioni, e man mano che si avvicinava l'ora dell'appuntamento, le 24.00, i passeggeri dell'Alfa diventavano sempre più tesi e preoccupati, timorosi di far tardi e di veder sfumare l'affare. In un'altra valigetta metallica vi erano gli strumenti, i reagenti e le provette per saggiare campioni di coca prelevati a caso dalla partita, mentre una seconda valigetta metallica conteneva una bilancia elettronica di precisione che li avrebbe assicurati di non farsi fregare sul peso. Entrambe le valigette erano state messe contro il lunotto posteriore, per formare una cortina ai fastidiosi fari delle auto che li seguivano.

Avrebbero impiegato più di un'ora prima di portare a termine le pesate e le analisi qualitative, e per tutto quel tempo qualcuno avrebbe dovuto tenere gli occhi ben aperti ed essere pronto per ogni evenienza, e per questo Gennaro era dotato di una mitraglietta Uzi, che teneva in grembo, ed una Colt 38 attaccata al polpaccio, Don Salvatore era armato con una Beretta calibro 6.75, mentre Rocco, che oltre che autista fungeva anche da "chimico", aveva solo il coltello a serramanico che gli avevano regalato il giorno della sua Prima Comunione.

- Ma come minchia fanno a vivere in questo posto? – fece Salvatore stropicciandosi gli occhi – non si vede una minchia di niente, sembra di essere nel culo di una pecora.-

- Beh capo, fino a Vercelli siamo arrivati, ad un certo punto pensavo che ci fossimo proprio persi e che stavamo girando in tondo. Almeno qui in città la nebbia mi sembra meno fitta, forse si vede meglio perché ci sono i fari alogeni dell'illuminazione – disse Rocco, frenando di colpo e girando a destra – quanto manca all'appuntamento? ho trovato la via giusta, siamo su una parallela di quella che cerchiamo, andiamo fino in fondo a questa strada, giriamo due volte a destra e ci siamo.-

- Sono le 23.52. Io volevo arrivare un po' prima per guardarci attorno, dai, accelera un po', che tanto non c'è in giro nessuno.-

Le luci che uscivano da un bar con le saracinesche abbassate li distrasse quel tanto da attraversare il controviale di Viale delle Rimembranze senza accorgersene, se non troppo tardi. Rocco inchiodò i freni, ma ormai l'Alfa si era infilata fra una macchina parcheggiata ed un cassonetto dell'immondizia, ed aveva centrato in pieno il fusto di un grosso tiglio. Per quanto l'Alfa, al momento dell'impatto con la pianta, procedesse a non più di 50 km/h, il fatto che nessuno si fosse messo la cintura di sicurezza, che Rocco e Salvatore fossero chini in avanti con la faccia quasi contro il parabrezza, che la stanchezza e la tensione avessero reso tutti meno reattivi e lenti nel puntellarsi, fu esiziale per i passeggeri: Rocco ebbe il torace sfondato dal piantone dello sterzo, i polsi si fratturarono, con la faccia batté contro il volante fracassandosi bocca, denti e setto nasale, e di rimbalzo la testa batté fortemente contro il montante del parabrezza, fratturandosi il cranio. Don Salvatore con la testa sfondò il parabrezza e si auto-ghigliottinò recidendosi la carotide e morendo in pochi istanti. Gennaro fu sbalzato dal sedile contro gli schienali anteriori, la canna dell'Uzi gli si piantò nel petto rompendogli una costola, ma furono le due valige metalliche poste sotto il lunotto a procurare i danni maggiori, perché per inerzia si abbatterono come proiettili su di lui, una fracassandogli una scapola, l'altra piombandogli sulla nuca come un micidiale colpo di karate dato col taglio della mano, che quasi gli ruppe l'osso del collo. La valigetta col denaro fu proiettata in avanti, batté contro lo schienale di Rocco e cadde sul pianale dell'auto, dove i passeggeri dei posti posteriori mettono i piedi.

#

I primi a raggiungere l'auto, non più di 30 secondi dopo lo schianto, furono Bernardino, il prof. Filangeri ed il geom. Ubezio. I primi due si dedicarono ai passeggeri dei posti anteriori, costatando la morte di quello seduto al "posto della suocera" e la situazione molto critica di quello al volante. Il terzo aveva aperto con fatica la porta posteriore ed aveva provato ad estrarre il ferito che pareva svenuto, ma costui tornò in sé per pochi istanti, ed il soccorritore che lo aveva preso sotto le ascelle sentì un rantolo disperato:

- La valigia... il denaro nella valigia...-

La parola denaro fece istantaneamente dimenticare all'Ubezio la ragione per cui era accorso sul luogo dell'incidente, vagò con lo sguardo nell'interno del padiglione, c'erano due valige metalliche deformate ed aperte, da una erano uscite bottigliette e provette che si erano sparse per terra e sul sedile posteriore, l'altra mostrava una bilancia elettronica che era finita a terra. Poi la vide: sotto alla bilancia c'era un'altra valigetta, chiusa, con le serrature a combinazione. Ubezio agì istintivamente, si allungò sul sedile ed afferrò la valigetta, la tirò a sé e rinculò per uscire dall'auto, ma dietro di lui si materializzò il ragionier Paternò.

Celando la valigetta col proprio corpo, per quanto possibile, e confidando che l'attenzione degli altri soccorritori fosse concentrata altrove, l'Ubezio gridò che andava a telefonare al 118 per far intervenire un'ambulanza, e quando il Paternò gli disse che qualcuno nel bar l'aveva già fatto, bofonchiò qualcosa di incomprensibile anche per sé stesso, quindi entrò nella porta a vetri del palazzo, da cui stava uscendo la Manuela che accorreva sul luogo dell'incidente.

Con due balzi Giovanni, con la valigetta stretta al petto, superò quattro gradini ed oltrepassò la portineria; qui ebbe un attimo di esitazione, e pensò di nascondervi provvisoriamente la valigetta, ma scartò l'idea, non sapendo neppure lui per quale motivo. Non riusciva a ragionare razionalmente, sapeva solo di dover agire con estrema fretta. Scese a due per volta i gradini che portavano in cantina, aprì la porta metallica e si trovò nel corridoio già illuminato, ma non incontrò nessuno e non sentì alcun rumore; corse fino al proprio box, il penultimo sulla sinistra, e lo aprì con la chiave che per fortuna teneva sempre con sé insieme alle altre. Entrò e richiuse la porta dietro a sé, appoggiandovisi contro con la schiena, poi accese la luce. Era fatta! Si sorprese a canticchiare inconsciamente un motivetto di parecchi anni prima: "Soldi, soldi, soldi... Non domandare da dove provengano... Chi ha tanti soldi vive come un pascià... ed a piedi caldi se ne sta".

Incerto se nascondere la valigetta nel box ed uscire da lì prima che venisse notata la sua assenza, o controllare almeno l'ammontare di quanto aveva sottratto a chi, in definitiva, non avrebbe saputo più che farsene, col cuore che gli batteva a mille esaminò la valigetta. Aveva una serratura a combinazione, ma non sembrava molto robusta. Giovanni cercò in una vecchia credenza e trovò alcuni oggetti con cui poter aprire la valigetta: un grosso coltello, uno scalpello ed un martello da muratore. Invece di agire sulle serrature agì sulle cerniere – era geometra sì, ma non pirla – ed un minuto dopo la valigetta si aprì spargendo il contenuto sul pavimento.

Alla vista delle mazzette da 500 Euro, del valore di 50.000 Euro l'una, Giovanni si sentì mancare. Era ricco! Finalmente la fortuna gli aveva arriso, dopo anni di calci in culo, di delusioni, di fallimenti. Sapeva di aver commesso un'azione riprovevole, derubare tre morti, ma non glie ne fregava niente. Ora poteva finalmente regolare i conti col destino, ne aveva i mezzi a iosa. Raccolse le mazzette e se le infilò ovunque: nella camicia la maggior parte, ma anche nelle quattro tasche dei calzoni, ed in quelle interne ed esterne della giacca; alla fine sembrava l'omino della Michelin.

Un rumore nel box accanto, quello dei Domenichelli, una specie di strusciare di scarpe contro il tramezzo divisorio, mise in allarme Giovanni che, raccolte le poche mazzette in vista, le mise nella valigetta semi-distrutta e ritirò questa nella credenza, poi uscì dal box dimenticandosi di spegnere la luce, corse goffamente verso l'ascensore, impacciato da tutto quel denaro che aveva addosso, e lo chiamò, restando per lunghi momenti in trepida attesa, quindi entrò nella cabina e salì al suo piano. Controllò l'orologio e vide che erano le 0.30 di domenica. Dopo altri interminabili istanti le porte dell'ascensore si aprirono e Giovanni si trovò di fronte Emilia dalla faccia stravolta, che gli disse:

- Simona è scomparsa, non è in casa. Ho convinto Giuseppina a parlare e mi ha detto piangendo che è uscita di casa subito dopo di noi. Stavo andando a chiedere agli altri inquilini se è da loro, magari insieme ai loro ragazzi – poi notò la vistosa imbottitura degli abiti del marito – cosa ti sei infilato in tasca e nella camicia? Dove sei stato finora? Pensavo che fossi con gli altri vicino all'auto fracassata.-

Giovanni prese per un braccio Emilia e la fece rientrare in casa, intanto le diceva:

- Vengo anch'io a cercare Simona, ma prima mi devo togliere di dosso queste cose – e raggiunta la loro camera cominciò ad estrarre mazzette di denaro dalle tasche e dalla camicia, ammucchiandole sul letto.

Alla vista del marito trasformato in cornucopia che sfornava banconote da 500 Euro, Emilia ebbe un mancamento e Giovanni dovette prenderla al volo prima che potesse cadere a terra, quindi la depose sul letto in mezzo alle mazzette di denaro, come la Lolita dell'omonimo film, ma vestita e con una quantità di denaro migliaia di volte superiore.

Giovanni non sapeva a cosa dare la precedenza, se svegliare la moglie, ed in tal caso avrebbe dovuto perder tempo per spiegarle troppe cose, oppure mettersi subito alla ricerca di Simona. Costei non poteva essere stata rapita – pensava – doveva per forza essere in casa di qualche ragazza del condominio a sentire musica, non riusciva ad immaginare la sua bambina intenta a pomiciare con qualche suo coetaneo, che oltretutto erano assenti nel palazzo; in ogni caso avrebbe chiesto informazioni anche a Walter Tiraboschi ed a Fausto Filangeri, gli unici, secondo il suo parere, che avrebbero potuto interessare a Simona.

Erano le 0.40 quando Giovanni si mise in moto: scese al I piano e suonò dal Filangeri, dopo pochi minuti gli aprì il professore in pigiama che, saputo della scomparsa di Simona e della richiesta di sapere dove fosse Fausto, andò a cercarlo in camera, ma non lo trovò. Un fremito scosse il professore: quel bastardo se l'era battuta, nonostante quello che gli aveva ordinato, e già questo lo mandava in bestia, ma se quel bastardo si fosse infrattato con una quattordicenne – forse un altro retaggio materno – l'avrebbe spellato vivo, e poi l'avrebbe cacciato di casa, tanto era già maggiorenne da mezz'ora.

Intanto Giovanni aveva sonato alla porta dei Paternò, e ad aprirgli era arrivata l'Aurelia, giunonica e bellissima nonostante fosse spettinata ed in vestaglia. Quando costei seppe del motivo dell'angoscia dell'Ubezio, gli disse subito che le gemelle erano uscite col Walter Tiraboschi, ma poi costui le aveva abbandonate chissà dove ed era sicuramente tornato nel palazzo, perché era stato visto dalla Corinna Prandi. Se lo avesse trovato, pregò il geometra di dargli una bella lezione anche da parte sua, perché il Walter l'aveva presa per il culo per bene; lei, da parte sua, l'avrebbe data alle gemelle.

Intanto l'Emilia si era ripresa e, avendo sentito il marito e l'Aurelia parlare sul pianerottolo del piano di sotto, li aveva raggiunti proprio quando sopraggiungeva il Filangeri incazzato nero, dicendo che Fausto non era in casa e lui non sapeva dove potesse essere andato. L'Aurelia rientrò in casa in attesa del ritorno delle figlie, ed il professore si affiancò agli

Ubezio nella ricerca della figlia.

Salirono al III piano e seppero dall'ing. Tito che Walter era uscito alle nove meno un quarto circa, era tornato alle dieci e un quarto ed uscito novamente un'ora dopo. L'ingegnere era assolutamente sicuro che mai e poi mai Walter avrebbe potuto molestare Simona o accettare eventuali attenzioni di costei, stante le numerose sue coetanee strafiche presenti nel palazzo, dalle gemelle Paternò alla Concetta Prandi. Anche la Manuela, che era uscita dal secondo ingresso del suo appartamento per accompagnare all'ascensore tre facoltosi clienti reduci da una calda serata di ingroppate, saputo il motivo della ricerca e sentite le obbiezioni di Tito, le aveva pienamente sostenute, quindi anch'ella si era aggregata agli altri nella ricerca della ragazza.

Era quasi l'una passata quando sonarono dalla signora Toscani, che impiegò un po' di tempo ad affacciarsi alla porta ed a farli entrare dopo aver saputo il motivo della ricerca.

- Qui non penso proprio che ci sia, ma per sicurezza vado a controllare in camera di Concetta, magari stavano sentendo musica e si sono addormentate. Aspettate, torno subito.-

Dieci secondi dopo il quartetto sentì un urlo provenire da una delle camere da letto, apparve Secondina stravolta che disse disperata:

- Non c'è, è scomparsa anche Concetta, il suo letto è vuoto.-

Arrivò anche Corinna, tutta assonnata con indosso un ridicolissimo pigiama alla orso Yoghi che le stava a pennello, che volle sapere cos'era stato quell'urlo che l'aveva svegliata.

- Concetta è scomparsa, è uscita senza dir niente a nessuno e adesso non so dove sia.- disse la Secondina iniziando a piangere.

- Anche Simona è scomparsa- disse Emilia piangendo a dirotto.

Un senso di impotenza pervadeva il gruppo, forse tranne Manuela, che se la rideva sotto i baffi perché ben conosceva i sotterfugi che le ragazze di quell'età mettevano in atto per turlupinare i genitori. Corinna ci mise un po' a mettere in funzione il cervello, ma alla fine si ricordò di un dettaglio importante, e disse:

- Ora ricordo; quando alle dieci e qualcosa ho incontrato Walter in cantina e mi ha aiutato con la bicicletta, ha detto che in cantina c'erano alcune coppie che se spassavano, aveva sentito voci uscire dal box del bar, e anche da quello del Domenichelli, che è attiguo al suo, e gli era parso di riconoscere la voce di Simona.-

- La Simona con Enzo? – esclamò il geometra Ugazio – non può essere vero, ma se è vero io l'ammazzo.-

- Andiamo a prenderlo – disse la Manuela – dev'essere ancora in cantina.-

- E la mia Concetta allora dov'è?-

- Penso che sia con mio figlio- disse il Tiraboschi con un sospiro.

In quel momento suonò il campanello; erano le 01.15.

#

Enzo si sentiva in trappola: ora erano due le persone nel box a fianco al suo, oltre alle altre due nel box del bar. Non doveva assolutamente far sì che Simona potesse chiedere aiuto o far rumori tali da far sospettare di essere in pericolo; poi pensò che, dopo il trattamento che le aveva impartito, era pressoché certo che Simona avrebbe raccontato a qualcuno quanto le era accaduto, e lui sarebbe stato fottuto. Cominciò a pensare che Simona doveva tacere per sempre.

In quel mentre il rumore di una frenata e di uno schianto di lamiere entrò nel box attraverso la presa d'aria che dava sul viale, molto vicina al luogo dell'impatto. Dopo pochi secondi sentì il vociare di persone uscite dal bar che accorrevano in soccorso degli infortunati, e la nebbia trasmise chiaramente le voci del Pavan e del Filangeri dire che per i due seduti davanti non c'era nulla da fare, e la voce dell'Ubezio dire che quello seduto dietro era vivo ma conciato male, e che avrebbe telefonato al 118. Poi sentì accorrere una donna, probabilmente Manuela, dal rumore che i suoi tacchi producevano.

Un istante dopo sentì qualcuno irrompere in cantina, superare il suo box ed armeggiare col lucchetto del box adiacente al suo: non poteva che trattarsi dell'Ubezio, cazzo, proprio a due passi dalla figlia legata ed imbavagliata. Enzo guardò in direzione della ragazza, che pareva non essersi accorta di nulla e giaceva immobile; poi la luce del box dell'Ubezio si accese e sentì il geometra canticchiare un motivetto che inneggiava ai soldi ed ai benefici che l'abbondanza di essi avrebbe arrecato. Sentì il geometra armeggiare con della ferraglia e dei colpi secchi di metallo sul metallo.

Incuriosito salì su un mobiletto cercando di non far rumore, si aggrappò alla sommità del tramezzo che separava i box e riuscì a sbirciare dall'altra parte. Vide l'Ubezio dare gli ultimi colpi di martello su una valigetta che di colpo si aprì, facendo cadere una cascata di mazzette da 500 Euro per terra. Enzo per la sorpresa quasi mollò la presa al tramezzo, e l'idea di dover sopprimere Simona passò in secondo piano. Intanto vedeva il geometra raccogliere dal pavimento quante più mazzette possibile ed infilarsele in ogni dove.

A quel punto il ripiano del mobile su cui era salito ebbe uno scricchiolino ed istintivamente Enzo alleggerì il carico sul mobile rimanendo appeso al tramezzo e raspandolo con le scarpe per cercare inesistenti punti d'appoggio. Riuscì a resistere appeso per poco, ma abbastanza per vedere l'Ubezio raccattare le ultime mazzette, metterle nella valigetta semidistrutta e nascondere questa in una credenza. Poi le braccia non lo ressero più e fu costretto a rimettere i piedi sul mobiletto, che scricchiolò ancora. Scese a terra il più cautamente possibile, intanto sentiva l'Ubezio uscire dal box in fretta e furia, tanto da dimenticarsi di spegnere la luce e di chiudere il box col lucchetto, e quindi affrettarsi verso l'uscita della cantina.

Enzo era in subbuglio, ma l'euforia stava prendendo il sopravvento sulla paura. Se prima dell'arrivo dell'Ubezio sapeva di essere in grossi guai, che avesse o meno fatto tacere per sempre Simona, perché poi avrebbe dovuto disfarsi del cadavere o almeno toglierlo dal suo box ed abbandonarlo in un posto meno compromettente, con la scoperta del tesoro che Ubezio aveva nascosto nella credenza intravedeva chiaramente il modo di cavarsela alla grande. Non sarebbe più stato costretto ad ucciderla, cosa che un po' gli ripugnava e che avrebbe fatto solo per tutelare la propria sicurezza; e chissenefregava se poi Simona avesse parlato... per dire cosa poi... che le aveva fatto vedere l'uccello? che le aveva brancicato le tette? che le aveva messo due dita nella fica? Ellamadonna, non l'aveva neanche scopata quella troietta. Lui ora aveva il modo di andarsene da casa con le tasche piene di soldi, lontano dal padre e dal suo maledetto plastico, da quella scassapalle della Domitilla e delle sue novene, rosari, salmi, quaresime e settimane liturgiche, lontano dalle sue reprimende e dalle sue lagne. Ora aveva tutto il mondo a disposizione.

Intanto sul posto dell'incidente era arrivata l'ambulanza insieme ad una Gazzella dei carabinieri. Enzo diede un'occhiata a Simona, che giaceva prona sul divano con la coperta ripiegata sulla testa, e pensò che potesse essere morta soffocata, ma non fece nulla per controllare, aveva cose più importanti da fare. Uscì dal suo box ed entrò in quello vicino, si mise a cercare nella credenza e trovò la valigetta, la estrasse ma nel farlo le mazzette caddero a terra; Enzo le raccolse, parte se le infilò in tasca e parte sotto alla maglietta.

In quel momento Enzo sentì un tonfo sordo e subito dopo una sorte di muggito provenire dal suo box e gli si agghiacciò il sangue. La ragazza doveva essersi rigirata ed era caduta dal divano, liberandosi della coperta che le aveva messo sul viso. Ora Enzo doveva uscire da lì nel più breve tempo possibile, perché era sicuro che i muggiti di Simona avrebbero richiamato qualcuno. Si rialzò e arraffò alcune altre mazzette, che tenne strette al torace mentre usciva dal box e percorreva rapidamente il corridoio verso l'uscita. Aveva quasi raggiunto la porta dell'ascensore quando la porta del box del bar si spalancò di colpo davanti a lui; istintivamente si protese la faccia con la mano con cui stringeva le mazzette contro il petto, queste caddero per terra, così come scivolarono per terra alcune mazzette che aveva infilato sotto la maglietta, perché naturalmente non l'aveva infilata nei calzoni.

Tamara e Fausto gli apparvero davanti, e per pochi istanti tutti e tre si immobilizzarono guardandosi in silenzio; nel contempo si udì un baccano infernale provenire dal fondo del corridoio, come se qualcuno si fosse messo a dare dei gran calci alla porta metallica di un box. In quei pochi istanti anche la porta del box del Tiraboschi si aprì e ne uscirono Walter e Carlotta.

- Fermate quel porco! – gridò Walter – ha stuprato Simona!-

#

Quando alle 23.50 Walter si trovò fra le braccia Concetta le diede un grosso bacio, ardentemente ricambiato dalla ragazza, bacio che suggellò la pace fatta fra i due meglio di quanto avrebbero potuto fare mille spiegazioni. Tuttavia Concetta non poté continuare le effusioni perché Walter le fece segno di tacere e le bisbigliò che nel box attiguo doveva esserci Enzo ed una ragazza, che le era sembrata Simona.

- Ma ha 14 anni! E lui 25 o 26!- rispose a bassissima voce la ragazza.

- È per questo che lo considero un debosciato, anche se Simona pare che ci stia a farsi pomiciare da lui; tuttavia non vorrei che poi le cose degenerassero e che Enzo la prendesse contro la sua volontà- rispose Walter sussurrando nello stesso modo.

- In ogni caso, essendo minorenne e con una differenza di età di più di tre anni, consenziente o no, è sempre violenza sessuale.-

Poi udirono la frenata e lo schianto di lamiere, sentirono accorrere delle persone, e sentirono le voci di alcuni che dovevano essere usciti dal bar. Concetta temeva che l'accaduto si ripercotesse sulle sue possibilità di rientrare a casa di nascosto, ed il compagno cercò di tranquillizzarla in merito. Sentirono uno dei primi soccorritori che rientrava nel palazzo, e subito dopo lo sentirono percorrere in fretta il corridoio, sorpassare il loro box, aprirne un altro ed accendervi la luce: non poteva che essere il box del geom. Ubezio, perché in quello prima c'erano Enzo e Simona, e quello dopo era il box vuoto della CRV.

- Se il geometra Ubezio dovesse scoprire che nel box attiguo c'è l'Enzo intento a fare le porcheriole con sua figlia, come minimo lo ammazza, e farebbe bene, e poi spedirebbe lei in collegio dalle suore.- sussurrò Concetta nell'orecchio del compagno.

- Non penso che l'Ubezio possa far caso al rumore che viene dal box vicino: il rumore che stanno facendo i due nel box del bar coprirebbe anche quello che farebbe uno intento ad inculare un'oca.-

Dal box adiacente fino a quel momento si erano sentiti pochissimi rumori: i passi di Enzo, il bisbigliare dei due, alcuni mugolii e qualche gridolino soffocato, alcuni lamenti, ma niente che potesse far pensare ad una violenza, quanto piuttosto ad una iniziazione non proprio delicata; poi un lungo periodo di silenzio, ed infine si sentirono dei colpi di ferro contro ferro inferti con violenza, provenienti sicuramente dal box dell'Ubezio, perché di certo Enzo non stava demolendo a martellate la cintura di castità di Simona, e la curiosità fu tanta che Walter decise di dare una sbirciatina.

Salì su un vecchio comò e guardò oltre il tramezzo; vide che anche Enzo era salito su un mobile, che però sentì scricchiolare, lo vide aggrapparsi alla sommità del tramezzo per continuare a guardare dall'altra parte, con le scarpe che grattavano il tramezzo per cercare inesistenti punti d'appoggio, e facendo così un rumore che l'Ubezio non poteva non sentire. Infatti poco dopo Walter sentì l'Ubezio uscire in fretta dal suo box, senza chiuderlo a chiave e senza spegnere la luce. Cercò allora dove fosse Simona, ma non riusciva a guardare bene verso il basso. Concetta gli chiese sottovoce cosa stava succedendo e cos'erano tutti quei rumori, ma lui le fece cenno di tacere.

Walter vide Enzo uscire dal suo box e svoltare verso quello dell'Ubezio, ove si trattenne per alcuni minuti; poi sentì un rumore sotto di sé, e subito dopo un muggito disperato. Walter capì che doveva trattarsi di Simona, smontò rapidamente dal comò e disse a Concetta di seguirlo, ché Simona aveva bisogno di loro. Mentre stavano per uscire dal box videro Enzo fuggire verso l'uscita della cantina e sbattere contro la porta del box del bar che si era aperta improvvisamente, facendo apparire Tamara e Fausto.

Walter gli gridò di bloccare Enzo, ché aveva stuprato Simona, poi sentì prendere a calci la porta metallica del box dei Domenichelli e si precipitò nel suo interno seguito da Concetta. Trovarono Simona riversa per terra, imbavagliata e legata, ma che tuttavia era riuscita a fare tanto rumore da far fuggire Enzo e farli intervenire in soccorso.

Le tolsero il bavaglio e la slegarono, Simona era paonazza per la mancanza d'aria, piangeva disperata per l'esperienza vissuta ed al contempo per il passato pericolo. Passarono lunghi minuti prima che si acquietasse, amorevolmente coccolata dalle carezze di Concetta e dalle parole rassicuranti di Walter, e spiegò cosa le era successo e come avesse atteso il momento opportuno per farsi cadere dal divano in modo da togliersi di dosso la coperta che aveva sulla testa.

Quando finì di raccontare fece mente locale alla situazione e cominciò a disperarsi novamente per quello che le avrebbero detto i genitori quando sarebbe tornata a casa. A sentire quelle parole anche Concetta cominciò a disperarsi per gli stessi motivi, poiché era l'una ed era sicura che la sua scomparsa da casa doveva essere già stata scoperta.

- Adesso accompagnamo a casa Simona, che è il caso più grave, poi con tua madre me la vedo io. Cazzo! Ci amiamo e non abbiamo fatto nulla di riprovevole, anzi abbiamo sottratto una fanciulla dalle grinfie di un orco, cosa vuole di più.-

Sostenendo la ragazza ancora dolorante, Walter e Concetta presero l'ascensore fino al II piano, entrarono dagli Ubezio e vi trovarono solo Giorgio e Giuseppina, che dissero che i genitori erano in giro per il condominio per cercare Simona. Concetta accompagnò la ragazza in bagno per ripulirsi, Walter salì dalla Toscani per avvisare che la figlia non correva alcun pericolo. Erano le 01.15.

Quando gli venne aperta la porta Walter si trovò di fronte il padre, Manuela, il prof. Filangeri, i coniugi Ubezio, Secondina e Corinna, questa in un buffissimo pigiama da orsacchiotto. Prima ancora che aprissero bocca Walter disse tutto d'un fiato:
- Concetta sta bene, adesso è da Simona e la sta aiutando a ripulirsi. Anche Simona adesso sta bene, ma ha avuto una brutta esperienza con Enzo Domenichelli. Costui è fuggito, non l'ho inseguito perché ho preferito aiutare subito Simona a liberarsi.-

Walter fu assalito da una proluvie di domande da parte degli Ubezio e della Secondina, alle quali si sottrasse dicendo che avrebbe spiegato tutto con calma dagli Ubezio. Tranne che Corinna, rassicurata del fatto che la sorella era stata ritrovata, l'intero gruppo si trasferì dagli Ubezio; l'ing. Tito, all'occorrenza, per dare una mano al figlio, Secondina per assicurarsi che Concetta stesse bene, Manuela perché voleva portare il suo contributo di conoscenze in un caso di abuso sessuale, il prof. Filangeri per tampinare la Manuela.

Il geom. Giovanni, mentre ci passava accanto, fu tentato di tempestare di pugni la porta dei Domenichelli e fare fuoco e fiamme, ma Manuela lo convinse ad attendere e di sentire prima tutta la storia, ed anche il prof. Filangeri perorò la stessa cosa.

Appena entrato in casa sua seguito dal gruppetto di coinquilini, Giovanni si accertò che Emilia avesse chiuso la porta della loro camera quand'era rinvenuta e si era trovata circondata da mazzette di denaro, e trovandola solo accostata la chiuse per bene; la cosa fu notata da Walter, che addusse il fatto all'essere la camera in disordine, poi però pensò che era ben strano che il geometra si fosse preoccupato più del disordine della camera da letto che di vedere la figlia appena reduce da una brutta avventura, ma dovendo raccontare quant'era successo in cantina, accantonò per il momento il pensiero.

Emilia andò in bagno per vedere la figlia e controllare come stava, Manuela volle accompagnarla per evitare scenate in momenti poco opportuni; dal bagno uscì Concetta, che sorrise alla madre ed andò a sedersi accanto a Walter, mettendogli significativamente la mano sulla sua. Secondina la fulminò con lo sguardo, digrignò i denti, ma abbozzò. Poi uscirono dal bagno l'Emilia, che cercava di mascherare le lacrime, e

Manuela, che teneva un braccio amorevolmente posato sulle spalle di Simona. Giuseppina e Giorgetto furono rispediti a letto, con l'ordine tassativo di mettersi subito a dormire e di non ascoltare i discorsi dei grandi. Naturalmente non persero una parola di quanto venne detto in seguito.

Per non creare dell'imbarazzo a Simona, il prof. Filangeri e l'ing. Tiraboschi decisero di andarsene, ma vollero dichiararsi disponibili a sostenere ogni azione legale che i coniugi Ubezio avessero voluto intraprendere contro Enzo Domenichelli, poi salutarono tutti e tornarono nei loro appartamenti. Anche Manuela dichiarò di voler partecipare ad ogni azione contro il depravato, ma volle restare per tener compagnia alla ragazza.

Mentre Simona, ormai calma, raccontava per sommi capi cosa che le era capitato quella sera e come era nata la sua storia con Enzo, Walter ripensò al geometra Giovanni che si accertava di avere la porta della camera ben chiusa. Era inverosimile che Emilia, nell'arco della giornata, non avesse trovato il tempo di rifare i letti, inoltre si era addormentata sul divano, come gli aveva detto Simona in cantina quando gli aveva spiegato come aveva fatto ad evadere da casa, e difficilmente si sarebbe trasferita a dormire in camera da letto prima dell'arrivo del marito; in ogni caso il l'Ubezio non poteva sapere che la camera da letto era in disordine per preoccuparsi che la porta della camera fosse chiusa. Cosa poteva esserci in camera da letto di tanto importante e delicato da essere anteposto alle cure a Simona?

Poi venne il turno di Walter di raccontare quant'era successo quel giorno con Concetta, dall'incontro delle 15 al bar sottocasa, all'appuntamento mancato a causa delle gemelle – ma naturalmente omettendo di raccontare l'ameno pomeriggio trascorso con loro – alle telefonate a vuoto, fino all'incontro finale delle 23.50 in cantina con Concetta.

Raccontò tutto fin nei particolari, ma omise di far riferimento al fatto di aver sentito il geometra Giovanni entrare nel box attiguo a quello in cui si trovavano Enzo e Simona, e quando ebbe la sensazione che Concetta volesse completare la lacuna del racconto, le strinse forte la mano e lei capì che, per qualche misterioso motivo, Walter voleva che tacesse l'informazione.

Anche Simona non aveva fatto alcun cenno al rumore di martellate nel box attiguo a quello in cui era, e neppure aveva detto, per non averlo potuto vedere, che Enzo era salito su un mobile per scoprire cosa stesse accadendo dall'altra parte del tramezzo.

Alla fine il viso del geometra Giovanni, rimasto molto teso per tutta la durata dei racconti di Walter e di Simona, di distese in un'evidente espressione di passato pericolo; anche il suo atteggiamento con gli ospiti mutò, da imbarazzato per la presenza in casa di tanta gente in un momento delicato della vita familiare – per la figlia violata o per il malloppo sul letto? non era in grado di dare una risposta neppure a sé stesso – ad una cordialità sparsa a piene mani.

Si profuse in ringraziamenti nei confronti dei liberatori della figlia, riconobbe con Manuela che due dita nella vagina fosse il minimo sindacale di un episodio di stupro, e che la rottura dell'imene si sarebbe potuta verificare anche facendo una spaccata a danza, promise che, insieme alla moglie, avrebbe messo al corrente Simona di come funzionassero le cose nella vita, di quali fossero le brutture e quali i pericoli, e che da quel momento in poi avrebbe considerato la figlia una ragazza e non più una bambina.

Erano le 2 quando Walter disse che doveva andare a recuperare le gemelle nel locale ove le aveva accompagnate e riportarle a casa. Concetta lo guardò con gli occhi di fuoco, ma capì ed abbozzò, non prima di avergli detto che avrebbe cronometrato il tempo che ci avrebbe impiegato, poi gli diede un bacio e lo lasciò andare. Secondina aveva un'aria rassegnata, e con un sospiro rispose al gioviale saluto di Walter. Manuela diede a Walter un gran bacio sulla guancia, e gli disse che sarebbe subito scesa dall'Aurelia per essere presente quando avrebbe riportato le gemelle: lei era nata per fare il pompiere in certe situazioni incresciose fatte di pruriti e di sotterfugi giovanili.

#

Tamara, appena uscita dalla porta posteriore del bar, aveva trovato Fausto appoggiato al muro della tromba dell'ascensore, con una sigaretta all'angolo delle labbra e l'aria fra l'annoiata e la vissuta.

- Sembri l'Humphrey Bogart del film "Casablanca" – lo sfottè Tamara – hai portato il fumo per me? Se no, dimmelo subito, che andrò a passare il sabato sera da un'altra parte.-

Fausto tolse dalle tasche un pacchetto di tabacco e lo diede alla ragazza, che l'aprì ed annusò il contenuto, poi lo richiuse e se lo mise nella tasca dei jeans.

- Bastardo come sei – volle lusingarlo Tamara – saresti stato capace di scroccarmi una ciulatina con un pacchetto di tabacco sfuso. Dove andiamo? Nel tuo box o nel mio?-
- Nel tuo! – rispose deciso Fausto, perché per la fretta di vedersi con la ragazza aveva lasciato l'armamentario per la preparazione delle dosi ed il grosso pacchetto d'erba in bella vista nel suo box, e non voleva che Tamara, esosa com'era, sapesse quant'erano rilevanti le sue scorte – E sia ben chiaro che per un pacchetto d'erba mi aspetto ben di più di una sveltina; come minimo ci diamo dentro tutta la sera.-
- Vedremo se reggi il ritmo, pivello.– replicò beffarda Tamara aprendo il box del bar – Preferisci al buio perché ti vergogni che ti veda il pisellino, o vuoi potermi vedere in tutta la mia splendente bellezza?-
- Accendi la luce bellezza, che non splendi abbastanza per illuminare un box- disse Fausto, cui non pareva vero di essere riuscito a rispondere con sarcasmo alle provocazioni della troietta.
- Stronzo! – disse Tamara accendendo la luce e togliendosi la giacca a vento e, con un gesto fluente, anche la maglietta, restando con le tette al vento, quindi si slacciò i jeans e se li sfilò saltellando sulle gambe, mostrando delle microscopiche mutandine che le coprivano a malapena la fica, quindi si stese supina su dei vecchi cuscini di poltrona e disse in modo provocante – Hai mai visto da vicino una come me in carne ed ossa? o le hai viste solo sui siti porno per ispirarti mentre ti facevi delle gran seghe. Cosa aspetti a svestirti?-
Fausto si spogliò con frenesia, gettando gli indumenti qua e là, poi si avventò sulla ragazza e diede l'avvio ad una serie di amplessi selvaggi inframmezzati da succosi pompini, da gustosissime canne e da rudi sodomizzazioni.

Non si accorsero delle molte persone che erano entrate in cantina durante la serata, e si erano appena rivestiti, lei paga delle molte penetrazioni, e lui distrutto dalla insaziabilità della ragazza, quando sentirono delle specie di muggiti provenire dal fondo della cantina. Spalancarono la porta e si trovarono di fronte Enzo con una faccia stravolta, a terra videro delle mazzette di banconote da 500 Euro, e dal fondo del corridoio sentirono provenire un baccano infernale, come di calci tirati ad una porta metallica. Sentirono anche qualcuno gridare di fermare il porco, che aveva stuprato Simona.

Dopo un istante di smarrimento, Enzo diede una spinta a Tamara che finì addosso a Fausto trascinando anche lui a terra. I due videro Enzo sparire nella tromba delle scale e si rialzarono sacramentando, raccolsero da terra le mazzette e rimasero qualche istante in silenzio incerti su cosa fare, ma alla fine decise Tamara per tutti e due:

- Sono 8 mazzette, 4 a me e 4 a te, e ricorda che non abbiamo visto né trovato niente. Escludo che sia denaro di Enzo, e dopo quello che ho sentito gridare dubito che possa venire a riprenderselo. Io vado a vedere cos'è successo a Simona, tu vedi di nascondere bene codeste mazzette che hai in mano. Ci vediamo. Non sei stato tanto male, pivello.-

Tamara intascò le sue mazzette ed andò a vedere come stava Simona. La trovò nel box del Domenichelli ancora sotto shock, accudita e consolata da Concetta e da Walter. Costui le raccontò brevemente l'accaduto ed assicurò che avrebbero provveduto loro ad accompagnare a casa la ragazza quando si fosse rimessa, poi fece l'occhiolino a Tamara ammiccando verso Concetta, per farle capire che non la voleva tra i piedi mentre recitava, ad uso dell'amata, la parte del prode cavaliere accorso a salvare una fanciulla dalle grinfie dell'orco, e magari farsi scappare qualche parola rivelatrice del fatto che c'era stato del tenero fra loro. Tamara capì al volo, diede una carezza a Simona, fece un largo sorriso a Concetta e le disse che se avesse avuto bisogno l'avrebbe trovata a dormire nel bar, perché c'era troppa nebbia per tornare a casa con la sua Panda.

Fausto entrò nel suo box, dall'altra parte del corridoio, ove contò il denaro e rimase sgomento per la sua entità: 200.000 Euro! Una fortuna per un ragazzo che progettava di andarsene da casa. Nascose accuratamente le mazzette dopo aver tolto da esse una decina di banconote, ritirò il suo armamentario da spacciatore e richiuse il box. Non voleva tornare a casa e sentire le geremiadi di suo padre, per motivi assolutamente assurdi tra l'altro; voleva andare da qualche parte per poter pensare con calma a come organizzarsi ora che era ricco: dove andare ad abitare, che auto acquistare, se continuare o meno l'attività di spacciatore.

Uscì dal palazzo e vide cosa aveva causato lo schianto di lamiere che aveva sentito mentre dava gli ultimi affondi con Tamara. C'era una macchina dei carabinieri coi lampeggianti accesi e col faretto che illuminava la scena, un'ambulanza ed un carro attrezzi col lampeggiante giallo che stava caricando sul pianale il rottame dell'Alfa 164, il controviale era disseminato di torce antinebbia che bruciavano sull'asfalto; tante luci multicolori che brillavano nella nebbia rendevano la scena surreale, fantasmagorica.

Fausto si diresse verso una birreria ad alcune centinaia di metri di distanza, che trovò piena di giovani intenti a sgavazzare, le femmine tutte in ghingheri, una più bella dell'altra, ed i maschi che fingevano di non vederle e di essere interessati solo a confrontare i propri tatuaggi ed a scolarsi enormi boccali di birra.

Un ex compagno di scuola lo chiamò e lo invitò ad accomodarsi nel *séparé* che occupava con due ragazze; a Fausto l'idea di starsene da solo a pensare svanì di colpo, si avvicinò al tavolo e l'amico, Tarcisio, fece le presentazioni: le ragazze, entrambe sui vent'anni, si chiamavano Samantha e Deborah, una era nera e riccia, l'altra bionda platinata, erano belle come dee e truccate come troie d'alto bordo. Fausto si sedette accanto a Deborah, trasudando felicità da ogni poro della pelle.

#

Walter giunse al "Bar-bon" che erano le 02.20, ed appena dentro cercò le gemelle nelle varie sale del locale, ma non le trovò. Chiese al gestore, che non poteva non averle notate, che fine avessero fatto le gemelle entrate attorno alle nove, e la sua risposta gli fece formicolare la nuca tanto lo preoccupò.

- Chi? Quelle due strafiche assolutamente identiche? Hanno impiegato meno d'un minuto per farsi rimorchiare da quattro tipi che non avevo mai visto, non devono essere di qui; si sono sedute al loro tavolo ed hanno preso una Caipiriña, poi si sono fatte coccolare e toccacciare per una mezz'oretta, hanno preso un vodka-lemon, e dopo un'altra mezz'oretta se ne sono andate con loro; saranno state le dieci e mezza. Poi non le ho più viste, e neanche i tipi. Dieci a uno che le hanno portato in riva alla Sesia per trombarle.-

Walter tornò di volata al condominio, pensando disperatamente a cosa dire all'Aurelia, per pararsi il culo certamente, ma anche per parare quello delle due troiette. Alle 2.4o sonava il campanello di casa Paternò, la porta si aprì ed apparve un'Aurelia furiosa.

- Entra stronzo! Sono appena arrivate, adesso sono in bagno a ripulirsi, erano tutte infangate e coi vestiti sporchi d'erba e bagnati; vieni a sentire che razza di palle saranno capaci di raccontare, quasi più grandi di quelle che racconti tu. Stronzo!-

Walter infossò la testa nelle spalle ed entrò contrito in casa mormorando parole di scusa; in salotto trovò il ragionier Paternò in un'elegante vestaglia di seta che gli lanciò un'occhiataccia, perché non sapeva nulla dell'intrigo organizzato per consentire alle gemelle di uscire, e c'era anche Manuela che se la rideva sotto i baffi.

- Dai Aurelia – disse Manuela – non essere severa col Walter, che con Concetta è stato l'eroe della serata, come ti ho raccontato, e neanche con le gemelle. Non dirmi che alla loro età tu eri una santerellina.-

Le due gemelle uscirono dal bagno ed entrarono in salotto, avevano indossato dei pigiami graziosissimi, a fiorellini rosa uno ed azzurri l'altro, e senza trucco sembravano due innocenti angioletti. Videro che c'era Walter e lo aggredirono con veemenza.

- Eccolo! È tutta colpa di quello stronzo! Ci ha portate in un locale malfamato, pensate che si chiamava "Bar-bon", non c'era neanche la pista da ballo, poi ci ha fatto bere non so cosa ed ha detto di aspettarlo lì, che doveva fare una commissione urgente e che sarebbe tornato subito. Noi abbiamo aspettato fino alle 12, chiacchierando con alcune ragazze che erano lì, poi abbiamo chiesto a due delle ragazze se potevano riaccompagnarci a casa, e due dei loro accompagnatori, due giovanotti che ci sembravano tanto a modo, si sono offerti di riaccompagnarci. Siamo salite con loro in auto e siamo partite, ma non ci siamo accorte subito che non ci stavano portando a casa, c'era troppa nebbia e non si vedeva niente. Quando abbiamo sentito che imboccavano una strada sterrata ci siamo preoccupate e gli abbiamo detto di farci scendere. Così hanno fatto, ma poi ci hanno stese per terra ed hanno provato a trombarci, senza riuscirci per quanto ci divincolavamo. Abbiamo gridato e devono essersi impauriti, così sono scappati in auto. Noi eravamo infreddolite, sporche e bagnate, abbiamo ripercorso la strada sterrata infangandoci tutte e, raggiunta la strada statale all'altezza del ponte sulla Sesia, abbiamo fatto l'autostop. Un distinto signore ci ha riportate fin qui. Se non fosse stato per quello stronzo – dissero indicando Walter – saremmo tornate in orario.-

Aurelia aveva ascoltato la sparata delle gemelle trattenendo a stento la rabbia, ma non più nei confronti di Walter, bensì contro le due cacciaballe; immaginava benissimo come erano andate le cose, per averle fatte non poche volte in gioventù: si erano fatte portare da un ragazzo a modo come Walter in un locale, poi Walter le aveva lasciate lì per tornare dalla sua Concetta, e le due gemelle avevano adescato due maschioni – sperava, ma avrebbero potuto essere anche molti di più – che le avevano portate in camporella e, loro consenzienti, le avevano trombate a raffica, altro che divincolarsi e gridare aiuto, non avevano nessun segno di violenza addosso, neanche un graffio.

Walter ritenne di non dover dire nulla in sua difesa, anche perché aveva visto Manuela fargli l'occhiolino. Il ragionier Paternò cercava disperatamente di rimaner sveglio e di non dare l'impressione di sbattersene della brutta avventura delle figlie, sapendo bene che la versione fornita da esse era sicuramente edulcorata se non di pura fantasia, spiaciuto solo che Walter avesse ingannato Aurelia per tener bordone alle gemelle; ma poi pensò al modo in cui queste avrebbero potuto convincerlo per aiutarle ad evadere da casa, ed ammise con sé stesso che si sarebbe comportato nello stesso modo. Infine aveva notato il cenno che gli aveva fatto Manuela, come per dirgli di lasciar correre, e non aveva voluto contraddirla, anche perché non gli aveva ancora dato il carnet per la frequentazione gratuita del suo bordello.

Aurelia spedì a letto i due angioletti, anticipandogli che l'indomani ne avrebbero parlato vis-à-vis. Anche il ragioniere disse che sarebbe andato a letto, ché cascava di sonno, quindi baciò la moglie, fece l'occhiolino a Walter, e si profuse in un perfetto baciamano con Manuela, che lo gratificò con un "Ciao caro" che lo mise in non poco imbarazzo. Quando fu uscito Aurelia disse a Walter:

- Mi sbagliavo prima: le palle delle mie figlie sono più grosse di quelle che cacci tu. Quando sei andato al bar per riprendere le gemelle avrai chiesto che fine avevano fatto, perché non sono due tipe da passare inosservate; adesso mi dici per bene cosa hai saputo.-

- Signora Aurelia, per la simpatia che mi lega alle sue figlie e per la dovuta privacy cui le stesse hanno diritto, mi è oltremodo doloroso rifiutare...-

- Non dire cretinate! Mi racconti tutto e vedi di raccontarmela giusta, perché altrimenti racconterò a Concetta dove hai passato due ore amene nel pomeriggio dopo averle dato appuntamento in cantina, e poi sì che sarà oltremodo doloroso...-

- Dai Walter, Aurelia è adulta e vaccinata, e "deve" sapere cos'è successo alle gemelle – raccomandò Manuela – non costringerla ad andare al "Bar-bon" per informarsi.-

Walter era in subbuglio, ma alla fine cedette raccontando tutto quello che sapeva, compreso il numero di partecipanti alla camporella, e si dichiarò ancora spiaciuto per averla ingannata, ma disse di essersi trovato in un vicolo cieco e di aver agito quasi per costrizione.

- Già – concluse l'Aurelia – altrimenti non te l'avrebbero più data da annusare. Non ho capito però a chi la battevi da qualche mese a questa parte, a Patrizia od a Tiziana?-
- Non l'ho mai capito neanch'io. Giocavano sempre a scambiarsi la parte.-
- Che razza di troiette! Ma d'altra parte, rimanga fra noi, facevo di peggio alla loro età.-
- Non sono troiette – protestò Manuela – sono solo delle giovani con sani appetiti sessuali.-
- Detto da una maîtresse non è proprio un attestato di garanzia; e comunque non voglio che mi si prenda per il culo, né le gemelle, né Walter e né il Paolo. Non mi è sfuggito che quando gli hai detto "Ciao caro" lui s'è pisciato addosso.-

Walter si insinuò nella conversazione, e chiese ad Aurelia se poteva andarsene e se l'aveva perdonato. Aurelia gli venne vicino e lo baciò amorevolmente.

- Si che ti perdono, brigante, avrei tanto voluto che fosse stata una delle gemelle a conquistarti, o anche tutte e due a turno, tanto non me ne sarei accorta neanch'io; mi sei sempre stato simpatico, e continui ad esserlo. Ti faccio i miei auguri per la tua storia con Concetta, e venite a trovarci quando vorrete.-
- Ciao grand'uomo – fece eco Manuela ridendo – vieni a trovare anche me quando vuoi, ma senza Concetta.-

Walter uscì dai Paternò alle 03.20, ma il sonno gli era ormai passato. C'era un'altra cosa da fare prima di andare a dormire: scese in cantina ed entrò nel box degli Ubezio, quello da cui si erano sentite delle martellate. In bella vista su un mobiletto c'erano un grosso martello, uno scalpello, un coltellaccio ed alcuni frammenti di cerniere d'ottone, guardando meglio e vide anche frammenti di pelle che non dovevano esserci.

A Walter parve chiaro che l'Ubezio, pochi minuti dopo lo schianto dell'auto, aveva aperto a martellate qualcosa, forse una valigetta, vista la dimensione delle cerniere, ed aveva portato il contenuto nel suo appartamento mettendolo sul letto, di qui la cura mostrata nell'accertarsi che la porta della camera da letto fosse chiusa; però il rumore aveva attratto l'attenzione di Enzo, che era salito su un mobile e l'aveva spiato, accorgendosi forse che l'Ubezio aveva trascurato di portar via qualcosa, così era entrato nel suo box per prenderla, consentendo a Simona di liberarsi.

Walter si guardò di nuovo attorno e notò che un'anta di una credenza era aperta, e che davanti ad essa c'erano alcuni barattoli di vernice appoggiati a terra, inoltre in un angolo del box trovò una valigetta deformata che era stata aperta dal lato delle cerniere e che aveva le serrature a combinazione intatte.

A quel punto il quadro della situazione gli divenne chiarissimo: sentito lo schianto delle lamiere l'Ubezio ed altri erano usciti dal bar per soccorrere i feriti, pochissimo tempo dopo aveva sentito l'Ubezio tornare verso il palazzo dicendo che avrebbe telefonato 118, ed invece si era precipitato nel suo box ove aveva preso a martellate una valigetta fino ad aprirla. Dove aveva preso la valigetta? Ovvio, sull'auto incidentata, ma non riusciva ad immaginarsi il geometra rubare una valigetta proprio alle persone che era andato a soccorrere; anzi, non vedeva proprio il geometra intento a rubare qualcosa, a meno che... spinto dalla cupidigia o dal bisogno, aveva colto l'attimo e si era impossessato di una valigetta che aveva trovato nell'abitacolo della macchina incidentata. Ma come aveva saputo che conteneva qualcosa di prezioso? Perché aveva visto delle serrature a combinazione? Difficile, anche nel caso uno avesse avuto una valigetta con serrature a combinazione, in quell'occasione poteva benissimo averci messo una camicia, un paio di mutande, dei calzini e l'occorrente per farsi la barba.

Cosa ci poteva essere di tanto prezioso da poter stare in una valigetta? Solo ben poche cose: denaro, gioielli o coca. In tutti i casi gli sembrava ben strano che poi, a casa, li avesse rovesciati sul letto. E poi perché aveva voluto aprire la valigetta? Ovvio, per poter controllare cosa conteneva. Ma perché l'aveva fatto nel box? Perché era lì che teneva gli attrezzi che gli servivano. Ma allora perché, anche se rotta, non aveva usato la valigetta per trasportare il contenuto fino nel suo appartamento? Forse per non correre il rischio di farsi sorprendere dai condomini che avrebbero potuto scendere in istrada e trovarsene davanti uno sulle scale o sull'ascensore, avendo in mano una valigetta semiaperta traboccante di preziosi. Come aveva fatto allora a trasportare il malloppo? Semplice, l'aveva messo nelle tasche dei calzoni e della giacca e l'aveva infilato nella camicia, ma il contenuto della valigetta era troppo per poterci stare tutto, per cui ne aveva lasciato una parte nella valigia rotta che aveva nascosto nella credenza, dietro ai barattoli di vernice, ma per farcela stare aveva dovuto lasciare alcuni barattoli per terra.

Walter fece un esperimento: prese dei vecchi libri e dei quaderni di scuola che erano impilati su una cassapanca e li mise nella valigetta, poi tentò di chiuderla senza riuscirvi, ma la collocò ugualmente nella credenza mettendoci davanti i barattoli. Dal punto in cui aveva visto Enzo guardare oltre il tramezzo, la credenza era perfettamente visibile, quindi era certo che Enzo avesse visto sia il contenuto della valigetta, sia dove era stato nascosto quanto non prelevato dall'Ubezio.

Walter si avvicinò di nuovo alla credenza, rimosse i barattoli di vernice e con difficoltà cercò di estrarre la valigetta senza farne cadere in contenuto, ma non ci riuscì, perché una cascata di libri e di quaderni si sparse sul pavimento. Walter si abbassò per raccattare quanto era caduto e, sotto la credenza, vide che c'era qualcosa d'altro: tre mazzette di banconote da 500 Euro. Tombola!

A Enzo doveva essere successa la stessa cosa – pensò Walter – solo che mentre era intento a raccattare le mazzette cadute, Simona era riuscita a cadere dal divano ed a fare tanto rumore da attrarre l'attenzione sua, di Concetta, di Fausto e di Tamara, e costringendolo a fuggire; il resto Walter l'aveva vissuto in prima persona. Non sapeva perché Tamara e Fausto non avevano bloccato il fuggitivo, forse Fausto l'aveva inseguito e Tamara era venuta a costatare come stava Simona, ma gli avvenimenti si erano svolti tanto in fretta che non poteva essere certo della loro tempistica.

Walter spense la luce, uscì dal box e salì le scale per tornare a casa. Non poté che compiacersi con sé stesso per la ricostruzione degli avvenimenti che aveva fatto, ricostruzione che gli aveva fruttato 150.000 Euro. C'erano ancora da chiarire alcune cose, per esempio perché l'Ubezio aveva corso il rischio di fare una figura di merda colossale se fosse stato sorpreso a rubare la valigetta ad un ferito, ma tenendo conto che gli altri presenti avevano l'attenzione tutta volta altrove, con un bel po' di sangue freddo la cosa si sarebbe potuta fare. Doveva chiedere a suo padre se conosceva la situazione economica degli Ubezio, perché se questa fosse stata pessima, allora tutto sarebbe stato chiaro.

Erano le 4 passate. Passando sul pianerottolo del I piano incocciò con Manuela e con suo padre che erano appena usciti da casa Paternò. I due lo guardarono stupiti e, dopo un momento, Manuela disse:

- Però! Che figlio mandrillo hai Tito? Nel pomeriggio si è fatto spupazzare dalle gemelle, poi è andato in cantina per coccolare la Concetta, e adesso è andato a scopare chissà chi.-

- Ero preoccupato per te figliolo, non ti vedevo tornare e sono sceso dall'Aurelia perché pensavo che ti stesse torturando; poi l'Aurelia mi ha spiegato come sono andate le cose e ci siamo fatte quattro risate alle tue spalle. Dove cazzo sei andato?-

- In cantina, da solo. Volevo controllare due cosette su quanto è accaduto.-

Intanto erano arrivati al loro piano, ma Manuela non aveva alcuna intenzione di rincasare, infatti disse:

- Adesso mi racconti tutto. Non ho mai passato una serata più interessante. Posso entrare da voi? Non vorrei disturbare le mie ragazze, avranno appena finito di lavorare.-

Entrarono tutti e tre, e poco dopo arrivò Olga in vestaglia, che vedendo marito e figlioccio con Manuela a quell'ora, non poté trattenersi dal dire:

- Ma bene! Adesso vanno per puttane insieme, e non contenti si portano la maîtresse a casa.-

- Non essere gelosa Olga, che i tuoi uomini poi ti racconteranno la storia più incredibile che tu abbia mai sentito. Però prima lascia che Walter finisca di raccontare.-

- Sarà. Volete qualcosa? Cosa si può bere alle quattro del mattino?-

- Dai, prepara un caffè – disse Tito – Allora Walter, cosa volevi controllare in cantina?-

- Prima dimmi tu. Per quanto ne sai, il geometra Ubezio si trova in difficoltà economiche?-

- Proprio non saprei. Ma scusa, perché lo vuoi sapere?-
- Ti rispondo io. – disse Manuela – Si trova nella merda fino al collo. Si è scoperto proprio stasera durante l'assemblea. È in ritardo di due rate delle spese condominiali, per 1200 Euro, e sono tre mesi che non paga l'affitto alle sorelle Sensini, che se per la fine del mese non avranno i 2700 Euro che il geometra le deve, lo butteranno fuori casa. Io e molti altri, tra cui tua madre, abbiamo assicurato al ragionier Paternò che avremmo anticipato le spese che doveva al condominio. – quindi, rivolta a Tito, aggiunse – Volevo sentire un po' tutti per vedere cosa si può fare per l'affitto arretrato. Indovina chi si è tirato indietro dal partecipare alla buona azione?-
- Quella baciapile della Domitilla – rispose Tito.
- Esatto! E forse anche la tua cara futura suocera, che non era presente all'assemblea- disse rivolta a Walter.
- L'Aurelia? Non ci credo, devi aver capito male- disse Olga.
- Olga, non sei aggiornata sugli amorazzi di Walter. Adesso le gemelle le trastulla per tenersi in forma, ma il suo cuore, e forse qualcos'altro, è tutto per Concetta.-
Walter si schiarì la gola e raccontò alla matrigna la storia dall'inizio, comprese le digressioni con le gemelle e gli appuntamenti con Concetta, poi ricostruì dettagliatamente quanto aveva udito e quanto aveva visto immediatamente dopo lo schianto dell'auto, e si dilungò sui ragionamenti che aveva fatto con sé stesso poco prima. I genitori e Manuela lo seguirono attentamente non perdendosi neppure una parola, ed alla fine Walter estrasse di tasca le tre mazzette da 500 Euro e le mise sul tavolo, dicendo ai genitori:
- Questo è il mio regalo di Natale, di san Valentino, di compleanno, di Pasqua... per i prossimi vent'anni.-
- Quanti sono?- chiese Olga.
- Sono mazzette da 50.000 Euro l'una- rispose Manuela, che se ne intendeva.
- Cazzo! Vuol dire che te li terremo da parte per quando metterai su casa – disse Tito – a noi non servono, ne abbiamo abbastanza per le nostre esigenze. Ti raccomando solo di non farti venire la fregola di spenderli a tutti i costi.-
- Non c'è rischio – assicurò Manuela ancora scioccata – Walter è uno

con la testa sul collo, e se anche volesse fare un giro di valzer con le mie ragazze, glielo farò fare gratis.-

Enzo era nascosto nel piccolo bagno di servizio della portineria. Quando era risalito di corsa dalla cantina e si era trovato nell'atrio aveva visto che in istrada, attorno al luogo dell'incidente, vi erano parecchie persone, fra carabinieri, infermieri e, forse, alcuni residenti del palazzo, e non voleva essere visto. Nessuno di loro poteva ancora sapere di Simona, ma entro pochi secondi potevano arrivare Tamara e Fausto per avvertirli, e se lo si fosse visto allontanarsi in una direzione, ci avrebbero messo poco a prenderlo, nonostante la nebbia. Inoltre aveva indosso una semplice maglietta ed un golf neppure pesante, e se fosse uscito all'aperto avrebbe patito il freddo, reso ancora più penetrante dalla nebbia. Avendo pochi secondi per decidere dove rifugiarsi, optò per la portineria, sempre aperta, e qui si chiuse nel bagno, con il vago timore di essersi messo da solo in trappola.

Contrariamente a quanto aveva pensato, Fausto e Tamara non l'avevano inseguito; poi pensò alle mazzette che gli erano cadute ed intuì che i due si erano fermati per raccoglierle, i bastardi, e forse per soccorrere Simona, come d'altra parte doveva aver fatto Walter dopo aver gridato di fermarlo. Socchiuse la porta del bagno e si accorse che, traguardando attraverso la finestra scorrevole della portineria riusciva a scorgere la porta dell'ascensore e le scale della cantina; da queste, dopo alcuni minuti, vide salire Tamara ed entrare nel bar attraverso la porta posteriore di esso, e quindi chiudersi dentro.

Perché è entrata nel bar invece di tornarsene al paesello con la sua Panda?- si chiese Enzo – per contare il malloppo? Sicuramente! Poi ricordò di non averlo contato neppure lui. Si tolse dalle tasche dei calzoni le mazzette e costatò che erano solo quattro, che in ogni mazzetta c'erano 100 banconote, dunque il suo tesoretto ammontava a 200.000 Euro.

Certo che se non gli fossero cadute parecchie mazzette quand'era andato a sbattere contro la porta del box del bar – pensò Enzo – il tesoretto sarebbe stato ben più consistente, forse superiore al mezzo milione, ma si rassegnò a farselo bastare per sparire e per nascondersi, perché non aveva intenzione di essere accusato di alcunché, in fin dei conti non l'aveva neanche scopata quella sciacquetta, ma non voleva a nessun costo doversi sorbire le rampogne dei genitori, e di Domitilla in particolare.

Sentì che l'ambulanza ed il carro attrezzi si allontanavano dal luogo dello schianto, vide che alcuni condomini rientravano nel palazzo e, pochi minuti dopo, vide Fabio uscire dalla cantina con l'aria di essere il padrone del mondo dipinta sulla faccia, attraversare l'atrio ed uscire in istrada.

L'adrenalina che fino ad allora l'aveva sorretto esaurì a poco a poco il suo effetto ed Enzo fu pervaso da un senso di impotenza e di frustrazione, si costrinse a reagire e provò a pensare positivo: di buono c'era sicuramente il fatto di disporre di 200.000 Euro, che non erano bruscolini, poi considerava molto positivamente il fatto che quanto era avvenuto lo aveva praticamente costretto a fuggire da casa, perché non era mai stato capace di prendere autonomamente una decisione così grave.

Non riuscì a trovare altre "positività" da mettere nel carniere, invece si affastellarono nella mente tutte le "negatività": le molte cose che aveva abbandonato nella sua stanza: le scarpe griffate, i vestiti ed il computer erano facilmente rimpiazzabili ora che aveva parecchio denaro, ma la collezione di filmati hard che aveva scaricato dai siti porno di mezzo mondo l'avrebbe persa per sempre. Pazienza – pensò Enzo – mi rifarò su soggetti in carne ed ossa e non più virtuali.

Enzo uscì cautamente dal bagno e cercò cosa poteva offrirgli la portineria di utile per una fuga. In un armadietto metallico trovò il cappotto dozzinale della Ìnes e lo indossò, anche se era un po' corto ed aveva l'allacciatura dei bottoni al contrario; c'era anche un ombrello ed una borsa a tracolla da donna con dentro poche cianfrusaglie: un blocchetto di biglietti dell'autobus, fotografie in bianco e nero forse di parenti, dei fazzoletti di carta, un rosario; poi frugò nella scrivania e fu tentato di impossessarsi delle chiavi del box del bar e quelle del box dei Filangeri per cercare le mazzette che gli aveva sicuramente fregato, ma cacciò il pensiero: certamente non aveva il tempo di cercarle, ed in futuro non doveva farsi più vedere attorno al palazzo.

Sbirciò in strada e vide che i carabinieri se ne erano andati, sull'asfalto bruciavano ancora alcuni mozziconi delle torce accese per segnalare l'incidente, e la nebbia si era impossessata completamente della scena.

Enzo uscì dal palazzo con passo deciso ma con un po' di apprensione e si diresse verso la stazione ferroviaria, distante un paio di chilometri. Erano le 2 passate.

Altri inquilini del condominio avevano sentito lo schianto e si erano affacciati ai balconi per vedere cosa fosse successo, anche se la nebbia ostacolava notevolmente la visibilità; fra questi l'Aurelia, che appena affacciatasi dal balcone del primo piano aveva visto il geometra Ubezio allontanarsi dal luogo dell'incidente tenendo in mano qualcosa ed entrare nel palazzo, ma non aveva fatto gran caso a ciò che aveva visto, essendoci ben altre cose da guardare, ma l'immagine le si era sedimentata in un anfratto della mente, pronta ad emergere alla prima occasione.

I coniugi Vinciguerra, il Vercelloni ed il De Pisis, Virginia, Fedora e Maria, che pur si erano affacciati al balcone, avevano solo visto delle figure indistinte muoversi nella nebbia e si erano ritirati subito, anche l'ing. Domenichelli si era affacciato per pochi istanti, poi era subito rientrato per non far uscire il caldo dall'appartamento e per non far entrare la nebbia, letale per i biellismi dei suoi trenini.

Quando finalmente Giovanni fu solo con la moglie, dopo aver coccolato Simona ed averla spedita a letto, si sedette con lei in salotto e le raccontò quanto aveva fatto: come si era fatto prendere da un raptus quando aveva sentito un ferito rantolare le parole "il denaro nella valigia", di come aveva trovato la valigetta e di come si era diretto verso il palazzo cercando di non farsi vedere dagli altri soccorritori. Le raccontò di aver aperto la valigetta a colpi di mazza e di scalpello, di come aveva nascosto addosso a sé le mazzette di denaro, ma disse che aveva dovuto abbandonarne una parte nel box, e che le aveva nascoste nella credenza dietro a dei barattoli di vernice.

Poi i due andarono nella loro camera per contare il denaro, ma quando Giovanni aprì la porta vide che sul letto non c'era nulla, e quasi gli venne un colpo.

- L'ho ritirato io. Appena mi sono ripresa dal mancamento mi sono trovata circondata da tutti quei soldi e non riuscivo a farmene una ragione, poi dovevo cercare Simona, ma non potevo lasciare tutto quel denaro in bella vista, con Giorgetto e Giuseppina in giro, così l'ho ritirato nel comò.-

Giovanni baciò la moglie e con lei portò il denaro sul letto per contarlo, quand'ebbero finito si guardarono in faccia frastornati: davanti a sé avevano 5.250.000 Euro.

Quando si riprese dallo sbigottimento Emilia chiese al marito:

- Pensi che qualcuno sappia che abbiamo tutto questo denaro? Sarà il caso di tornare in cantina per prendere il resto?-

- Quando sono uscito dal box, per l'emozione e la fretta, penso di non averlo chiuso e di aver lasciato la luce accesa; magari può esserci entrato qualcuno, ma il resto del denaro l'ho nascosto molto bene. Poi andrò giù per prendere il resto.-

Giovanni ed Emilia passarono l'ora successiva a nascondere il denaro in nascondigli sui generis della camera da letto: in cima all'armadio, dietro al comò, sotto il materasso, in alcune scatole di scarpe, nelle tasche di un vecchio cappotto, ma 4 milioni di Euro decisero di metterli in banca e di investirli, e 250.000 di tenerli a portata di mano per le "piccole spese correnti".

Alle 4.30 Giovanni scese in cantina per prendere il resto del denaro. Quando spalancò la porta del box la luce era spenta, l'accese e trovò il pavimento ingombro di libri e di quaderni, l'anta della credenza era aperta, i barattoli di vernice erano stati spostati e la valigetta era per terra, vuota. Il denaro era scomparso.

Giovanni, un po' deluso, ma non più di tanto, tornò dalla moglie e le disse come aveva trovato il box, e che nel condominio c'era qualcuno che gli aveva "rubato" non meno di mezzo milione di Euro.

- Buon per lui – disse Emilia – vuol dire che ci accontenteremo di quello che abbiamo rubato noi.-

Poi baciò il marito e si infilò a letto, lasciando Giovanni a lambiccarsi il cervello per scoprire chi poteva averlo visto mentre nascondeva il denaro nella credenza, e pervenne alla conclusione che non poteva che essere stato visto da chi in quel momento si trovava nel box limitrofo al suo, quell'Enzo Domenichelli che non solo aveva tentato di stuprare Simona, ma lo aveva anche derubato di più di mezzo milione di Euro, il bastardo!

Capitolo IV – SVILUPPI

Come da programma il Vercelloni ed il De Pisis si alzarono presto quella domenica mattina, si caricarono di sci e di scarponi, infilarono due thermos e dei panini in una sacca, e partirono nella nebbia alla volta di Santhià per prendere l'autostrada per Aosta; sapevano che dopo Santhià sarebbero usciti dal mare di nebbia e che il viaggio col pulmino Volkswagen sarebbe proseguito con più sicurezza.

Anche Rodolfo e Carlotta si erano mossi presto quella mattina, dovendo recarsi alla Malpensa; avevano atteso le 7 che giungesse Annibale, salutato le nuove "figlie" ancora addormentate, dato un pizzicotto sul culo di Diana per avvisarla che il suo "obelisco" era appena arrivato, poi erano scesi dabbasso ove avevano preso il caffè nel bar che aveva appena aperto.

Scambiarono qualche parola con Dino che li ragguagliò sull'incidente della sera prima e sulle fasi più animate dell'assemblea condominiale, così vennero a conoscenza delle difficoltà economiche in cui versavano gli Ubezio e della colletta improvvisata per dargli una mano, almeno riguardo alle spese condominiali.

- Noi ci stiamo, naturalmente, chi è che si è defilato?- chiese Carlotta.
- Indovina. La Domitilla e le Sensini, la Toscani non era presente in assemblea. La Manuela al confronto di quelle befane xè una gran dama.-
I Vinciguerra se ne andarono e nel bar entrò Valentina, lamentandosi per essere arrivata in ritardo a causa della nebbia e non aver fatto a tempo a truccarsi come avrebbe voluto.-
- Te dovevi restar chi a dormir come ga fatto la Tamara. Va de là a ciamarla, che la dorme ancora.-
- Ma questa domenica sono io di turno. Perché l'hai fatta rimanere ieri sera? Oltretutto c'era l'assemblea... ah! capisco... il Pavan si è voluto concedere un ameno trastullo... non voleva andare in bianco proprio il sabato sera, quando tutti sono in giro a divertirsi, così lui, dopo una dura giornata di lavoro ed una noiosa assemblea di condominio, volendo fare qualcosa di diverso della solita sega davanti al paginone centrale di Playboy...-
- Sfrontata! Tel do mi el paginon central- e, presa la ragazza al volo mentre cercava di sfuggirgli, le diede una gran solleticata, cogliendo nell'occasione la possibilità di darle una robusta palpata alle tette.
Valentina finse di divincolarsi, riuscendo nell'intento di strusciare il culo contro la patta del padrone senza rendere evidente la manovra, che tuttavia non sfuggì affatto a Dino, il quale lasciò andare la ragazza con

una sculacciata, ma ripromettendosi di verificare che intenzioni avesse, perché non era la prima volta che lo provocava in quel modo.

Valentina andò in uno dei due locali di servizio del bar, quello in cui si trovavano, oltre al bagno, uno spogliatoio, un divano sdrucito, alcuni scatoloni di tabacchi, di alcolici e di merendine, e quanto occorreva per la pulizia dei locali; qui si tolse il piumino nero lungo che indossava e lo appese vicino alla giacca a vento azzurra di Tamara. Nel lisciare le maniche stazzonate del piumino, Valentina urtò con la mano la corta tasca della giacca a vento, da cui uscì qualcosa che cadde per terra; si abbassò per raccoglierla e vide che era una mazzetta di banconote da 500 Euro. Esterrefatta raccolse la mazzetta e svegliò Tamara, ancora profondamente addormentata.

Quando la notte precedente era rientrata nel bar chiudendosi dentro, Tamara si era aggirata a lungo nei locali di servizio per scaricare la tensione nervosa e per gustare appieno la gioia di aver "trovato per terra" 200.000 Euro abbandonati da un farabutto in fuga. Si era preparata un tè nel secondo locale di servizio, dove c'era la cucina del bar completa di elettrodomestici, di attrezzi e di scorte alimentari, ma invece di calmarla il tè le aveva fatto aumentare l'eccitazione. Aveva scartato l'ipotesi di nascondere il malloppo lì nel bar, ove c'erano infiniti nascondigli, ma con altrettante possibilità di essere trovato casualmente; quindi aveva deciso che avrebbe portato il denaro con sé a casa propria il mattino successivo, quando sperava che si sarebbe attenuato il nebbione.

Guardando attraverso le vetrate del bar aveva visto allontanarsi prima l'ambulanza e poi i carabinieri; erano le 2 passate, e lei era ancora tesa ed elettrizzata come non mai. Aveva cominciato a fare l'elenco delle cose che avrebbe acquistato coi soldi che le erano piovuti così fortunosamente addosso: per prima cosa avrebbe sostituito quel cesso di Panda che possedeva con qualcos'altro, magari con quella Peugeot cabriolet color verde mela che le piaceva da morire, poi avrebbe comprato la pelliccia di lupo che aveva visto in una pellicceria in centro, avrebbe rinnovato la sua lingerie con qualcosa di più sexy, avrebbe comprato quei profumi che fino ad allora non si era potuta permettere, il nuovo telefonino della Nokia con la web-cam, e poi voleva andare in crociera e passare almeno una settimana a zonzo nei Caraibi... Alle 3 Tamara smise di sognare ad occhi aperti e si fece una tazza di latte caldo e cognac per farsi venir sonno, ma passò ancora un'ora prima che la bevanda facesse effetto, e solo alle 4 si stese sul vecchio divano e si addormentò.

A svegliarla fu un'energica scrollata, e quando riaprì con fatica gli occhi vide Valentina china su di lei che gli sventolava qualcosa sotto il naso e le diceva:

- Sveglia! Cosa sono questi soldi? Dove li hai presi? A chi li hai rubati? Cretina! Cosa hai fatto ieri notte?-

Passarono alcuni lunghi momenti prima che Tamara si svegliasse del tutto e realizzasse cosa stava accadendo, poi una scarica di adrenalina la fece muovere di scatto, cercò ripetutamente di afferrare la mazzetta dalle mani di Valentina ed intanto gridava:

- Mollala! Quella è roba mia! E sono cazzi miei come li ho avuti!- ma nel cercare di prendere la mazzetta ruppe la fascetta ed una pioggia di banconote si sparse sul pavimento, sul divano e su Tamara stessa.

- Guarda cos'hai fatto! – gridò Tamara raccogliendo le banconote – Stronza! Mai farti i cazzi tuoi!-

- Sono cazzi miei se una mia collega ed amica la notte va in giro a svaligiare banche! O vuoi sostenere che te li ha dati un tuo amante rimasto particolarmente entusiasta delle tue prestazioni – disse Valentina mentre raccoglieva anch'essa banconote sparse ovunque sul pavimento – non valgono tanto i tuoi buchetti.-

- Sempre più dei tuoi, troia! E vedi di non intascarti qualche banconota. Sono mie e basta! È chiaro?-

Il rumore della baruffa richiamò l'attenzione di Dino, che approfittando della momentanea assenza di clienti nel bar si affacciò nella stanza per richiamare all'ordine le ragazze, ma si bloccò quando le vide a carponi sul pavimento intente a raccogliere banconote da 500 Euro.

- Dio can! – esclamò Bernardino allibito- cosa son tutti quegli schei per terra? Dove li avete presi? – chiese passando gradualmente dal veneto all'italiano, com'era solito fare quando si trovava a trattare questioni serie.

- Sono di Tamara. Gli sono cadute dalla tasca della giacca a vento quando gliel'ho urtata- disse Valentina mettendo sul divano le banconote raccolte da terra, quindi prese la giacca a vento di Tamara e frugò nelle tasche trovando le altre tre mazzette di banconote, che estrasse e fece vedere a Bernardino.

- Molla l'osso! Sono miei!- gridò Tamara, poi si girò verso Dino e gli gridò:- Non può frugare nei miei vestiti e prendere la mia roba! Falla smettere, sennò lo farò io!-

Bernardino prese in mano la situazione: fece raccogliere tutto il denaro e lo fece mettere sul divano insieme alle mazzette intatte, poi disse a Valentina di chiudere a chiave la porta del bar che dava nell'atrio, fece uscire dalla stanza le due ragazze e chiuse a chiave la porta. Era entrato un cliente e Dino ordinò a Valentina di servirlo e di sbrigarsela da sola con eventuali altri clienti, intanto si sedette con Tamara in un *séparé* in fondo al salone, dalla parte opposta del bancone. Lo sguardo di Tamara era infocato, ma il mento tremava per la tensione; il pensiero che la fortuna che le era piovuta addosso potesse volatilizzarsi la faceva star male.

- Adesso mi racconti tutto, fin nei dettagli, e se provi a cacciarmi qualche palla ti prendo a sberle con queste – e le mostrò due enormi mani callose – comincia da quando sei uscita da qui ieri sera poco dopo le nove.-

Tamara ricacciò indietro le lacrime che stavano per sgorgarle e con voce rotta poco dopo cominciò a raccontare:

- Appena uscita mi sono trovata col Fausto Filangeri, con cui avevo appuntamento, e ci siamo infrattati nel tuo box in cantina, ove ci siamo fatti una canna ed abbiamo scopato fino a quando abbiamo sentito lo schianto di una macchina, doveva essere mezzanotte circa. Ci siamo rivestiti e mentre uscivamo ci siamo imbattuti nell'Enzo Domenichelli, intanto dal fondo del corridoio Walter Tiraboschi ci ha gridato di fermarlo perché aveva stuprato la Simona Ubezio; ma Enzo ci ha dato uno spintone e ci ha fatti cadere per terra, poi è scappato su per le scale. Noi ci siamo rialzati e ci siamo accorti che per terra c'erano delle mazzette di banconote, dovevano per forza essere cadute al Domenichelli quando aveva sbattuto contro la porta che avevamo aperto, le abbiamo prese e ce le siamo divise, quattro mazzette a testa, poi sono andata a vedere come stava Simona e con lei c'erano Walter e Concetta che la accudivano; infine sono entrata nel bar e mi sono chiusa dentro, non volevo guidare fino a casa con tutta quella nebbia. Penso che Fausto abbia nascosto la sua parte di denaro nel suo box.-

- Come poteva disporre di tanto denaro un bamboccione come Enzo? Che tu sappia trafficava in cocaina? Tu ci sei anche andata con lui, dovresti saperlo.-

- Ho fatto solo un paio di scopate con lui, ma non mi è piaciuto per niente, mi ha spaventata con la sua brutalità, ed ho avuto paura di lui. Penso che non traffichi con niente: è troppo stupido per tirar su una somma simile con la coca, e col fumo è impossibile. Forse è lui ad aver fregato il denaro a qualcuno. Certamente non era denaro suo quello che gli ho preso.-

- Sono d'accordo con te, rubare ai ladri non è reato, penso che possa tenertelo il denaro che hai preso, ma poiché Valentina sa che il denaro l'hai preso tu, se vuoi che in futuro ti copra, penso che dovresti darne una parte anche a lei.-

- Perché mi dovrebbe coprire? Che rischi posso correre?-

- Il vero proprietario del denaro, e proprio non so chi possa essere, cercherà di scoprire chi l'ha preso per farselo restituire; magari troverà Enzo e probabilmente lo torturerà, e questi gli dirà che mentre scappava ha perso parecchie mazzette in cantina, con te e Fausto che eravate lì a due passi. Per 400.000 Euro vi darà la caccia fino in capo al mondo, perché rubare del denaro al re dei ladroni può essere molto pericoloso. Hai bisogno di tutto l'aiuto possibile in questa faccenda, convinciti.-

- Allora dovrei darne una parte anche a te?-

- Io ti proteggerei comunque, ma se tu dovessi dividere il malloppo anche con me, mi sentirei sicuramente più invogliato nel correre dei rischi.-

Poi andò a sostituire Valentina dietro al bancone e le disse di andare a parlare con l'amica, che era rimasta nel incerta se essere felice di aver salvato una parte del malloppo, o preoccupata per quello che le aveva detto Dino sulla caccia che si sarebbe scatenata per recuperare il denaro, cosa alla quale non aveva minimamente pensato.

Tamara raccontò a Valentina quanto aveva detto a Dino, anch'ella rimase allibita ed incredula che un pirla come Enzo fosse riuscito a mettere la mani su tanto denaro, e si dichiarò d'accordo sul fatto che impossessarsi del denaro di un simile viscido individuo fosse cosa buona e giusta. Tamara allora le disse che sarebbe stata felice di darle 50.000 Euro affinché dimenticasse di aver trovato delle mazzette di banconote nella sua giacca a vento, anche se qualcuno alla ricerca del denaro l'avesse interrogata.

Valentina l'abbracciò e la baciò, commossa dalla generosità dell'amica,

poi lei e Tamara chiesero a Dino la chiave della stanza ove era rimasto il denaro, entrarono e ne uscirono dopo mezz'ora, Valentina con i 50.000 Euro promessi, e Tamara con la sua parte e con i 50.000 Euro che volle donare a Dino, che le disse sorridendo:
- Grazie Tamara, sapevo che sei una brava ragazza, anche se un po' birichina. Hai fatto un grosso affare a coinvolgermi, ora siamo complici!-
Tamara baciò Dino e uscì per tornare a casa, ad Albano Vercellese, un paesino ad una quindicina di chilometri da Vercelli.
Poco dopo entrò nel bar il prof. Filangeri, che chiese a Valentina se avesse visto suo figlio, perché era dalla sera precedente, quando avevano cenato assieme, che non non lo vedeva, e che Fausto non era rincasato per la notte.
- Se gli dà tanto fastidio rientrare a casa lo accontento subito: oggi è il suo XVIII compleanno, lo camperò fuori casa con tutto il suo ciarpame e potrò iniziare una nuova vita. Come prima cosa andrò in crociera nel Mediterraneo: Atene, Creta, Rodi... magari ti piacerebbe venire con me- chiese alla ragazza.
- Se avesse trent'anni di meno verrei di corsa, professore; comunque Fausto non l'ho visto. Cosa debbo dirgli nel caso lo vedessi?-
- Di andare a cercare sua madre e di spaccare le palle anche a lei. Io ho già dato!-
In quel momento nel bar entrarono a poca distanza uno dall'altra l'ing. Tiraboschi e Domitilla Domenichelli, il primo per acquistare le sigarette e prendere un cappuccino, la seconda per chiedere a Bernardino se avesse visto il figlio Enzo, che non era rientrato la sera precedente ed aveva passato la notte fuori casa.
Bernardino disse di non averlo visto, e Valentina confermò la risposta, poi chiese se avesse controllato in garage, perché avrebbe potuto essere uscito in auto e non aver voluto tornare a causa della nebbia, ma Domitilla rispose che da casa non mancavano le chiavi dell'auto, e che comunque non voleva che usasse l'auto quando c'era nebbia.
- Potrebbe essere andato in giro in auto con un amico ed aver avuto un incidente o un guasto. – ipotizzò Dino, senza usare un minimo di delicatezza dato che sia Enzo sia Domitilla gli stavano antipatici, il primo perché detestato dalle sue due dipendenti e dalla sorella, la seconda perché sempre in prima fila nel lamentarsi del rumore che facevano i

suoi clienti quando uscivano in istrada – Hai già provato a telefonare alla stradale e nei vari ospedali?-

- No, ma in quel caso mi avrebbe telefonato, aveva il cellulare con sé.-

Intervenne il Tiraboschi, di malavoglia perché non avrebbe voluto essere lui dare la notizia alla madre, ma qualcuno doveva ben dirglielo, e lui era l'unico dei presenti che sapeva cosa aveva fatto Enzo.

- Signora Domenichelli, mi spiace doverglielo dire, ma suo figlio o è fuggito, o è andato dai carabinieri a costituirsi, perché ieri sera ha usato violenza alla Simona Ubezio nel vostro box in cantina.-

La Domitilla sbiancò in volto, strabuzzò gli occhi e piombò a terra svenuta. Fu chiamato il marito, che scese dabbasso senza eccessiva fretta ed arrivò appena prima dell'ambulanza che Bernardino, non riuscendo a farla rinvenire facendole annusare dell'ammoniaca, si era affrettato a chiamare.

Allontanatisi i Domenichelli in ambulanza, Tito raccontò a Bernardino ed a Valentina la brutta avventura passata da Simona, naturalmente omettendo di fare alcun riferimento al denaro che Enzo aveva trovato nel box degli Ubezio. Valentina chiese cosa poteva aver indotto Enzo a smettere di abusare di Simona ed a fuggire, e Tito, nel risponderle, stette sulle generali:

- Quella sera in cantina dovevano esserci altre persone intente a pomiciare, probabilmente avranno fatto rumore ed Enzo si sarà spaventato.-

- In questo condominio pare che trombino tutti e l'unico ad andare in bianco sono io- si lamentò il professore.

- Xe perché el ga la pretesa de trombar gratis, alla nostra età se dovria pagar anca par farse dar un basin- pontificò Bernardino.

#

Alle 9 il geom. Ubezio era nel comando dei Carabinieri per denunciare Enzo Domenichelli di violenza nei confronti della figlia Simona, di soli 14 anni.

Il maresciallo Spreafico, di turno quella domenica, verbalizzava fedelmente quanto gli esponeva il padre della vittima, ed intanto cercava di determinare la natura esatta del reato commesso, soprattutto per valutare se emettere o meno un avviso di ricerca nei confronti del Domenichelli. Si informò della presenza di testimoni sul luogo ove era avvenuto il reato ed anticipò che, quando si fosse rimessa, avrebbe dovuto sentire anche la ragazza; nel frattempo raccomandò di far visitare la figlia in una struttura pubblica al fine di disporre di un certificato medico non di parte, e di non affrontare in alcun modo il Domenichelli per contestargli il reato, e men che mai per farsi giustizia da sé o per vendicarsi.

Uscito l'Ubezio, lo Spreafico mise al corrente il capitano Gazzurlo dell'accaduto, più che altro per sapere come classificare il reato, non essendovi più il reato di atti di libidine violenta, che per il maresciallo si attagliava perfettamente a quel caso.

- Sequestro di persona?- ipotizzò il Gazzurlo perplesso.

- Beh, se ci fosse il reato di sequestro di persona consenziente sì... in fin dei conti la ragazza ci è andata volontariamente in cantina.-

- Sì, ma ci è andata perché lui l'ha plagiata, l'ha circuita, ha approfittato della sua ingenuità...-

- Dato che non c'è più il reato di plagio, si potrebbe puntare sulla circonvenzione d'incapace- suggerì lo Spreafico.

- Ma è stata trovata legata ed imbavagliata, e questo è sequestro, perdio!-

- Troppo grave! E poi magari il bavaglio e le corde facevano parte di un gioco erotico cui la ragazza si era prestata consenzientemente.

- Ma il padre ha dichiarato che il bruto le morso i seni, le ha sbattuto l'uccello in faccia e l'ha penetrata con due dita deflorandola. Se non è violenza su minore questa...-

- Hii! Che sarà mai! – minimizzò il maresciallo – anch'io il primo rapporto con una femmina l'ho ottenuto così.-

- Comunque la legge parla chiaro! – concluse il capitano dopo aver sfogliato il codice penale – ogni rapporto sessuale con un minore, se la differenza di età dei soggetti è superiore a tre anni, è considerata violenza sessuale, che lei sia o meno consenziente, che sia una troietta in calore o che lo faccia per mestiere; per cui ci regoliamo di conseguenza.-

- Allora devo emettere un avviso di ricerca, magari esteso a tutta l'Italia, per due dita nella fica ed un'uccellata in faccia?-

- Certo che no! La denuncia del padre l'abbiamo verbalizzata, la settimana prossima sentiremo cos'ha da dirci la ragazza, sentiremo i testimoni, farai un sopralluogo nel box ove è avvenuto il tentativo di stupro, fotograferai tutto, e se tutto quadrerà andrai a prelevare il Domenichelli e lo porterai qui in stato di fermo, e qui lo torchieremo per un paio di giorni, che magari confessa e ci toglie ogni pensiero. Intanto sentiremo cosa avrà da suggerirci il magistrato. La saluto maresciallo, io vado ché ho i miei suoceri a pranzo.-

- Buon appetito allora, trascorra una serena domenica e porga i miei ossequi alla sua signora- leccò un po' il maresciallo.

#

Se Enzo avesse saputo della sufficienza e della lentezza con cui le autorità stavano affrontando la vicenda di Simona, si sarebbe sentito molto meglio di quanto si sentiva in quel momento.

Aveva passato due ore seduto su una panchina del parco limitrofo alla stazione ferroviaria pensando al modo di cavarsela; era convinto che entro poche ore sarebbe stato ricercato dalla polizia e dai carabinieri, ed era per quel motivo che non era entrato nell'atrio della stazione; avrebbe infatti voluto mescolarsi con altre persone per dare meno nell'occhio, ma non doveva dimenticare di avere addosso un cappotto con l'abbottonatura da donna.

Enzo aveva deciso di espatriare, necessariamente in Francia, poiché masticava un po' di francese scolastico, ma prima voleva fermarsi a Torino per acquistare quanto gli serviva per una fuga all'estero, in primis dei vestiti e delle scarpe decenti, poi una valigia, il necessario per radersi ed un paio di occhiali a specchio per celare gli occhi, poi voleva tingersi i capelli per essere meno riconoscibile, ma soprattutto voleva acquistare un'auto, dato che erano anni che ne desiderava una tutta sua.

Alle 4 il freddo ebbe la meglio sulla cautela di Enzo, che entrò nell'atrio della stazione e fece un biglietto per Torino da una macchinetta automatica, controllò l'orario di partenza del primo treno, previsto di lì a due ore, si sedette in una sala d'attesa appena più calda dell'esterno e qui si appisolò. Quasi si pisciò addosso quando fu svegliato da due agenti della Polfer, che controllarono il suo documento d'identità e che avesse il biglietto di viaggio, ma poi gli agenti se ne andarono ed il batticuore passò.

Sul treno nessuno fece caso a lui, anche perché i pochi passeggeri del suo scompartimento dormivano; a Torino Porta Nuova Enzo rifluì con centinaia di altri viaggiatori lungo i marciapiedi e sotto le volte della stazione, ed appena fuori trovò i negozi che gli servivano, aperti anche di domenica per la vicinanza del Natale. Completati gli acquisti cercò un alberghetto ove passare alcuni giorni, almeno finché non avesse avuto la disponibilità di un'auto, e ne trovò uno, decisamente di malaffare, nel quartiere di San Salvario.

In camera lasciò la valigia coi vestiti e gli altri acquisti, ma non si fidò a lasciarvi il denaro, che pertanto portò con sé. Andò a tingersi i capelli di un nero corvino, comprò degli occhiali a specchio, e nel primo salone Multimarche che trovò acquistò una BMW nera full optional che gli costò quasi un quarto del suo tesoretto. Una mancia sopperì alla mancanza di certificato di residenza, un'altra servì per sveltire le procedure di immatricolazione, e gli fu detto che l'indomani avrebbe potuto già portarla via.

Un languorino allo stomaco gli ricordò che non aveva pranzato, ma era ancora presto per l'ora di cena, e decise di farsi un paio di aperitivi in un bar, e magari di rimorchiare qualche ragazza per festeggiare anche con lei la sopravvenuta ricchezza. Al secondo drink si sentì abbastanza euforico da abbordarne una, non proprio di primo pelo come gli piacevano, ma abbastanza formosa da arraparlo oltre misura; lei infatti era alta, mora, tette grandi e ben in vista, culo poderoso e coscia lunga. Al terzo drink le aveva brancicato il seno generoso in uno scomodo e l'aveva baciata con avidità, al quarto le aveva infilato la mano sotto la minigonna, scostato le mutandine ed arricciato i peli pubici roridi di rugiada, al quinto aveva invitato la maliarda a cena nel miglior ristorante della zona.

Tatiana, così si chiamava la calabrese che Enzo aveva rimorchiato, ottima bevitrice, già dal terzo drink aveva preso la direzione delle operazioni. Era uscita dal bar aiutando Enzo a sostenersi, perché era un po' traballante sulle gambe, aveva chiamato un taxi ed insieme avevano raggiunto un ristorante sulla collina che dominava Torino.

Qui avevano ordinato una cena regale: carne all'albese, tagliolini alla panna con tartufo bianco di Alba, brasato di bue rosso, contorni assortiti, torta Saint-Honorée, accompagnati da una bottiglia di Grignolino, una di Barbaresco ed una di Brut. Fu quest'ultima a mettere definitivamente KO Enzo, perché mentre Tatiana spazzolava tutto con buon appetito e dava fondo ai rossi d'annata, Enzo, che aveva faticato a tenerle dietro, quando si impose di mandar giù la torta a sorsi di Brut dovette precipitarsi in bagno ove vomitò tutto, in parte anche fuori dalla tazza del water.

Quando l'ingordo emerse dal bagno, pallido come un cencio, e pagò il conto in contanti, conto salatissimo di oltre 300 Euro, Tatiana ebbe modo di sbirciare con la coda dell'occhio nel suo portafogli e si sorprese di vederlo pieno di banconote da 500 Euro; ed a quel punto il suo piano mutò. Se in un primo tempo voleva solo scroccargli le consumazioni del bar, ed in un secondo tempo aveva pensato di sfruttare il suo invito a cena per farsi un'abbuffata epocale prima di farsi sbattere in un albergo, ora il suo interesse per il bamboccione, come lo aveva giudicato da subito, virò in direzione di rapporti meno episodici e più duraturi, almeno fino a quando avesse determinato la consistenza delle sostanze di quell'improbabile ganimede.

Un taxi portò la coppia davanti all'albergo di Enzo, che dovette essere svegliato perché si era appisolato durante il tragitto; quando furono in camera, una stanzetta squallida con un letto matrimoniale sfondato che presentava preoccupanti macchie sul copriletto, si baciarono avidamente e si spogliarono in fretta, ma Tatiana non riuscì ad esibire la lingerie di pizzo che indossava, perché appena steso sul letto Enzo riprese a dormire.

Tatiana gli prese il portafogli e contò il denaro contenuto: oltre 4000 Euro. Fu tentata di prenderli e di fuggire, perché non era stata registrata alla réception, ma cacciò il pensiero e prese a perquisire il bagaglio di Enzo, gettando di tanto in tanto un'occhiata sul lettone per controllare che il bamboccione non si svegliasse. Non fu molto meticolosa nella ricerca, perché le sfuggì una mazzetta di banconote, ma trovò le altre due, inopinatamente infilate in un maglione.

La donna non sapeva più cosa fare: centomila e passa Euro di bottino non erano bruscolini, ma il bamboccio poteva valere molto di più: uno che andava in giro con due mazzette di banconote infilate in un maglione, chissà quante ne poteva avere in cassaforte a casa. Poteva stare con lui e vivere come una regina fintanto che gli fossero durati i soldi, ma quel coglione avrebbe dilapidato il capitale molto in fretta, lasciandole al massimo qualche costoso regalo: un paio di vestitini, della bigiotteria, una borsetta griffata. Lei invece voleva ben altro, lei mirava al contante, che avrebbe speso ben più oculatamente di quanto avrebbe fatto lui. D'altra parte finché non avesse saputo con chi aveva a che fare, ogni piano sarebbe stato prematuro, pertanto decise di aspettare prima di prendere ogni decisione. Ripose le mazzette dove le aveva trovate e si stese accanto al bamboccione, che si rigirò nel sonno finendo con la faccia sul suo grosso seno.

L'indomani Enzo si destò di botto, e non trovando la donna accanto a sé, si precipitò a controllare il denaro. C'era tutto! Non era una ladra! Poi la vide uscire dal bagno, meravigliosamente nuda, con le grandi tette che le ballonzolavano davanti ed il culo imponente che sbandava a sinistra ed a destra ad ogni passo. Lei si gettò su di lui, che la accolse a braccia aperte, e grufolarono a lungo sul lettone; Tatiana cercò di stimolarlo in tutti i modi, con esperte manipolazioni, con golose leccate, con strusciamenti indecenti, ma ogni volta che Enzo provava a portare all'incasso tanta eccitazione procuratagli, l'uccello rifiutava di fare il proprio dovere e si ammosciava o si piegava di lato.

Tatiana cercò di non fargli pesare la delusione che provava, e gli disse di non preoccuparsi neppure per la sua débâcle. Erano cose che potevano succedere – disse – in fin dei conti non era stato bene la sera prima, e poi aveva bevuto troppo; avrebbero avuto tutto il tempo per rifarsi alla grande. La donna gli offrì le grosse tette che Enzo brancicò con decisione, chiese di essere penetrata con una mano, ed Enzo eseguì con una foga un po' sopra le righe, cosa che alla donna non spiacque affatto, poi gli chiese di infilarle due dita nel culo, ed Enzo si esaltò nel farlo, attingendo a quanto aveva visto fare in decine di filmati pornografici. Alla fine, dopo due ore di giochini erotici, Enzo si convinse di aver soddisfatto ugualmente la donna, nonostante il tradimento operato dal suo uccello e decise di invitare la donna a fuggire con lui.

- Più tardi andrò a ritirare la BMW nuova che ho acquistato, e con essa volevo andare in Francia in vacanza, mi piacerebbe portare anche te, sempre che tu non abbia impegni che ti trattengano qui.-
- Sarebbe meraviglioso. Non ho impegni di lavoro perché sono momentaneamente disoccupata, ed i miei parenti sono lontani, ma purtroppo non posso entrare in Francia: quest'estate mi hanno espulsa perché dicevano che adescavo dei minorenni sulla spiaggia di Saint-Tropez, ma non era vero, volevo solo essere gentile e simpatica con loro. Hanno detto che se dovessero trovarmi ancora sul territorio francese mi avrebbero messo in galera. Perché invece non facciamo una lunga vacanza in Italia, oltretutto è meno cara e si mangia meglio.-
- Si può fare, anche se pure io ho qualche problemino con la legge, ma

niente di grave, vuol dire che cercherò di viaggiare in incognito e ad esibire i documenti per gli alberghi sarai tu. Hai dei vestiti da prendere nel posto dove abiti?-

- Solo pochi straccetti che possiamo prendere prima di partire, starà tutto in una valigia, e se dovesse mancarmi qualcosa potremmo comprarla per strada. Anche se non sono ricca, non mi mancano i soldi; non pensare che voglia farmi mantenere da te – disse con un largo sorriso – anzi, per ringraziarti della cena di ieri sera, oggi il pranzo voglio offrirtelo io.-

Si rivestirono provocandosi l'un l'altra, si baciarono a lungo e finalmente scesero dabbasso; alla réception Enzo recuperò i propri documenti e pagò con una banconota da 500 Euro che mise in non poca difficoltà il gestore. Poi Tatiana passò a ritirare le sue cose dall'appartamento che divideva con una ragazza, ma non volle che Enzo l'accompagnasse perché non voleva che potesse vedere l'amica, disse, una vera strafica che girava sempre nuda nell'appartamento.

- Mandrillo come sei, saresti capace di invitare lei in vacanza, lasciandomi qui a far flanella.-

Tatiana scese dall'appartamento dopo mezz'ora con una piccola valigia ed una sacca, poi portò Enzo in una pizzeria vicina e qui si sdebitò offrendogli una pizza Capricciosa ed un piatto di calamaretti fritti. Dopopranzo si recarono all'autosalone Multimarche ove ritirarono la BMW nera, stupenda con tutti gli accessori di cui era dotata, che destò l'entusiasmo della donna e produsse un mezzo orgasmo ad Enzo.

Alle 18 di lunedì i due uscirono da Torino diretti a Sud, percorrendo la Torino-Savona.

#

Appena seduto nel piccolo *séparé* a fianco di Deborah, con Samantha e Tarcisio sistemati di fronte, Fausto fu fortemente colpito dall'esuberanza, dalla bellezza, dalla carica erotica e dalla simpatia delle due ragazze, che anche se erano di alcuni anni più anziane non facevano nulla per trattarlo con sufficienza. I tre erano in quel locale da pochi minuti, tanto che non gli avevano ancora portato le consumazioni, e quando Fausto si era seduto al loro tavolo probabilmente aveva bruciando in velocità, del tutto inconsapevolmente, alcuni altri ragazzi che avrebbero voluto essere loro ad occupare il posto libero accanto ad una strafica come quella appena arrivata.

Fausto sentiva contro la sua coscia quella di Deborah, che pur seduta non smetteva un istante di agitarsi, venendo spesso a contatto con lui con i fianchi e con le spalle. Se in un primo tempo Fausto aveva provato a concedere alla ragazza lo spazio che voleva, quando costei si era alzata dal sedile agitando la manina per richiamare l'attenzione del cameriere e gli aveva premuto una tetta contro la guancia, solo allora aveva smesso di rinculare sul sedile e si era deciso a mantenere la posizione, intrigato da quei continui contatti e strusciamenti involontari.

Fausto fu subito messo al corrente che Tarcisio e Samantha da alcuni mesi facevano coppia fissa ed abitavano in un fatiscente bilocale del quartiere Isola, forse il quartiere più degradato di Vercelli, mentre Deborah si era allontanata dalla famiglia ed aveva raggiunto la cugina Samantha solo il giorno prima, provenendo da Santhià, e che quel sabato sera in birreria era la sua prima uscita in società a Vercelli.

Quando giunsero le bevande degli altri, Fausto ordinò per sé un Cuba Libre, e disse che quella sera avrebbe offerto lui ogni cosa avessero voluto ordinare, perché aveva parecchio da festeggiare. Tanto bastò per conquistarsi la simpatia delle ragazze ed il rispetto di Tarcisio, il quale non immaginava che l'ex compagno di scuola, che conosceva solo superficialmente, fosse così generoso da scialare.

- Alla tua salute allora – disse Deborah alzando il suo beverone multicolore in un cin cin virtuale quando arrivò anche la bevanda di Fausto – racconta cosa stai festeggiando.-

- La maggiore età, l'aver reciso ogni legame familiare, l'aver guadagnato un sacco di soldi, e l'aver conosciuto la bellissima ragazza che mi sta a fianco; mi pare che basti ed avanzi.-

Deborah sorrise lusingata e lo gratificò con un bacione sulla guancia, strusciando il seno sulla sua spalla; Samantha, dall'altra parte del tavolino, gli spedì un bacio virtuale facendo la boccuccia, mentre Tarcisio, dopo aver sollevato il grosso boccale di birra in un brindisi ancor più virtuale, volle sapere del sacco di soldi.

- Non si parla di affari quando si è fuori a divertirsi – pontificò Samantha – comunque, tanto per parlare, in che modo te lo sei fatto il sacco di soldi? Diccelo, che siamo interessati anche noi.-

- Vuoi dire che te ne sei andato di casa anche tu? Uau! Allora siamo anime gemelle! – disse Deborah abbracciandolo e dandogli un altro grosso bacio, questa volta sulle labbra – dove sei andato ad abitare?-

- Non ho ancora un posto dove stare, mi sono deciso solo un'ora fa. Pensavo di stare in albergo per qualche giorno, almeno finché non avrò trovato un appartamento da affittare.-

- Allora vieni a stare da me – propose Tarcisio – non abito proprio in una reggia, ma per qualche tempo penso che potrebbe andarti bene, così risparmierai sulle spese. Staremo un po' stretti, ora che Deborah abita da noi, ma se ti adatti a dormire per terra...-

- Ma sei scemo? – proruppe Samantha – la mia cuginetta sarà lieta di dividere il divano della sala con Fausto, sennò camperò te fuori dal lettone per dormire per terra, e lo accoglierò a braccia aperte.-

- Mi faresti un vero piacere, perché sono dovuto uscire di casa in fretta e furia e non ho potuto portare nulla con me, ma lunedì acquisterò tutto quello che mi potrà servire: vestiti, scarpe, notebook, ecc. E naturalmente sarei entusiasta di dividere il divano con una strafica come Deborah, sempre che sia disposta ad accogliermi.-

- Non è che hai massacrato la famiglia e sei in fuga dalle autorità?- chiese Tarcisio un po' preoccupato.

- Tranquillo! È solo che non me la sono sentita più di ritrovarmi mio padre tra i coglioni. Tuttavia presto o tardi dovrò tornare a casa per riprendermi il pacco di erba che ho nascosto.-

- La tieni per uso personale o sei un pusher?- chiese Samantha.

- Soprattutto per venderla, ma mi piace avere del fumo sempre a disposizione.-

- Uau! E quanto ti ha reso fino ad ora? È vendendo fumo che ti sei fatto la grana?-

Fausto esitò nel dare una risposta, non voleva rivelare troppo a quelli che, in definitiva, erano delle sconosciute, ancorché strafiche, ma sentire il corpo caldo di Deborah contro il suo, ora più pesantemente di prima, sentire il suo braccio che gli cingeva le spalle ed il suo profumo pervadere l'aria che lui respirava, allentò almeno in parte la sua prudenza, e si gettò a corpo morto a recitare la parte del trafficante di successo.

- Parecchie migliaia di Euro, e fra poco penso di riuscire ad operare all'ingrosso, beh, un piccolo ingrosso; mi manca solo disporre di una rete di pusher.-

- Ti potrei dare una mano nell'organizzarla – propose Tarcisio – anche a me capita di spacciare talvolta, ma il guadagno me lo fumo interamente con Samantha, è una tal ciminiera...-

- Lamentati pure – disse Samantha – ma mi pare di averti sentito dire che quando sono strafatta scopo in un modo divino, ed anche tu, d'altra parte, non riusciresti a reggere per delle ore se non ti fossi fumato il cervello.-

- Voi cosa fate per sbarcare il lunario?- chiese Fausto.

- Io lavoravo in un una discoteca come cubista, ma non mi piaceva, non si guadagnava abbastanza – spiegò Samantha – poi ho lavorato in un locale al palo della lap dance, ma giovedì scorso l'ha fatto chiudere la polizia, forse perché nel retro si trafficava di tutto. Poi arrotondo facendo qualche marchetta, ma solo con chi mi piace; tu per esempio...-

Tarcisio la interruppe dandole un pizzicotto sulla tetta, poi spiegò a sua volta:

- A parte un piccolo spaccio di erba, mi capita di scarrozzare Samantha avanti e indietro, la tengo d'occhio quando è occupata con qualche cliente e nel caso intervengo con uno sfollagente; talvolta mi è capitato di svaligiare delle case di campagna deserte, ma ho lasciato perché è un'attività troppo pericolosa: troppi sistemi d'allarme nascosti, troppe porte blindate, e poi il ricettatore che paga sempre meno.-

- Finora ho fatto la cameriera in bar e ristoranti – raccontò Deborah – ma mi hanno sempre licenziata perché flirtavo coi clienti giovani e carini, mentre trattavo male quelli più anziani. Vorrei fare la pornostar, ma solo per fare un book fotografico decente servono centinaia di Euro, per non parlare di cosa verrebbe a costare un breve filmato. Pensa che dovrei persino essere io a pagare l'attore che mi ingroppa.-

Fausto era rimasto intrigato nell'apprendere quali fossero le attività ed i desideri delle ragazze, e l'immagine di Deborah in piena azione in un filmato porno, penetrata in contemporanea da ogni lato, come aveva visto nei migliori filmati della sua collezione, l'aveva arrapato oltremodo. Con nonchalance mise la sua mano su quella di Deborah e prese ad accarezzarla, poi le chiese:

- Hai la patente di guida?-

- Sì, certo, perché?-

- Perché io non l'ho ancora e mi serve un autista in grado anche di farmi da segretaria; se sei disponibile ti assumo seduta stante, puoi decidere tu

l'ammontare del tuo stipendio, perché tu ti conosci, ed io ancora no.-
- Uau! Che carino! – cinguettò Deborah – Sicuro che posso scegliere
lo stipendio che voglio? e se volessi 2000 Euro al mese? Che macchina
dovrò guidare?-
- Te li do adesso. – e preso il portafogli le diede quattro pezzi da 500
– Ecco, un mese anticipato, e ti assicuro che te li farò guadagnare fino
all'ultimo centesimo. Quanto all'auto, intendo acquistarla lunedì, a te
che auto piacerebbe guidare?-
- Uau! Io adoro il Mini Cooper, a te va bene?-
- Certo, però non ti farò scegliere il colore, perché intendo prenderne
un'auto pronta da portar via. Adesso mi aspetto che la mia dipendente
mi ringrazi in modo adeguato.-
Deborah gettò le braccia al collo di Fausto e gli diede un interminabile
bacio golosissimo sulla bocca, strusciando al contempo il petto contro
il suo, gli cercò la lingua e si mise ad ingaggiare con essa una danza
frenetica. Fausto salì al settimo cielo, abbracciò il corpo flessuoso della
ragazza e lo strinse a sé, poi prese ad accarezzarle la schiena, scese lungo
di essa fino a raggiungere il culo a mandolino e si mise a brancicarlo
energicamente.
- Ehi, voi due! Anch'io ho la patente, a me non hai nulla da offrire?-
protestò Samantha.
- Fatemi sistemare per bene e trovare un appartamento adeguato e prov-
vederò anche a te. Ho una certa esperienza anche nell'allestimento di
case d'appuntamenti. Tarcisio potrà organizzare un giro di pusher sia
per la cannabis sia per la coca, e tu Samanta potrai darla via con maggior
profitto in un ambiente di classe. Poi se conosci qualcun altra troietta
da coinvolgere, le cose potrebbero procedere alla grande. Io qualcuna la
conosco già.-
- Ma ce l'hai il capitale per organizzare una cosa del genere? Non è che
vuoi far colpo su Deborah, e magari anche con Samantha, e stai span-
dendo merda a tutto spiano?- chiese dubbioso Tarcisio, da un lato spiaciuto di vedere la sua "puledra" smaniare per l'ultimo venuto, dall'altro
intrigato dai guadagni che lo smercio di coca avrebbe procurato.
- Uomo di poca fede e dalla visione ristretta – lo canzonò Fausto –
aspetta qualche giorno e ti farò vedere come si fa a farsi la grana.-
I quattro suggellarono la proficua serata con una altro giro di beveroni,

con Deborah abbarbicata a Fausto intenta a fargli mille moine, a strusciarsi su lui ed a sussurragli programmi assolutamente indecenti per le ore successive, e Samantha intenta a farsi palpare da Tarcisio, ma al contempo a strusciare sotto il tavolino la sua gamba contro quella di Fausto. Alle 3 uscirono dalla birreria e salirono sullo sgangherato Fiat Fiorino di Tarcisio, con le due ragazze sedute dietro, nel vano riservato alle merci. Il nebbione era sempre fittissimo, ed a passo d'uomo raggiunsero il quartiere Isola; qui giunti salirono al secondo piano di una vecchia casa di ringhiera, entrarono in un appartamentino composto da due camere arredate in modo spartano, si spogliarono gettando i vestiti ovunque, presi dalla fregola amorosa, e si fiondarono chi sul divano e chi sul lettone. Le due coppie si trastullarono a lungo in ameni giochi erotici, Deborah profuse tutte le sue arti amatorie per dimostrare a Fausto quanto valeva, finché costui fu certo di aver fatto un buon affare. Anche Samantha riuscì a mostrare a Fausto che era anch'ella disponibilissima ad allietargli la vita, approfittando del fatto che il suo partner si era prematuramente addormentato, e si insinuò fra gli amanti che grufolavano sul divano.

La domenica si svegliarono tardi e passarono il pomeriggio a saltare la cavallina. Tarcisio, sostenendo che non era giusto che Samantha si facesse sbattere da Fausto sotto i suoi occhi, pretese di poter fare altrettanto con Deborah, che si prestò di buon grado; le parti si invertirono più volte, inframmezzate dalle canne che Tarcisio teneva in casa, e l'orgia raggiunse il suo acme quando le due cuginette presero a leccarsela vicendevolmente, con una dimostrazione tecnico-pratica pregevole della posizione detta "69", mentre Fausto e Tarcisio le sodomizzavano rudemente.

Domenica sera Fausto cenò coi nuovi amici in un buon ristorante di Vercelli, quindi concluse con loro la serata in birreria, ove le due ragazze riuscirono a fare un paio di rapide marchette e dove Tarcisio presentò a Fausto due ninfette, Susanna e Marilena, che si erano dichiarate disponibili a far parte della scuderia che avevano in animo di allestire. Alle 3, prima di tornare nell'appartamento dell'Isola, Fausto fece fermare il Fiorino davanti al condominio di Viale delle Rimembranze e disse ai compagni di attenderlo; ne uscì dopo un quarto d'ora con un grosso pacchetto di erba e con in tasca il malloppo che aveva nascosto in cantina.

Il giorno successivo Fausto, accompagnato da Deborah, aprì un conto in banca e vi versò 100.000 Euro, acquistò un Mini Cooper super accessoriato, un guardaroba completo per sé ed alcuni graziosi vestitini per le sue donne, come ormai le considerava, includendo anche Samantha nell'harem di cui sapeva di detenere la golden share. Diede anche 2000 Euro a Tarcisio affinché almeno pagasse l'assicurazione del Fiorino, lo dotasse di gomme decenti e gli sistemasse la meccanica e le ammaccature della carrozzeria.

Ne diede anche 2000 a Samantha, affinché potesse subornare almeno tre amiche da impiegare da subito nella scuderia, e costei, gliene presentò quattro dai 16 ai 19 anni, Marika, Luana, Consuelo ed Ester, tutte già svezzate e desiderose di mettersi all'opera, e nell'arco di pochi giorni furono tutte accontentate.

Fausto infatti aveva affittato una villa bifamiliare in un quartiere residenziale, l'aveva arredata con sei camere da letto, una per ogni ragazza della scuderia, ed aveva riservato una camera per sé ed una per Tarcisio. Deborah e Samantha, nella parte di maîtresse avrebbero tuttavia potuto anche darsi da fare anch'esse utilizzando la camera di una delle puledre, perché due di queste, a turno, avrebbero dovuto rigovernare la villa, fare la spesa del giorno e preparare il pranzo per tutti. Alla villa era stato cambiato il nome, che figurava su una piastrella di ceramica all'ingresso, da "Villa Franzoni" a "Casa della Giovane".

Fausto aveva anche saldato al grossista la vecchia fornitura di erba, e ne aveva presa un'altra di entità doppia insieme ad un etto di coca, con la solita modalità di pagamento "al gancio". Dieci giorni dopo l'inizio della storia il bordello funzionava a pieno ritmo e gli fruttava 2000 Euro al giorno, mentre l'attività di spaccio, principalmente condotta da Tarcisio, fra erba e coca non gli fruttava mai meno di 1000 Euro al giorno. Per l'antivigilia di Natale presso la villa si tenne un'orgia colossale alla quale parteciparono tutte le ragazze e non meno di 30 uomini di varia età, che spesero, compreso il pranzo, le bevande ed i cotillon, quasi 500 Euro a testa.

#

Domenica pomeriggio l'ing. Tiraboschi, dopo averci pensato su a lungo, ritenne necessario avere un colloquio col geom. Ubezio e con la moglie Emilia, ma non volendo essere disturbato mentre affrontava argomenti delicati, aveva chiesto a Walter ed a Concetta di accompagnarlo, in modo che potessero intrattenere i figli della coppia.

Quando si trovarono soli, gli Ubezio seduti sul divano con un'aria sospettosa, ed il Tiraboschi seduto di fronte a loro con un'aria imbarazzata, quest'ultimo decise di prendere il toro per le corna e di mettere gli Ubezio al corrente dei fatti a sua conoscenza.

- Ieri sera, pochi minuti prima dello schianto dell'auto, mio figlio Walter e Concetta erano nel mio box limitrofo a quello dei Domenichelli, e si erano accorti della presenza di Enzo verosimilmente con una ragazza, ma non avevano colto nessun rumore che potesse far loro sospettare che la ragazza, che solo più tardi avevano scoperto trattarsi di Simona, fosse in pericolo.

Alcuni minuti dopo lo schianto dell'auto hanno sentito arrivare qualcuno di corsa ed aprire il suo box, geometra, accendere la luce e cercare degli attrezzi che poi ha usato per aprire una valigetta dalla parte delle cerniere. Mio figlio è salito su un mobile per poter guardare oltre il tramezzo che separa i box, non ha visto Simona, ché era in un angolo morto sotto il tramezzo, ma ha visto che Enzo era salito anch'egli su un mobile e stava guardando quanto stava succedendo nel suo box.

Poi lei è uscito senza chiudere la porta e senza spegnere la luce, ed in fretta si è allontanato dalla cantina. Enzo allora è sceso dal mobile ed è entrato nel suo box, ha armeggiato in una credenza, ha trovato la valigetta scardinata che lei aveva nascosto e si è infilato il contenuto in tasca e nella maglia, ma in quel momento Simona è riuscita a cadere dal divano su cui era stata immobilizzata ed a far tanto rumore da far fuggire Enzo e da far accorrere Walter e Concetta. Tamara e Fausto, anch'essi presenti in cantina nel box del bar, non sono riusciti ad intercettare Enzo, che è riuscito a fuggire.

Solo dopo alcuni minuti Tamara è andata a verificare cosa era successo a Simona, troppi minuti! Fausto non si è fatto vedere. Perché? Walter ritene per raccogliere qualcosa che Enzo aveva preso dalla valigetta e che doveva aver perso nel corridoio mentre fuggiva. Poi, dopo averti riportato Simona ed averti raccontato cosa le era capitato, è tornato in cantina ed ha cercato nel suo box, geometra, cosa aveva nascosto subito dopo l'incidente, e cosa aveva trovato Enzo di tanto prezioso da dimenticarsi che stava tenendo segregata Simona, e da lasciarle la possibilità di far rumore e di far accorrere i soccorsi.

Ebbene, sotto la credenza Walter ha trovato tre mazzette di banconote per un totale di 150.000 Euro, che non penso proprio siano soldi suoi, geometra, e pertanto se li è tenuti con la mia piena approvazione. Ha qualche commento da fare in merito?-

La faccia del geometra Ubezio si era fatta paonazza, mentre quella di Emilia era cinerea. Dopo parecchi lunghi istanti l'Ubezio disse:

- Naturalmente non ho nulla da eccepire, non erano soldi miei, e non riesco a capire come possano essere finiti in cantina.-

- Geometra, la prego, giochiamo a carte scoperte. Io so, per avermelo detto mia moglie, che sta passando un pessimo momento e che si trova in gravi difficoltà economiche, l'ha ammesso lei stesso in assemblea. Quando ha sentito lo schianto è stato uno dei primi ad accorrere per prestare soccorso, ha visto una valigetta con una serratura a combinazione all'interno dell'auto, non so come, ma deve aver intuito che dentro ci fosse del denaro, quello di cui aveva disperatamente bisogno per non essere sfrattato; allora, preso da un raptus, correndo il rischio di fare una colossale figura di merda qualora fosse stato visto dagli altri soccorritori, ha preso la valigetta ed è corso nel suo box in cantina per aprirla, ma non avendo tempo di provare un migliaio di combinazioni, l'ha aperta a colpi di mazza ed ha visto che conteneva una fortuna in mazzette da 50.000 Euro. Ne ha prese una parte, quella che poteva starle nelle tasche e nella camicia, e la parte restante l'ha nascosta nella credenza. Enzo l'ha trovata e se ne è impossessato, ma alcune mazzette devono essergli cadute per terra e sono state trovate da Walter, altre gli sono cadute mentre scappava e probabilmente sono state raccolte da Tamara e da Fausto, ma penso che alcune mazzette, forse quelle che si era messo in tasca, siano rimaste ad Enzo.

Come vede, geometra, Babbo Natale è in anticipo quest'anno, ed ha distribuito regali a tutti. A lei quanto ha portato?-

- Non vedo per quale motivo dovrei dirglielo, lei il suo regalo lo ha avuto, perché vuole sapere cos'ha regalato agli altri Babbo Natale?-

- Perché vorrei che capisse che quel denaro era di qualcuno che non vorrà rinunciarvi facilmente, e farà di tutto per riaverlo, magari promettendo una lauta mancia, diciamo il 10%, a chi saprà fornire informazioni utili per il suo recupero. Ora non parlo per me, ma ci sono alcune persone, come la Manuela, che sono già al corrente di quanto le ho detto, poi ce ne sono altre che sono accorse con lei sul luogo dell'incidente e possono averla vista allontanarsi con una valigetta, come il Pavan, il Filangeri ed il Paternò; magari sul subito non avranno fatto caso alla stranezza della cosa, ma se qualcuno andasse in giro a chiedere notizie di una valigetta sparita dall'auto, facendo baluginare la possibilità di una ricca ricompensa... Inoltre c'era la gente affacciata ai balconi... sicuramente dai piani alti c'era poca visibilità a causa della nebbia, ma io, dal III piano, vedevo la scena dell'incidente abbastanza bene, e l'Aurelia, dal primo piano, l'avrà vista ancora meglio.-

- Intende dirmi che dovrei comprare il silenzio di tutti loro? così, preventivamente, senza sapere se mi hanno visto con la valigetta o meno?-

- Certamente no. Piuttosto penso che potrebbe coinvolgere quelle persone che sanno che ci sono in ballo parecchi soldi, in modo da renderle sue complici, penso alla Manuela, al Pavan ed al ragionier Paternò; Tamara e Fausto penso che si siano serviti da soli, anche perché quest'ultimo deve aver colto l'occasione del ritrovamento delle mazzette nel corridoio della cantina per festeggiare alla grande: il professor Filangeri questa mattina mi ha detto che Fausto non ha passato la notte in casa ed alle 9 non era ancora rientrato. Inoltre mio figlio ha sicuramente raccontato dei soldi anche alla Concetta Prandi, la sua attuale morosa.-

- Allora la Manuela, la Concetta, il Pavan ed il Paternò, va bene! Quanto ritiene che debba dar loro per assicurarmi la loro complicità?-

- Per non fare discriminazioni proporrei una somma pari a quella toccata a mio figlio, 150.000 Euro, ma a Concetta ed al Pavan aspetterei un po' a darglieli, prima vorrei parlargli.-

- Cazzo! Ma sono 600.000 Euro! Io ho fatto una figura di merda e mi sono assunto il rischio dell'azione e quelli si intascano 150.000 Euro a testa senza aver fatto un cazzo? Non è giusto.-

- Vogliamo disquisire sulla giustezza di essersi impossessato della valigetta di un morto o di un moribondo? sulla furbizia di aver agito sotto gli occhi di una dozzina di persone affacciate ai balconi, allontanandosi dall'incidente con una valigetta sotto braccio?-

- Cosa diavolo potevo fare di diverso? Mica potevo lasciare lì tutti quei soldi, mi servivano assolutamente.-

- Poteva gettare la valigetta nel cassonetto dell'immondizia che era a meno di due metri dall'incidente, e recuperarla con calma nel cuore della notte, quando dalla scena si fossero allontanati tutti gli intervenuti e la gente sui balconi fosse tornata a dormire.-

Sentire quella semplicissima soluzione gettò l'Ubezio nel più profondo sconforto: cazzo! – pensò il geometra con rabbia – quasi un milione e mezzo di Euro alla fine mi verrà a costare l'aver agito senza averci pensato. Scosse la testa ma abbozzò, dichiarandosi d'accordo sugli importi che il Tiraboschi gli aveva suggerito.

- Una cosa resta da chiarire: come faceva a sapere che nella ventiquattr'ore c'era del denaro e non un ricambio di biancheria?-

- Il ferito che ho soccorso farfugliava parole sconnesse, ma ho sentito dirgli chiaramente "la valigetta col denaro".-

- Bene, una questione è risolta, passiamo ora al denaro su cui ha messo le mani: a quanto ammonta il malloppo, al lordo delle somme da corrispondere a terzi, di cui abbiamo appena parlato?-

- Non vedo come possa interessarle. E in tutta franchezza mi pare di aver già dato.-

- Secondo lei, a chi poteva appartenere quel denaro? a cosa poteva servire una valigetta piena di soldi a mezzanotte? non certo ad un industriale per pagare una tangente ad un politico. Molto più probabilmente apparteneva a un trafficante per comprare una partita di cocaina, e quella è gente che non si accontenterà di andare in giro a far domande ai condomini per sapere se avessero visto qualcosa, ma se dovessero avere il minimo sospetto che il malloppo l'ha preso qualcuno del palazzo, non si farebbero scrupolo di torturare lui ed i familiari per fargli confessare dove l'hanno nascosto …-

Emilia, che fino allora aveva assistito in silenzio alla conversazione, a quelle parole scoppiò a piangere e si rifugiò in cucina.

- Dicevo che li tortureranno finché non torneranno in possesso del denaro. È una fortuna che Enzo sia dovuto scappare, perché i sospetti dei trafficanti si focalizzeranno su di lui, ed anche su Fausto, che pare essere anche lui scappato da casa, ma se dovessero trovarli, ed alla fine è probabile che li trovino, Enzo confesserà sicuramente di averla vista aprire la valigetta ed impossessarsi di gran parte del denaro contenuto, ed a quel punto, se non riuscirà a dotarsi di una rete di protezione, sarà fottuto, e tutti quelli che avranno approfittato del denaro saranno parimenti fottuti con lei, seppure in minor misura. Forse noi riusciremo a restituire il denaro al trafficante, e magari ce la caveremo solo con quattro sberle, ma lei la faranno a pezzi, ed insieme a lei, temo, anche la sua famiglia.- Giovanni tremava come una foglia, due lacrime gli apparvero ai lati degli occhi e l'uomo nascose il viso tra le mani. Emilia era tornata dalla cucina ma, alla vista del marito in quello stato, scoppiò novamente in lacrime. Tito le disse di portare qualcosa di forte, per il marito e per lei stessa, che avrebbe aiutato a far passare il momento. Lei prese della grappa Nardini da un mobiletto e versò tre robuste porzioni, che contribuirono a sciogliere il groppo che attanagliava la gola degli Ubezio.

- Allora ritiene che debba restituire tutto? Francamente non me la sento.-

- Neppure per sogno, non basterebbe: lei ha sottratto la valigetta e l'ha aperta, ma anche se restituisse il denaro che ha preso, non potrebbe restituire quello preso da Enzo, da Fausto, da Tamara. Io potrei indurre mio figlio a restituirle quanto ha preso lui, ma siamo distanti dalla somma piena che c'era nella valigetta.-

- Allora cosa suggerisce di fare?-

- Prima debbo sapere quanto denaro ha preso per lei e quanto ne era rimasto nella valigetta quando l'ha ritirata nella credenza.-

- Dai Giovanni diglielo! – intervenne Emilia con decisione – in questa storia abbiamo bisogno di tutto l'aiuto possibile, ed il Tiraboschi ce lo sta dando.-

- Ho preso 5.250.000 Euro. Sono tutti qui in casa. Nella valigetta ce ne saranno stati altri 6 o 700.000- disse Giovanni con tono rassegnato.

Tito emise un fischio perché non si aspettava una cifra simile, e stette alcuni istanti in silenzio pensando ad una soluzione che salvasse capra e cavoli. In quel mentre irruppe Simona che chiese se poteva andare al cinema insieme ai fratelli ed a Walter e Concetta, ed avuto il permesso i ragazzi uscirono di casa vociando felici, anche perché Walter gli aveva promesso che poi gli avrebbe preso un grosso gelato. Quando tornò la calma in sala Tito espose la sua idea.

- Innanzi tutto dobbiamo sperare che Enzo non venga trovato dai trafficanti, perché Fausto ha solo preso le mazzette cadute ad Enzo mentre fuggiva, e non poteva sapere da dove costui le aveva prese. Se dovesse essere preso dovremo essere in grado di venirlo a sapere subito, e siccome ciò non sarà possibile, dovremo creare una vasta rete di protezione che impedisca ai trafficanti di irrompere all'improvviso in questo palazzo per sequestrarvi, rete che possa respingerli almeno per il tempo necessario da consentirci di fuggire e di rifugiarci in un posto sicuro.-

- Perché dovreste fuggire anche voi? Voi siete al sicuro, solo io so che anche voi avete una parte del denaro della valigetta.-

- Giusto, ma i trafficanti non lo sapranno, e non ho nessuna intenzione di essere interrogato in merito; senza contare che se dovessero scovarvi ugualmente e vi facessero parlare, poi tornerebbero qui a farci la festa per recuperare gli spiccioli. Dobbiamo predisporre un rifugio sicuro, in Italia o all'estero, potremmo per esempio comprare cinque o sei appartamenti e trasferirci lì alla spicciolata ed in gran segreto, ma mantenendo qui la residenza. Di mano in mano potremmo affittare o vendere gli appartamenti che abbiamo qui, agendo sempre con la massima circospezione per non lasciare tracce dietro a noi. Voi sarete comunque i primi a partire, anche prima che la rete di protezione ravvisi qualche pericolo.-

- Ma così dovrete spendere anche voi una barcata di soldi, ben più dei 150.000 Euro che frutterà il vostro silenzio nella vicenda. Non vi conviene.-

- A questo proposito penso che in questa vicenda molta gente sia coinvolta in parti perfettamente uguali, perché la caduta di uno solo di noi comporterebbe la caduta di tutti, almeno finché continueremo ad abitare questo condominio. Non c'è che una cosa da fare: costituire un fondo comune cui attingere per le spese inerenti a questa faccenda, per acquistare nuovi appartamenti, per allestire la rete di protezione e per ogni altra spesa; però nulla vieterà che in futuro il fondo possa essere utilizzato per un'operazione chirurgica, o per mandare un figlio all'università, o per intraprendere attività nuove, o per un matrimonio, perché il fondo sarà gestito da un comitato di 5 persone che decideranno a maggioranza.-

- E chi sarebbero queste cinque persone?-

- Ora come ora saremmo tu ed io, ma dopo che avrò parlato con gli altri penso che ci saranno anche Manuela, i Paternò, la Tamara e Concetta; però non intendo dire nulla alla Secondina ed alla Corinna.-

- E di che entità sarebbe il fondo che dovremmo costituire?-

- Di 4.500.000 Euro. L'intero malloppo che hai fregato detratto ciò che darai a Manuela, a Concetta ed ai Paternò, e detratti 150.000 Euro che terrai per la tua famiglia; così tutti rischieremo la pelle per la stessa somma di denaro, senza che nessuno possa fare la parte del leone. Pensaci Giovanni! Ti do un minuto per decidere. O decidi di affrontare i trafficanti da solo, e allora ci inventeremo qualcosa per pararci il culo, o dividi il malloppo con tutti noi e ti faremo da angeli custodi.-

- Ci stiamo! – disse Emilia, visto che il marito non si decideva ad assentire – cosa vuoi che facciamo adesso.

- Preparate 300.000 Euro, poi andremo dai Paternò per spiegargli tutto, ed inviterò anche la Manuela. Al Pavan parlerò domani per scoprire se ha visto Giovanni con una valigetta in mano, mentre alla Concetta parlerò stasera.-

Tito salì al piano superiore e suonò al campanello dell'appartamento privato di Manuela; gli aprì Ofelia, pressoché nuda, che gli disse che madame stava facendosi sbattere da Gaspare, ma che in caso di urgenza poteva disturbarla; quindi invitò Tito ad entrare dicendo che nel frattempo ci avrebbe pensato lei ad intrattenerlo. Tito rifiutò l'invito, non senza aver dato un pizzicotto su una chiappa della negretta, e la incaricò di dire a madame che dai Paternò ci sarebbe stata una riunione alla quale era invitata.

Scese quindi al primo piano e l'attesa davanti alla porta dei Paternò si protrasse per alcuni minuti. Gli aprì Aurelia, con un'aria tra l'affannata e la scocciata, con indosso una vestaglia sotto la quale si intravedevano ampie nudità del suo corpo giunonico; lo guardò come per dirgli "Beh! che cazzo vuoi, non vedi che sto scopando?" ma gli fece cenno di entrare e lo fece accomodare in sala chiedendogli cosa volesse bere.

- Del cognac, ti ringrazio. C'è il ragionier Paolo?- chiese provocatoriamente.

- Certo! Sta rinsaccandosi la cappella, con chi credevi che stessi ciulando? Stronzo.-

- Volevo sapere se ci raggiungerà tra poco o se mi lascerà campo libero per insidiargli la moglie.-

Aurelia gli posò davanti una coppa piena di cognac, chinandosi su di lui di quel tanto da consentirgli una perfetta visione dei grandi seni, e gli rispose:

- Tu comincia pure ad insidiare, caso mai, dovesse sorprenderci, potremmo imbastire un ménage a trois. A cosa debbo la tua visita, a parte il mio fascino emiliano?-
- Te lo dirò quando ci sarà anche Paolo, sennò dovrò ripetere tutto. Ci sono le gemelle?-
- Certo, sono in castigo per una settimana, niente extra, niente uscite pomeridiane, e men che meno quelle serali. Poi a Natale si vedrà.-
- Beh, mi spiace dover interferire con le regole del penitenziario, ma vorrei che le mandassi a spasso per un paio d'ore, non vorrei che sentissero quanto ho da dirvi; dai chiamale, le offrirò una pizza.-
Aurelia assunse un'espressione di scoramento, poi scosse la testa e chiamò le gemelle. Arrivarono entrambe con aria mesta ed imbronciata, e quando seppero che la madre le concedeva un permesso premio di 2 ore, e che Tito le avrebbe offerto una pizza, si gettarono una addosso alla madre ed una addosso a Tito, sommergendo entrambi di bacini.
- Badate però che se tarderete a rientrare, o se vi farete sbattere da un pizzaiolo terrone, vi raddoppio il castigo e non uscirete più di casa fin dopo Capodanno.-
- Immagino che lo stesso valga anche per un pizzaiolo friulano – ironizzò una delle due, che per questo si prese un pizzicotto sul culo, poi sparirono nella loro camera per vestirsi; riemersero per uscire di casa proprio quando sonarono alla porta e Paolo andò ad aprire. C'erano Giovanni Ubezio e la Manuela; questa, entrando e vedendo le gemelle in ghingheri, non poté trattenersi dall'osservare:
- Ehi, siete già pronte per un'altra ingroppata, buon divertimento allora – per poi rivolgersi a Paolo dicendogli – mi danno detto che qui c'è una festa, visto che Tito sta facendo il cascamorto con tua moglie, ti iscrivo subito sul mio carnet di ballo.-
- Entra zoccola! È Tito che ha organizzato la festa a casa mia senza avvisarmi, così non ho potuto farmi bella. Tu Giovanni non hai portato nessuna? Se Manuela avesse saputo prima della tua presenza avrebbe invitato qualcuna delle sue troiette.-
- Non hai bisogno di farti bella Aurelia, così in vestaglia ed una tetta fuori sei stupenda così come sei- la complimentò Giovanni.
Paolo fece accomodare tutti e servì da bere, quindi si sedette vicino a Manuela, guadagnandosi un'occhiataccia della moglie. Giovanni si tolse

di tasca sei mazzette di banconote e ne depose tre davanti a Manuela e tre davanti a Paolo, che lo guardarono sbigottiti.

- Questa è la parte che vi spetta personalmente, sono 150.000 Euro a testa; io sono ancora piuttosto confuso, pertanto lascerò ogni spiegazione a Tito- poi affondò in poltrona ascoltando in silenzio la ricostruzione degli avvenimenti fatta da Tito ed il suo piano.

Dopo un'ora, alla fine dell'esposizione di Tito, piovvero i commenti:

- Così adesso, che lo volessimo o no, siamo tutti coinvolti e corriamo il serio rischio di avere a che fare coi trafficanti – concluse Paolo – io ricordo di aver visto Giovanni correre lontano dal luogo dell'incidente con qualcosa sotto braccio unicamente perché me l'ha fatto ricordare Tito poco fa, ma sotto tortura l'avrei ricordato senz'altro da solo.

- Ed io avrei raccontato la storia che ho sentito ieri sera da Walter anche alla shampista del parrucchiere, non sarebbe stata necessaria nessuna tortura. Comunque sono contenta di essere stata incastrata in buona compagnia, e poi 150.000 Euro non sono bruscolini.-

- Beh, per prima cosa grazie – disse Aurelia ritirando il denaro – questi li terrò io, prima che qualcuno pensi di poterli dilapidare in troie. Anche l'idea di costituire un fondo comune mi sembra buona, così come quella di andare ad abitare da un'altra parte, anche se preferirei abitare vicino a voi, o per lo meno vorrei che non ci perdessimo di vista.-

- Anch'io voglio stare vicino a voi – disse Manuela lanciando uno sguardo languido che divise fra Paolo e Tito – non troverò mai dei vicini così indulgenti nei confronti delle mie troiette e della mia attività.

- Come "rete di protezione" avevi in mente qualcosa in particolare?- chiese Paolo a Tito.

- Sì. Una o due donne poliziotto perennemente a disposizione degli Ubezio, sia in casa che per accompagnare i figli a scuola, un nerboruto domestico per dar man forte e per fare la spesa, Gaspare Tagliacozzo sempre all'erta al piano di sopra, un altro poliziotto privato perennemente in portineria. Poi ci siamo io e Walter con pistole paralizzanti e ci sarai tu, Paolo, con...-

- Ah no. Io con una pistola paralizzante mi sparerei sull'uccello; io sarò quello che curerà che ogni pur minima transazione finanziaria non sia rintracciabile, e mi curerò dell'amministrazione del fondo. Ecchecazzo!-

- Guarda che una scossa all'uccello potrebbe farti un gran bene- disse

Manuela.

- La pistola paralizzante allora dalla a me – disse Aurelia – ed anche dello spray al peperoncino, che so ben io su chi usarli.-

- D'accordo – disse Tito, mentre Manuela faceva la linguaccia all'Aurelia – ma stai attenta che non ci giochino le gemelle. Io sistemerò telecamere dappertutto lungo le scale e dei monitor in portineria. Il palazzo diverrà una fortezza ben presidiata.-

- Come farò coi miei clienti? Se dovessero accorgersi di tante misure di sicurezza, potrebbero cagarsi sotto e disertare il mio bordello. Con tante troiette pronte a darla via, diventa sempre più difficile gestire correttamente una casa d'appuntamenti.-

- Cos'hai da guardare me, zoccola, mica posso cucirgliela alle gemelle.-

- Fate le brave voi due! – volle troncare Tito – Tu Manuela ricevi quasi solo per appuntamento, così potrai organizzarti con delle parole d'ordine giornaliere; vedrai, farai un figurone coi clienti. Per quanto riguarda i clienti dei coniugi Vinciguerra, quando torneranno dal Messico ne parlerò con Rodolfo e con Carlotta, per dirgli che le misure di sicurezza sono necessarie per la sicurezza di Simona, in quanto temiamo che Enzo possa tornare.

Voglio anche parlare con Dino e con Tamara, per vedere se è necessario coinvolgere anche loro nella rete, ma non intendo coinvolgere né il Filangeri né i Domenichelli, né altri. Che si arrangino se hanno dei figli stronzi. Io scendo al bar, chi mi tiene compagnia?

- Vengo io caro- disse Manuela alzandosi e salutando Paolo con un bacio ed Aurelia con la manina.

Giovanni disse che sarebbe tornato a casa, ma prima affidò a Tito 300.000 Euro dicendogli di gestirli al meglio riguardo a Dino ed a Tamara.

Nel bar c'erano pochissimi clienti, così Tito e Manuela poterono parlare con Dino in tutta tranquillità, e quando il bar chiuse, con un'ora di anticipo sull'orario solito, anche Valentina poté partecipare alla riunione.

Tito disse a Bernardino che il figlio Walter aveva trovato nel box degli Ubezio alcune mazzette di banconote che Enzo aveva tralasciato di prendere prima di fuggire, e Dino ammise che alcune mazzette erano state trovate anche da Tamara e da Fausto, e che Tamara aveva diviso le sue con lui e con Valentina. Tito li mise al corrente dei rischi che correvano e del piano per proteggere sé stessi e gli Ubezio, ed accennò al fondo comune che si voleva costituire. Poi diede 100.000 Euro a testa a Valentina ed a Dino, ed incaricò quest'ultimo di darne 50.000 a Tamara, così che non ci sarebbero state differenze di trattamento fra i vari partecipanti alla rete di protezione.

Dino e Valentina erano stupefatti per la nuova e ben più consistente cascata di denaro che quella domenica finiva nelle loro tasche, e si dichiararono d'accordo a partecipare alla rete di protezione per l'intero orario di apertura del bar; il primo disse di essere anche fornito di pistola, la seconda disse che era sicura che anche Tamara avrebbe voluto partecipare alla protezione degli Ubezio, magari movimentandogli i figli o facendogli delle commissioni.

Quando si lasciarono, ognuno per rientrare alla magione, erano le 21 passate, ed in ascensore Manuela non smise un istante di molestare Tito con palpate e con strusciamenti indecenti.

#

Quella domenica Virginia aveva vinto la prima delle numerose battaglie che sapeva di dover combattere per mettere le mani sull'eredità delle sorelle Sensini.

Aveva acquistato da pochi giorni su una bancarella un vecchio Giallo Mondadori di Agatha Christie, l'aveva letto tutto d'un fiato ed era rimasta folgorata dall'astuzia messa in campo dall'assassina, una matura signora come lei, che purtroppo era stata scoperta da una serie di sfortunate circostanze. L'arma del delitto, un gatto con un orecchio ferito da cui usciva del pus, ce l'aveva a portata di mano: era Nuvola, che da alcuni giorni era stato ferito da Assunta a causa della sua mania di pulirgli le orecchie con un ferro da maglia.

Virginia aveva finto di curare il gatto, invece aveva raccolto il pus che continuava ad uscire dall'orecchio di Nuvola in una boccetta vuota di collirio, in cui aveva messo pochi cc di gelatina mista ad acqua e zucchero per alimentare la coltura di batteri.

Quella domenica aveva sedato Addolorata, affinché non la ostacolasse nei suoi piani, ed aveva assillato tanto Assunta, con lusinghe, preghiere, promesse ed assicurazioni, da convincerla a stilare un testamento olografo in cui lasciava la quota delle sue proprietà alla domestica fedele e disinteressata, che così bene l'aveva accudita per tanto tempo.

All'indomani avrebbe ripetuto la stessa operazione con Addolorata, sedando Assunta e concentrandosi nell'opera di plagio della sorella maggiore, il soggetto più debole e suggestionabile della coppia. Era sicura di riuscire a far stilare anche ad essa un testamento olografo analogo a quello che aveva ottenuto da Assunta, così avrebbe potuto mettere in atto la parte finale del piano, l'eliminazione delle sorelle mentre lei si trovava a centinaia di chilometri di distanza.

C'erano parecchi dettagli da curare particolarmente: siccome aveva previsto che la morte delle sorelle doveva avvenire attorno a Natale, avrebbe chiesto al dott. Bortolotti di visitare le sorelle per accertarsi che stessero bene, perché lei si sarebbe presa una settimana di vacanza per andare a visitare dei parenti che abitavano a Trieste, e non avrebbe mai voluto lasciare le sorelle nelle mani di una donna fornita da un'agenzia se esse non fossero state più che in salute.

Poi doveva chiedere al rag. Quaglia quando sarebbe stato disponibile per presentare il rendiconto trimestrale dell'attività dell'Immobiliare Sant'Eusebio; gli avrebbe detto che le sorelle avevano preso l'abitudine di prendere dei blandi sedativi per contrastare i dolori reumatici, sedativi che le facevano appisolare nei momenti meno opportuni, ma che sapendo quando sarebbe venuto, avrebbe fatto in modo che le sorelle rimanessero ben sveglie.

Virginia avrebbe scommesso una tetta che il Quaglia avrebbe fissato un appuntamento per dopo Capodanno, per non passare un triste Natale a preparare rendiconti, scrivere relazioni, disegnare diagrammi, e tutte le altre cose per le quali le sorelle andavano matte.

Infine doveva raccomandare a fra' Gerolamo di passare quanto prima per confessare le sorelle e portarle la Comunione.

Fatto tutto ciò, l'incidente con Nuvola poteva avvenire in qualsiasi momento: avrebbe pennellato del pus sulle unghie del gatto, avrebbe fatto sì che Nuvola graffiasse le sorelle, quindi avrebbe curato per alcuni giorni le ferite pennellandole con la coltura di batteri della boccetta di collirio, e quando l'infezione si fosse sviluppata al punto da diventare letale, avrebbe sedato le sorelle e sarebbe uscita per sempre di casa. Poi si sarebbe rivolta ad una agenzia che forniva assistenza a domicilio, avrebbe consegnato la chiave dell'appartamento delle Sensini ed avrebbe prenotato una donna che potesse prendere servizio dal 2 gennaio, verosimilmente per più di una settimana.

Gli era sembrata una soluzione perfetta: poteva ragionevolmente sostenere di aver detto all'agenzia di mandare una donna ad accudire le sorelle per più di una settimana, dato che lei sarebbe tornata il 2 gennaio. Poi sarebbe partita in treno per Trieste.

Il piano le era parso di gran lunga migliore di quello che aveva ideato in precedenza, che prevedeva di uscire dall'appartamento delle sorelle dopo averle sedate, lasciando il gas aperto, ed attendere che qualcuno sonasse il campanello; ma l'aveva scartato perché in tal modo l'esplosione avrebbe distrutto un appartamento che sarebbe diventato di sua proprietà, oltre che a numerose porcellane e mobili antichi, e che avrebbe facilmente innescato un incendio che poteva distruggere i testamenti olografi lasciati in un secrétaire nel salotto.

Capitolo V – LA CACCIA

Nella grande villa annegata nel verde alla periferia di Luino, il finanziere Osvaldo Cordero di Roccabruna era seduto, ancora in vestaglia da camera, in una poltrona ergonomica in pelle, e dalla parte opposta della sua mega-scrivania era seduto da un lato l'ing. Ernesto Missaglia, responsabile tra l'altro delle spedizioni del materiale a media-bassa radioattività del centro di fisica nucleare di Ispra, e dall'altro Carmelo Lo Presti, terminale apicale dell'organizzazione criminale che riforniva di cocaina la Lombardia occidentale, la Svizzera ed il Baden-Württemberg. Dietro a questi ultimi, in piedi, c'era Esposito Macaluso, responsabile dell'approvvigionamento della coca da varie fonti, e fra queste anche il deposito di Vercelli alimentato dai pacchi "caduti" dai TIR che percorrevano la Voltri-Sempione.

- Fatemi ben capire – disse il Cordero che, ancora assonnato, si era perso alcuni passaggi dell'esposizione disordinata dell'accaduto che gli astanti gli avevano fatto – alla mezzanotte di sabato alcuni dei tuoi uomini dovevano andare al deposito dei colombiani di Vercelli per prelevare un grosso quantitativo di coca, che avrebbero pagato coi 6 milioni di Euro che avevo investito nell'affare, ma non si sono fatti vedere all'appuntamento perché hanno avuto un incidente d'auto, ed i miei 6 milioni sono spariti. È così?-

- Esatto. Parte della coca l'avremmo poi tagliata nel nostro laboratorio di Monza, e sarebbe stata smerciata nella Lombardia occidentale, e parte dovevamo consegnarla al Missaglia affinché la facesse proseguire per la Svizzera insieme ai rifiuti radioattivi. – spiegò Lo Presti – Adesso abbiamo bisogno di altri 6 milioni per comprare la coca ai colombiani, ed in fretta, che ogni giorno in più che passa quei bastardi si fanno pagare uno sproposito per il deposito e la custodia; inoltre se tardiamo troppo a distribuirla corriamo il rischio di mandare in apnea il mercato.-

- Va bene, dopodomani potrò darvi altri 6 milioni, ma guardate che li rivoglio tutti e 12, con tanto di interessi come da accordo, perché sia chiaro che l'onere di recuperare i 6 milioni volatilizzati spetterà a voi. Io ve li ho consegnati, e da voi li rivoglio.-

- Stai tranquillo Osvaldo, te li ridaremo in due mesi anziché in uno, e saremo noi a tirare la cinghia per tutto questo tempo, ma stai sicuro che chi ha preso la valigetta col denaro non avrà molto tempo per spenderlo.-

- Che ricerche avete fatto fino ad ora? È rimasto vivo qualcuno nell'auto?-

- Rispondi tu Macaluso, che ti sei occupato tu della cosa, io sono stato avvisato solo nel tardo pomeriggio.-

- Io però devo tornare a Ispra – si intromise il Missaglia – allora posso assicurare gli svizzeri ed i tedeschi che la spedizione subirà un ritardo di soli tre o quattro giorni?-

- Certamente! Eccheminchia, poi sarà già la settimana di Natale. Vuoi lasciare senza neve mezza Europa? Che Natale sarebbe?-

L'ing. Missaglia salutò rispettosamente il Cordero di Roccabruna e più amichevolmente Lo Presti, poi se ne andò. Esposito Macaluso prese il suo posto nella poltroncina davanti alla mega-scrivania, si schiarì la voce ed iniziò l'esposizione:

- Alle 0.30 di domenica i colombiani del deposito di Vercelli mi hanno telefonato per dirmi che Salvatore non era venuto a ritirare la coca a mezzanotte, come da appuntamento, e che l'avrebbero atteso ancora mezz'ora, dato che poteva essere in ritardo a causa della fitta nebbia, ma poi se ne sarebbero andati. Ho mandato il nostro affiliato più vicino, 'O Guercio di Novara, per scoprire cos'era successo a Salvatore ed ai suoi uomini, e questi mi ha telefonato alle 1.45 per comunicarmi che l'Alfa 164 di Salvatore si era schiantata contro un albero di un viale di Vercelli, vicinissimo al luogo dell'appuntamento coi colombiani. C'erano ancora dei rottami e delle torce antivento per terra.

Gli ho detto che sarei arrivato di volata e che ci saremmo trovati all'ospedale di Vercelli, ho preso con me 'o Animale, 'o Cutieddu, 'o Scimunito e 'o Scassaminchia e con due auto ci siamo precipitati al deposito delle auto incidentate, ove abbiamo accertato che la valigetta col denaro non era nella carcassa dell'auto, e neppure era stata presa dal custode del deposito, che è morto mentre 'o Animale e 'o Guercio lo stavano lavorando. Dall'auto mancavano anche tutte le armi dei picciotti. Alle 4.30 ero all'ospedale, ove ho saputo che Salvatore e Rocco, seduti nei posti anteriori, erano deceduti sul colpo, e che Gennaro, seduto dietro, era stato gravemente ferito ed in quel momento era in coma farmacologico, e lo sarebbe rimasto sicuramente per alcuni giorni ancora. La stanza ove era ricoverato Gennaro era sorvegliata dalla polizia, e non ho ritenuto opportuno lasciare lì nessuno.

Ho invece individuato l'equipaggio dell'ambulanza che è intervenuto sul posto dell'incidente: un autista, un paramedico ed un medico, questi mi hanno detto che il ferito, quando l'hanno soccorso, pronunciava frasi sconnesse prive di senso, poi è stato subito sedato. 'O Guercio e 'o Animale hanno seguito l'autista dell'ambulanza mentre rientrava a casa, l'hanno sequestrato e portato in periferia per farlo parlare, ma nonostante le torture ha continuato a sostenere di non aver preso nessuna valigetta dall'auto, e neppure avrebbero potuto prenderla il medico ed il paramedico, intenti com'erano a dedicarsi al ferito. Naturalmente poi hanno dovuto sopprimere l'autista, per non che potesse rivelare un nostro interessamento alla valigetta.

Alle 6 ero sul posto dell'incidente ed ho visto che c'era un bar, ma il cartello sulla porta indicava un orario di apertura dalle 7 alle 21, per cui sabato sera era chiuso. Dalla porta a vetri dell'ingresso del palazzo, alle 6.05 ho visto due tipi sulla trentina uscire dall'ascensore vestiti da montagna, con tanto di sci, di scarponi e con una sacca, e li ho visti dirigersi verso i garage sul retro del palazzo. Pochi minuti dopo dal portone sulla via traversa al viale ove è avvenuto l'incidente è uscito un pulmino Volkswagen con loro a bordo, ed è rapidamente sparito nella nebbia.

Ho lasciato 'o Scassaminchia e 'o Scimunito in auto vicino all'ingresso del palazzo, ma parcheggiati in modo da poter sorvegliare chi usciva in auto dal portone della via traversa. Mi spiace capo non averlo fatto prima, ma avevo ritenuto più urgente fare prima altri controlli, e poi avevo immaginato che il Viale delle Rimembranze fosse una strada disabitata che portava al cimitero, non una via piena di palazzi.

Mi sono poi recato nell'ufficio del 118 per sapere chi e quando aveva fatto la telefonata per segnalare l'incidente, dicendo alla centralinista che ero un parente del ferito e che volevo ringraziare tutti per la solerzia mostrata. Mi hanno risposto che la telefonata è arrivata alle 23.53 da parte di una donna che aveva voluto mantenere l'anonimato, probabilmente era un'inquilina del palazzo; e che subito dopo erano arrivate altre due telefonate che segnalavano lo stesso incidente, anche queste da parte di donne anonime.

Alle 7.10 ero ancora davanti al bar che aveva appena riaperto, in cui continuava ad arrivare gente: una ragazza in Smart che lavorava lì, una coppia elegante con una valigia a testa che si era trattenuta per pochi minuti al bar. Ho detto ai due picciotti di prendere nota di ogni movimento, perché il palazzo era di gran lunga più vicino degli altri al luogo dell'incidente.-

- Perché non sei entrato nel bar per chiedere se qualcuno era accorso sul posto dell'incidente?- chiese Lo Presti.

- Perché se per caso l'avessi chiesto a chi aveva preso la valigetta l'avrei messo in allarme. Sono poco propenso a pensare che qualcuno del palazzo sia accorso in pigiama, e che sia arrivato prima dei carabinieri e dell'ambulanza, per di più avrebbe dovuto prendere valigetta sotto gli occhi di tutti. È molto più probabile che la valigetta sia stata presa in consegna dalla polizia o dai carabinieri e che ora sia in una loro caserma come corpo del reato, in fin dei conti c'erano parecchie armi sull'auto, insieme a strumenti tipici dei trafficanti di droga; oppure l'hanno aperta e si sono già divisi il malloppo, non sarebbe la prima volta. Ad ogni buon conto, prima di mettere sotto il torchio qualche poliziotto o carabiniere, ho pensato di utilizzare i picciotti che avevo con me per conoscere gli abitanti del palazzo.-

- Sono d'accordo con te; ma sia con le forze dell'ordine, e nel caso anche con gli inquilini del palazzo, voglio che tu proceda coi piedi di piombo e col guanto di velluto. Ci sono già stati due morti di troppo.-

- Mi spiace per quelli, capo, ma il custode del deposito doveva soffrire di cuore perché alle prime carezze di 'o Animale è schiattato; e l'autista dell'ambulanza, mica potevamo lasciarlo in vita dopo averlo torturato.-

- Vabbè, quel che è fatto è fatto, ma d'ora in poi cerchiamo di trattare questa storia con più intelligenza e meno violenza, almeno finché non saremo sicuri di chi ci ha fottuto il denaro.-

- Ricevuto capo. Alle 8 ho telefonato al nostro referente presso la polizia, Parisi Alberto, e gli ho chiesto di scoprire se erano intervenuti loro sul posto dell'incidente, e se era stato sequestrato qualcosa che era sull'auto. Poi ho messo in allarme i nostri compari bancari. Ho telefonato ad una dozzina di funzionari dicendogli che volevamo essere avvisati di ogni deposito superiore a 20.000 Euro effettuato in contanti con banconote di 500 Euro, ed ho chiesto loro di estendere la ricerca anche ad altre banche del Piemonte, ma di concentrarsi soprattutto su quelle di Vercelli, di Biella e di Novara. Mi hanno risposto che per quello che si riferiva alle loro banche non c'erano problemi, ma che non garantivano che i bancari degli altri istituti avrebbero profuso nella ricerca molte energie.

- Poi mi sono chiesto: quale sarà la prima spesa consistente che farà uno che si è impossessato di 6 milioni? Facile, un'auto nuova! Allora ho telefonato a tutte le concessionarie d'auto di Vercelli per farmi segnalare tutti gli acquisti di auto dal costo superiore ai 15.000 Euro. Qualcuno ha fatto storie, ma mi è bastato accennare a possibili incendi che sarebbero potuti scoppiare nei loro piazzali per ottenere la più completa collaborazione.

Alle 16 mi hanno fatto rapporto i due picciotti, 'o Scimunito e 'o Scassaminchia, che avevo lasciato davanti al palazzo – Esposito si tolse di tasca un foglio e lesse – 7.15 esce la coppia con le valige, quella in cui la bionda aveva due grandi zinne. 7.30 entrano nel bar due signore con grandi zinne per comprare le sigarette. 7.45 entrano nel bar due anziane con le mammelle flosce che prendono un cappuccino. 7 .55 escono dal palazzo ed entrano nel bar un vecchio con abiti fuori moda, un quarantenne ed una vecchia scialba e piatta come un'asse. 8.00 la vecchia si sente male e viene chiamato il 118. 8.10 arriva l'ambulanza e carica la vecchia. 8.15 escono dal bar il vecchio con abiti fuori moda ed il quarantenne. 8.20 esce dal bar troietta di vent'anni con le zinne a balconcino...-

- Vabbè, abbiamo capito – intervenne Lo Presti – quel palazzo pullula di strafiche con le zinne grosse... ma la sorveglianza del condominio, in futuro, falla fare a qualcuno che osservi qualcosa d'altro oltre alle zinne. Ti assegno anche Lussu e Di Canio, a loro farai fare il lavoro di testa, ed ai tuoi scagnozzi quello di gambe. Se non c'è altro possiamo andare.-

- Beh, mi pare che siate sulla strada buona – disse il Cordero – io ora ho da fare. Cercate di trovare quei soldi, e tenetemi informato.-

Macaluso e Lo Presti se ne andarono ed un'ora dopo erano a Milano, nel night club di proprietà dell'organizzazione mafiosa che era stato dato in gestione al defunto Salvatore, il Cotton Club. Qui Lo Presti convocò Di Canio e Lussu, rappresentanti dell'organizzazione per le zone di Milano Nord e di Milano Est, e dopo una mezz'ora si ritrovarono tutti in una saletta riservata del night, ove Lo Presti assegnò provvisoriamente Di Canio e Lussu al Macaluso, almeno fino all'individuazione del ladro della valigetta.

Macaluso nel frattempo non aveva perso tempo ed aveva telefonato all'Alberto Parisi, il poliziotto infedele, che gli riferì che quando la pattuglia della polizia era arrivata sul posto c'erano già i carabinieri che avevano trovato delle armi nella macchina incidentata, una valigia con dei reagenti ed un'altra con una bilancia elettronica, e le avevano sequestrate. Sicuramente la pattuglia della polizia non ha trovato nessuna valigetta, ma altrettanto non poteva assicurare per i carabinieri intervenuti; lui non aveva la possibilità di indagare su cosa potevano aver fatto dopo i carabinieri.

Lo Presti, che non aveva alcun referente fra i carabinieri di Vercelli, dopo averci pensato su un po' chiamò Esmeralda, Patricia e Marylin, tre spogliarelliste che lavoravano nel locale insieme ad una mezza dozzina di altre strafiche altrettanto irresistibili e diede loro delle precise istruzioni:

- Voi due – disse rivolto a Patricia ed a Marylin – vi recherete a Vercelli ed adescherete uno o più carabinieri, possibilmente dei graduati, ma al limite anche un appuntato andrà bene, basta che vi sappia dire con assoluta certezza se, quando una loro Gazzella è intervenuta sulla scena dell'incidente dell'Alfa 164, è stata rinvenuta una valigetta di documenti; ed in caso affermativo, se è stata sequestrata, se sa dove si trova ora, chi sono i carabinieri intervenuti, e come si fa per mettersi in comunicazione con loro in modo discreto. Capito tutto?-

- Troppe cose da ottenere senza dare l'impressione di volergli carpire delle informazioni, se si insospettisse correremmo il rischio di attirare l'attenzione su di noi.-

- È per questo che ho scelto voi, se vi darete abbastanza da fare sareste capaci di far abiurare un santo; se non riuscirete con uno proverete con un altro. Vi do quattro giorni di tempo, poi, se non mi porterete risultati, vi venderò agli albanesi. Potete partire subito.-

- Sempre carino con noi. Quando sapremo qualcosa lo diremo a te o ad Esposito?-

- Ad Esposito. È lui che seguirà le operazioni. Veniamo a te, Esmeralda, tu dismetterai tacchi alti, trucchi e vestiti da troia e ti vestirai da crocerossina, quindi ti farai portare dal Di Canio a Vercelli, e mentre questi indagherà presso il bar, tu passerai in rassegna gli inquilini con la scusa di raccogliere fondi. Il vostro scopo sarà quello di avere il quadro completo degli inquilini del palazzo: nomi, composizione familiare, piano, e soprattutto dovrete scoprire se qualcuno è sceso in istrada dopo aver sentito lo schianto.

Tu, Lussu, in parte li affiancherai qualora avessero bisogno, ed in parte starai all'erta per quando ci arriveranno le comunicazioni delle banche e dei concessionari d'auto. Tu Esposito curerai che tutto sia fatto per bene, in modo da non dover rifare accertamenti già fatti, sarai l'ufficiale pagatore e risolverai sul momento ogni problema dovesse presentarsi. Ai picciotti farete fare solo il lavoro di gambe: pedinamenti, appostamenti, sorveglianza, ecc. Ricordo a tutti che non siete in vacanza, quindi niente sgavazzamenti, scopate fuori via e shopping in provincia, perché se pesco qualcuno sgarrare, lo castrerò colle mie mani. Ed ora al lavoro, marsc'!-

#

Il tenente Lo Bue, dei carabinieri di Vercelli, alle 10 finì di leggere i rapporti che aveva sulla scrivania, li mise nella vaschetta delle pratiche da archiviare ma ne trattenne uno che rilesse attentamente; poi premette il tasto dell'interfono ed abbaiò verso l'apparecchio:

- Tranfo, qui da me, subito! e porti anche il maresciallo Cannizzaro ed il brigadiere Bolognese, che dovrebbero essere in servizio di domenica.-

Dopo un minuto Tranfo entrò dal superiore e riferì che il maresciallo Cannizzaro era andato al deposito delle automobili incidentate perché il custode dello stesso era morto durante un'aggressione, ed il brigadiere Bolognese si era recato in località Cappuccini perché era stato rinvenuto il cadavere di un autista di ambulanze che era stato torturato.

- Gli telefoni e li faccia rientrare- ordinò.

Una decina di minuti dopo si diresse verso l'ufficio del capitano Gazzurlo, bussò e questi lo fece accomodare.

- Invece di far diventare tutti più buoni, sembra che l'avvicinarsi del Natale stia procurando l'effetto contrario: non ci sono mai stati tanti reati gravissimi nello stesso giorno: prima lo schianto contro un tiglio di Viale delle Rimembranze di una macchina di malavitosi carica di armi e di quanto occorre per saggiare e pesare della droga, poi la denuncia di stupro di una quattordicenne in un palazzo dello stesso viale, poi due efferati delitti, uno al deposito delle auto incidentate ed uno di un conducente di ambulanze che aveva appena finito il turno di lavoro...-

In quel mentre entrarono il maresciallo Cannizzaro ed il brigadiere Bolognese, piuttosto incazzati per essere stati fatti rientrare al comando mentre erano sulla scena di due delitti su cui stavano investigando, e fecero un breve rapporto al capitano Gazzurlo.

- Il custode del deposito di auto incidentate è morto per attacco cardiaco probabilmente verso le 3 o le 4 in seguito ad aggressione ed a percosse, alle 8 siamo stati avvisati da un vicino col quale il custode doveva andare a giocare a bocce; l'ufficio del custode è stato messo a soqquadro e non sappiamo se sia stato rubato qualcosa, anche se difficilmente c'era qualcosa di valore da rubare; sul posto c'è la polizia scientifica per il rilievo delle impronte, anche se penso che non troveremo nulla di utile. Penso che il delitto sia opera di balordi alla ricerca di chissacosa.-

- L'altro cadavere invece l'ha trovato alle 7.30 un agricoltore in località Cappuccini; l'ora del decesso va collocata fra le 5 o le 6, il morto aveva indosso ancora gli abiti da lavoro, una divisa del 118, ed è stato torturato e finito con un colpo di oggetto contundente alla testa. Gli hanno strappato le unghie delle mani e fratturato le dita, nel portafogli gli sono stati trovati 70 Euro ed aveva un orologio di marca al polso. Escludo che si tratti di una rapina, ma non riesco a capire il motivo di una tortura così bestiale per poi ucciderlo ugualmente.-

- Già, pare strano anche a me. Lei tenente, per che motivo è venuto a cercarmi?- chiese Gazzurlo.

- Beh, avevo dei sospetti, ma dopo aver sentito quanto raccontato dal brigadiere e dal maresciallo, mi pare tutto chiaro. Sono certo che l'aggressione e la morte del custode, la tortura e l'uccisione dell'autista, ed il rinvenimento di armi, di reagenti e della bilancia elettronica nell'auto schiantatasi in Viale delle Rimembranze siano strettamente collegati fra loro. Ci metterò un po' a dimostrarlo...-

- Ci metta tutto il tempo che vuole Lo Bue, le affido il coordinamento delle indagini, io devo assentarmi perché ho a pranzo i suoceri e sono in ritardo. Buon lavoro- e se ne andò.

Cannizzarono e Bolognese si trasferirono nell'ufficio del tenente, curiosi di sapere come potessero essere collegati i casi, ma molto seccati di dover svolgere le indagini non più sotto il comando di quello scansafatiche del capitano Gazzurlo, bensì sotto quello di uno stakanovista come il tenente. Questi, appena seduto alla scrivania, pigiò il pulsante ed abbaiò nell'interfono:

- Tranfo, convochi immediatamente l'equipaggio della Gazzella che ieri sera è intervenuta sul luogo dell'incidente dell'Alfa 164 in Viale delle Rimembranze... sì, lo so che hanno finito il turno e sono andati a casa, e non me ne frega niente. Li convochi e basta!-

Quand'ebbe finito la sua esibizione di autorità chiese ai due sottoposti:

- Esiste secondo voi una minima possibilità che l'equipaggio della Gazzella intervenuta in Viale delle Rimembranze non abbia consegnato al magazzino dei corpi del reato una terza valigetta, oltre a quelle trovate nella carcassa dell'auto e regolarmente consegnate?-

- Lo escludo categoricamente, conosco quegli uomini, e non lo farebbero mai, e poi sarebbero dovuti essere tutti d'accordo- affermò sicuro il Cannizzaro.

- Forse se si fossero trovati di fronte ad un orologio d'oro, o ad una mazzetta di banconote, uno di loro avrebbe potuto intascarseli, correndo l'enorme rischio di essere visto dai colleghi, è già successo più volte nell'Arma; ma una valigetta sicuramente no, sarebbero dovuti essere tutti d'accordo. E poi come avrebbero potuto sapere che la valigetta conteneva dei preziosi? E perché ipotizza esserci stata una terza valigetta?- disse con meno sicumera il Bolognese.

- Cosa ci facevano tre malavitosi di Milano a mezzanotte di sabato in Viale delle Rimembranze, armati con pistole e mitraglietta, con reagenti chimici e bilancia elettronica? Ovvio, per acquistare una grossa partita di coca appena arrivata dalla Colombia. E con cosa intendevano pagarla? Ovvio, con tanto denaro da dover essere contenuto in una ventiquattrore, almeno 2 o 3 milioni di Euro. Orbene, dove è finita la valigetta? Chi può averla presa?

E quello che si sono chiesti i malavitosi rimasti a Milano quando sono stati avvertiti che i loro compagni si erano schiantati in auto; si sono precipitati qui e come prima cosa hanno visitato il deposito di auto incidentate, ma non hanno trovato nulla sul rottame d'auto, e neppure nell'ufficio del custode, l'hanno malmenato un po' per farsi dire se avesse preso lui la valigetta, e quello gli è morto fra le mani. Allora hanno rintracciato l'autista dell'ambulanza che ha portato in ospedale il malavitoso ferito, perché solo l'autista avrebbe potuto impossessarsi della valigetta mentre gli altri componenti dell'equipaggio si dedicavano al ferito, e l'hanno torturato fino ad essere sicuri che non avesse visto o preso nulla, poi l'hanno ucciso per farlo tacere.-

L'equipaggio della Gazzella intervenuto in Viale delle Rimembranze entrò nell'ufficio del tenente con malcelato disappunto per essere stato richiamato in servizio appena dopo esserne smontato, era in borghese e si dispose in piedi contro il muro.

- Chi comandava l'equipaggio della Gazzella?- chiese il tenente.

- Io, naturalmente- rispose il brigadiere Marsala, basito del fatto che il tenente non l'avesse riconosciuto.

- Sul luogo dell'incidente siete arrivati prima voi o la polizia?-

- Noi, signor tenente, questa volta li abbiamo fregati per un minuto buono, anche se la loro sede è molto più vicina al luogo dell'incidente.-

- C'erano dei civili attorno all'auto quando siete arrivati?-

- Sì, tre o quattro persone che sono uscite dal bar appena udito lo schianto.-

- Ma quel bar chiude alle 21, che ci faceva della gente dentro?-

- Non lo so, oltre alle persone uscite, nel bar ce n'erano delle altre, fra cui delle donne.-

- È possibile che qualcuno uscito dal bar abbia preso una valigetta e si sia allontanato dal luogo dell'incidente?-

- Sì, loro sono usciti pochi secondi dopo lo schianto, e noi siamo arrivati 4 o 5 minuti dopo aver avuto la segnalazione dell'incidente dal 118, ma proprio non ce li vedo quei distinti signori derubare dei morti, e poi chi avesse preso la valigetta l'avrebbe fatto sotto gli occhi degli altri soccorritori e delle molte persone affacciate ai balconi del palazzo.-

- Avete preso le generalità dei soccorritori?-

- No. Perché mai avremmo dovuto prenderle?-

- Per la completezza del rapporto. Ecchecazzo. Anche i dettagli possono tornare utili per un'indagine. Potete andare ora, ma se dovesse saltar fuori che la valigetta l'avete presa voi e vi siete divisi in contenuto, finirete tutti e tre nel carcere di Peschiera.

Maresciallo Cannizzaro, mi faccia sapere chi erano i soccorritori usciti dal bar, ricostruisca i loro movimenti, e mi sappia dire cosa ci faceva tanta gente al bar a quell'ora. Brigadiere Bolognese, comunichi a tutte le banche di Vercelli che vogliamo essere subito avvisati di ogni versamento in contanti superiore ai 20.000 Euro: importo, nominativo e possibilmente indirizzo di chi ha effettuato il versamento.-

- Ma oggi è domenica, potrò farlo solo domattina; e poi le banche daranno fuori da matto, già prendono nota dei versamenti in contanti per quegli importi e ce li comunicano mensilmente...-

- E lei le lasci dar fuori da matto. Quelle informazioni le voglio avere subito; chiaro?-

Cannizzaro e Bolognese uscirono dal comando, era l'una passata, e volendo mangiare un boccone decisero di andare al "Bar-narda", e concordarono di svolgere insieme le indagini che gli erano state affidate.

L'appuntato Tranfo, che non si era perso una sola parola di quanto detto nell'ufficio del tenente, che aveva lasciato acceso l'interfono, salutò il superiore e se ne andò a pranzare.

Lo Bue restò in ufficio a pianificare le operazioni future, stendere promemoria, stilare relazioni preliminari e, cosa più importante, a pensare a che nome dare all'operazione, ma senza ancora individuarne uno abbastanza significativo.

Il brigadiere Marsala era fuori dalla Grazia di Dio, non tanto per aver dovuto interrompere il meritato riposo per fornire spiegazioni che avrebbe potuto dare l'indomani, quando sarebbe tornato in servizio, ma per le insinuazioni ed i sospetti del tenente sulla sua squadra. Decise di pranzare in pizzeria, per riconciliarsi col mondo davanti ad una Napoli e ad un piatto di calamaretti fritti, e poi si sarebbe recato nel bordello di madame Manuela, che non c'era nulla di meglio di una bella ingroppata con Olga o con Irina per farsi passare il malumore.

- Ma che minchia di nome avete dato al vostro bar – chiese Cannizzaro a Beatrice mentre costei preparava ai carabinieri due grossi toast – Che vuol dire "Bar-narda"? "Zanzi-bar", "Bar-bon", "Bar-aonda" e "Bar-colla" li ho già sentiti, ma "Bar-narda" è la prima volta che lo sento.-
- Xe par via de la me mama; se ciamava Bernardina, ma la ciamavano tutti "bela barnarda"- spiegò Beatrice cercando di restare seria, mentre Valentina, che stava servendo le birre ai carabinieri, quasi si strozzò cercando di trattenere una risata.

Mentre mangiavano affamati, i due provarono ad ottenere delle informazioni sull'incidente e su chi era accorso ad aiutare i feriti, e chiesero anche come mai il bar era ancora aperto a quell'ora, ma Beatrice disse che lei e Valentina erano andate a casa all'ora di chiusura, alle 21, e pertanto non sapevano nulla dell'incidente; ma era rimasto il fratello Dino, perché poi ci sarebbe stata l'assemblea dei condomini, che tradizionalmente si teneva nel bar per motivi di spazio.

I due carabinieri si trattennero nel bar fino alle 17, battendola a Valentina, che si divertiva a svolazzargli attorno, ma non disdegnando di molestare galantemente anche Beatrice, i cui grandi seni erano sempre in bella vista. Per mostrare alle due donne quanto erano bravi e quanto importanti erano i casi su cui stavano lavorando, raccontarono dei due cadaveri rinvenuti nella mattinata e di come quei delitti fossero riconducibili alla scomparsa di una valigetta che doveva essere stata nell'auto che si era sfasciata contro un tiglio proprio davanti al loro bar.

Anche il brigadier Marsala, mentre era in attesa che qualche ragazza si liberasse, raccontò a Manuela i motivi del malumore causatogli dal tenente, dei sospetti che la sua pattuglia avesse potuto impossessarsi di una fantomatica valigetta piena di denaro, e delle indagini nei confronti dei primi soccorritori.

Quando Irina si liberò, Marsala pagò anticipatamente le due ore pattuite, e Manuela poté aggiungere un altro filmato osé alla sua collezione riguardante la Benemerita.

#

Il viaggio in BMW intrapreso da Enzo e da Tatiana lungo lo Stivale fu meraviglioso, e fin dalle prime mosse si connotò come una vacanza eno-gastro-erotica. Martedì fecero tappa a Portofino, dove ad una regale cena a base di pesce fece seguito una notte intera di manipolazioni, di leccamenti e di strusciate indecenti, che però non sortirono il risultato voluto: l'uccello di Enzo proprio non riusciva ad entrare nella neppur piccola tana di Tatiana, che dovette accontentarsi di farsi penetrare con una mano.

Mercoledì i due piccioncini erano a Volterra, ove fecero uno squarcio allo stomaco per quanto si abbuffarono di carni alla brace, ed anche quella sera, in albergo, l'uccello di Enzo diede forfait, e lui, sempre più scornato, accentuò la foga delle penetrazioni manuali dei buchetti di Tatiana. Giovedì e venerdì la stessa scena si ripeté a Pescara ed a Sorrento: le abbuffate gratificavano oltremodo la coppia, ma i problemi erettili di Enzo continuavano a permanere, ed egli sfogava la sua frustrazione aumentando la brutalità con cui trattava la donna.

Tatiana però aveva avuto quattro giorni pieni per carpire ad Enzo gran parte della sua storia, era così venuta a sapere che aveva dovuto fuggire da Vercelli per aver usato violenza su una ragazzina, che aveva rubato al padre i soldi che gli servivano per la fuga, e che finiti quelli che aveva con sé non ce ne sarebbero stati altri. Quella sera stessa Tatiana, mentre Enzo dormiva, telefonò al fratello che abitava in un casolare molto isolato ad una dozzina di chilometri da Tropea, in Calabria, e gli disse che entro uno o due giorni sarebbe passata da lui insieme ad un "ospite" da sistemare.

- Dobbiamo ospitarlo per qualche mese e poi sarà libero di andarsene? Quanto può contribuire con le spese di mantenimento?-
- No, starà sempre con noi. A te frutterà una BMW nuova e 50.000 Euro, a me una somma equivalente. Organizza tutto per bene perché intendo divertirmi con lui.-
Il giorno successivo Enzo fu convinto a fare una tirata unica fino a Tropea per conoscere il fratello di Tatiana, Vincenzo.
- Cos'è? vuoi farmi conoscere i tuoi parenti perché intendi farti sposare?-
- E se così fosse? ti spiacerebbe tanto? Io ci metterei la firma a stare tutta la vita con una persona come te. Non hai idea come mi sia piaciuto farmi sbattere da te. Vorrei che tu fossi ancora più rude e che mi facessi male, e stasera voglio che mi infili la mano anche nel culo.-
A parole del genere Enzo non poteva resistere e percorse la Salerno-Reggio Calabria alla massima velocità possibile, incalzato dalle moine della

ragazza, ansioso di arrivare al momento in cui, dopo essere entrato in camera da letto con Tatiana, avrebbe chiuso la porta alle spalle.

Quando conobbe Vincenzo, che lo riempì di gentilezze, gli dedicò solo quel minimo di attenzione per non essere maleducato; accettò di buon grado il bicchiere di vino che gli fu offerto, ma fu l'ultima cosa che ricordò, perché nel vino Vincenzo aveva sciolto un forte sedativo.

La notte del giorno successivo Enzo, spogliato dei vestiti e del denaro, fu portato in una porcilaia a poca distanza dalla casa, e qui fu dato in pasto ai cinghiali, tenuti a digiuno da due giorni. Tatiana volle partecipare al supplizio, che si protrasse per mezz'ora, fino a che Enzo morì dissanguato. Si godette le urla disumane del ragazzo mentre i cinghiali gli dilaniavano la faccia, le membra ed i genitali, e quando tutto fu finito, eccitatissima, si fece sbattere a lungo dal porcaro, in modo canonico questa volta, dopo una settimana di variazioni sul tema.

La BMW fu venduta ad un carrozziere che l'avrebbe riverniciata e fornita di documenti falsi. Una settimana dopo le ossa di Enzo furono calcinate, polverizzate e disperse nei campi.

#

Anche la vita sentimentale di Deborah e di Fausto subiva degli alti e bassi.

Appena acquistato il Mini Cooper, Fausto chiese a Deborah di insegnargli a guidare, ma la prima volta che provò a mettere la quarta perse il controllo dell'auto e danneggiò non poco la fiancata destra contro un palo. Se la prese con la ragazza che non gli aveva detto di andare più adagio, e quando costei gli rispose a muso duro che era lui il pirla che invece di frenare aveva accelerato, lui le allungò una sberla che le fece sanguinare il naso. Poi, per farsi perdonare, regalò alla ragazza degli orecchini con dei brillantini, ma per Deborah l'incantesimo s'era rotto.

Il Cooper ad ogni buon conto fu portato in carrozzeria per essere riparato e riverniciato di rosso, colore più gradito a Fausto.

I rapporti sessuali fra i due, da intensi che erano, si facevano sempre meno frequenti, anche per la concorrenza spietata di Samantha, sempre disponibile a fare le veci di Deborah, ed anche per la concorrenza delle altre troiette quando esse si insediarono nella villa-bordello, più che intenzionate a conquistarsi il favore di Fausto. Inoltre pareva che Fausto mettesse nel rapporto solo l'uccello o poco più, mentre lei metteva tutta sé stessa; Deborah aveva notato che Fausto si distraeva nel bel mezzo dell'azione, che talvolta si rifiutava di accettare le sue avances adducendo scuse inconsistenti, e quando acconsentiva a corrispondere ad esse, lo faceva sbuffando, come se gli costasse fatica.

Nell'orgia di inaugurazione ufficiale del bordello, Fausto l'aveva trascurata dedicandosi solo a Samantha ed alle altre troiette, e quando si era lamentata del fatto, le aveva risposto che la pagava per svolgere i compiti che le assegnava, e non per scassare le balle e pretendere da lui più amore di quanto fosse disposto a dare.

Ma la mazzata finale alla storia d'amore di Deborah venne alcuni giorni prima di Natale, quando accompagnò Fausto dal suo grossista di coca, e qui, per strappare uno sconto sul normale prezzo d'acquisto, Fausto la offrì al grossista affinché la violentasse. Fu in quell'occasione che Deborah decise di vendicarsi, e pur restando con Fausto come se nulla fosse successo, da allora rimase in attesa dell'occasione propizia, che possibilmente potesse abbinare la distruzione di Fausto col mantenimento della "Casa della Giovane".

#

Lunedì sera i condomini della rete di protezione si ritrovarono nel bar-tabaccheria per fare il punto della situazione; c'erano quelli del bar, Dino, Beatrice, Tamara e Valentina, i coniugi Paternò, il geom. Ubezio, Manuela, i coniugi Tiraboschi col figlio Walter e Concetta Prandi, e tre guardie del corpo assunte da Manuela.

Beatrice e Valentina raccontarono quanto avevano carpito ai carabinieri Cannizzaro e Bolognese, Manuela quanto aveva raccolto dal carabiniere Marsala; il ragionier Paternò disse di aver individuato una serie di palazzine in Svizzera, in Francia ed in Alto Adige molto adatte per essere elette a "case sicure", e fornì foto, planimetrie, descrizioni degli immobili e dei paesi ove sorgevano. L'ingegner Tiraboschi spiegò dove aveva istallato le videocamere per tenere sotto controllo l'atrio, le scale, l'ascensore ed il montacarichi e spiegò perché aveva piazzato un monitor in portineria e due nella saletta di servizio del bar.

Manuela presentò le 3 guardie del corpo, di cui una donna, che già da quella stessa sera sarebbero entrate in servizio per 24 ore al giorno; la donna, Gina Tarascone, sarebbe stata nell'appartamento dell'Ubezio, gli altri sarebbero stati uno, Giorgio Milanese, davanti ai monitor del bar, e uno, Gaetano Roncarolo, davanti a quello della portineria. Alle guardie fu fornito un tabulato con l'elenco degli inquilini, dei dipendenti degli studi professionali che operavano nel condominio, ed ogni altra informazione che potesse risultare utile per svolgere il loro lavoro.

La guardia nella portineria sarebbe stata assistita dalla Ìnes, quella del bar dal personale dello stesso, ed a tal proposito Manuela raccomandò a Tamara ed a Valentina di non sedurre la guardia e di non distrarla dal suo lavoro con atteggiamenti provocanti. L'Aurelia si propose di portare il pranzo alla guardia nella portineria, Ubezio disse che l'Emilia avrebbe pensato alla guardia nel suo appartamento.

Il rag. Paternò raccomandò a tutti di non fare acquisti che potessero dare nell'occhio, di non fare versamenti in banca per importi superiori a quelli soliti, e soprattutto di non acquistare automobili costose, e si raccomandò, guardando le ragazze presenti, di acquistarle comunque lontano da Vercelli.

La riunione stava volgendo al termine quando bussarono alla porta sul retro del bar, era la signora Toscani che chiedeva notizie di Concetta, e saputo che era lì, entrò e fece fuoco e fiamme. Accusò la figlia di uscire di casa senza dirle dove andava, di stare sempre appresso a Walter e di trascurare lo studio, di non essere più la Concetta di una volta, tutte cose buone e giuste, ma poi commise un errore imperdonabile perché le disse:

- Adesso o torni a casa con me, o vai ad abitare dai tuoi amici, ed in tal caso non farti più vedere a casa.-

Tutti avevano assistito alla scenata con l'aria di chi avrebbe voluto essere altrove, tranne Walter e Concetta, il primo stringeva forte la mano dell'amata, alla seconda tremava il mento per l'emozione, ma ebbe il coraggio, o la sfrontatezza, di rispondere alla madre:

- Sto con Walter, ma voglio portar via da casa tutte le mie cose, i libri di scuola, i vestiti, i dischi... domani verrò a prendere tutto.-

Secondina allibì e si fece rossa di rabbia, poi fece dietro front e se ne andò sbattendo la porta. Anche se molti avrebbero voluto intervenire per gettare acqua sul fuoco, per smorzare gli animi, per non che si prendessero decisioni affrettate che poi col tempo non avrebbero retto, nessuno riuscì a dir niente, perché Concetta li precedette:

- Non voglio rompere con la mia famiglia, quando le sarà passata l'incazzatura e verrà a cercarmi, di certo non la manderò via, ma voglio essere indipendente. Chi di voi mi può ospitare?-

Si offrirono tutti: l'Ubezio disse che poteva stare con Simona, Aurelia disse che sarebbe stata felice di ospitarla nella camera delle gemelle, Tamara e Valentina dissero che entrambe avevano una camera libera, Manuela disse che l'avrebbe ospitata volentieri, anche se avrebbe corso il rischio di essere ingroppata da qualche cliente che aveva sbagliato stanza, ma Concetta rivolse lo sguardo versi il Tiraboschi padre, che annuì con la testa, quindi abbracciò forte Walter e si mise a piangere di gioia.

Naturalmente lei e Walter furono festeggiati per il resto della serata, Dino aprì una bottiglia di Brut, Tamara portò i calici per tutti e Beatrice dei pasticcini un po' stantii. Dopo mezz'ora se ne andarono tutti a casa, le guardie presero posto nelle varie postazioni, e Concetta entrò in quella che era diventata la sua nuova casa.

Olga disse che le avrebbe preparato un letto, ma Concetta rifiutò, dicendo che quella notte si sarebbe infilata nel letto di Walter.

#

Martedì il poderoso spiegamento di forze messo in campo dal Lo Presti e coordinato da Esposito Macaluso cominciò a dare i primi risultati ed a subire le prime perdite.

In mattinata Esmeralda si era presentata in portineria del condominio vestita da crocerossina, ma era stata subito bloccata dal Roncarolo, che aveva riso dei documenti esibiti dalla procace ragazza, che la delegavano a condurre un'indagine conoscitiva della benemerita funzione della CRI, nonché del blocchetto di ricevute per eventuali donazioni, e che invece l'aveva imbavagliata, legata e chiusa nel piccolo bagno della portineria; poi aveva telefonato al Tiraboschi per informarlo della situazione. Questi era sceso dabbasso insieme a Gaspare Tagliacozzo, l'amante-buttafuori della Manuela, ed esaminarono rapidamente la borsa a tracolla della "crocerossina". Trovarono un cellulare, trucchi vari per il viso, eye-liner e rossetti, ciglia finte, smalti per unghie, una confezione di preservativi, fazzoletti detergenti, pacchetto di Marlboro light, pacchetti di Minerva col logotipo del Cotton Club di Milano, portachiavi a forma di corno portafortuna, un vibratore e portafogli con documenti da cui risultava che la pollastra si chiamava Esmeralda ed era di nazionalità spagnola.

Decisero di portarla in cantina per interrogarla, ma prima vollero far sparire il cellulare della ragazza, per cui lo diedero al primo ragazzo che videro passare in istrada dicendogli che era un regalo di Babbo Natale. Poi dalla portineria presero la chiave del box della CRV, e mentre il Roncarolo riprendeva il suo posto, Tito e Gaspare caricarono Esmeralda sul montacarichi e la portarono fin nel box vuoto.

Quando le tolsero il bavaglio Esmeralda li coprì di contumelie in spagnolo, di cui capirono solo "cabròn" e "hijo de puta", ma una forte strizzata di tette fece sì che smettesse. Gaspare fu estremamente persuasivo, si sedette sullo stomaco della ragazza e le scoprì i seni, invero molto belli, quindi li prese in mano, ad ogni esitazione nel rispondere ed a ogni palese panzana gliene torceva uno facendola urlare. Dopo neppure cinque minuti Tito e Gaspare vennero a sapere tutto della missione della ragazza, scoprirono come si chiamava il capo dell'organizzazione mafiosa, chi coordinava l'operazione che la vedeva impegnata, chi altro c'era con lei e dove si trovava in quel momento, e se sapeva di altre persone coinvolte.

Quando l'interrogatorio finì la ragazza era scossa dai singhiozzi, e si disperava perché temeva che, se l'organizzazione fosse venuta a sapere che aveva parlato, l'avrebbe uccisa. A Tito, ed un po' anche a Gaspare, la disperazione della ragazza toccò il cuore; la slegarono e la fecero ricomporre, poi col montacarichi la portarono al III piano, nell'appartamento di Manuela. Costei emerse in vestaglia dalla camera da letto e guardò interrogativamente il compagno e Tito.

- Guarda che bel regalo di Natale ti facciamo, io ed il tuo uomo; l'hai mai avuta una troia spagnola nel tuo bordello? almeno non è extracomunitaria come le altre- disse Tito.

- Non farti ingannare dagli abiti, lascia che si trucchi e che si metta qualcosa di trasparente addosso, e vedrai in che strafica riuscirà a trasformarsi- assicurò Gaspare.

Poi spiegarono a Manuela la situazione ed i timori della ragazza, che nel frattempo si era acquietata ed era riuscita persino a sorridere a Gaspare quando costui le diede di che pulirsi la faccia rigata dalle lacrime. Manuela si appartò con la ragazza per conoscere la sua storia, si informò su cosa faceva nel locale in cui lavorava, su quanto guadagnava e se era disponibile a farsi sbattere in un ambiente protetto, al riparo anche dall'organizzazione qualora questa avesse voluto punirla per aver parlato.

- Certo che mi farò sbattere! Farò qualunque cosa se mi proteggerete, ma badate che dell'organizzazione fanno parte certi elementi veramente pericolosi, e poi sono in tanti, e possono assoldare tutti gli scagnozzi di cui dovessero aver bisogno.-

- Non preoccuparti, alla tua sicurezza provvederemo noi, ma non vogliamo sfruttarti, bensì solo valorizzare le tue inclinazioni ed organizzare nel modo più produttivo le tue capacità. Vieni di là con me, ti farò scegliere un vestitino adatto al tuo corpo, che questa divisa da Esercito della Salvezza non gli rende onore, potrai truccarti come preferisci, e intanto ti spiegherò a che condizioni lavorano le mie ragazze, che poi ti presenterò; vedrai, ti piaceranno, saranno la tua nuova famiglia.-

Mentre Gaspare riprendeva le sue funzioni, che a quell'ora consistevano nel preparare il pranzo per tutti, Tito scese al bar. Qui trovò Beatrice, che quando lo vide ammiccò verso il fratello seduto ad un tavolino insieme ad uno sconosciuto; quest'ultimo, dalla descrizione che ne aveva fatta Esmeralda, doveva essere il Di Canio. Tito si avvicinò al tavolino e Dino gli fece segno di accomodarsi, schiacciandogli nel contempo l'occhio, quindi presentò lo sconosciuto come un giornalista della "Sesia" che stava raccogliendo informazioni e note di costume sull'incidente di sabato notte.

- Stavamo facendo una riunione di condominio – raccontò Dino – sa, quelle in cui ci si scanna come maiali, quando abbiamo sentito una frenata e subito dopo uno schianto terribile. Siamo usciti di corsa...-

- Chi? chi è uscito? Mi dica i nomi, che la gente si piscia addosso quando legge il proprio nome sul giornale.-

- C'ero io, il prof. Filangeri, il rag. Paternò, il geom. Ubezio...-

- C'era anche il giovane Domenichelli – interloquì Tito mentendo – l'ho visto dal balcone, ha guardato dentro alla macchina e si è allontanato dicendo che avrebbe telefonato al 118.-

- È vero. Ma non l'ho più visto tornare. Deve essere rimasto impressionato dalla scena – confermò Dino – sa, i due davanti erano conciati molto male... io di incidenti ne ho visti tanti e ci ho fatto il callo, ma uno giovane come quel bamboccione di Enzo... sarà andato a vomitare da qualche parte. Noi siamo rimasti lì finché sono arrivati i carabinieri, poi siamo rientrati perché a stare fermi nella nebbia si moriva dal freddo.-

- Avete guardato all'interno dell'auto?-

- Certo, per vedere come stavano i passeggeri davanti, e quando abbiamo costatato che erano morti siamo stati alla larga dall'auto, c'era sangue dappertutto, e francamente non volevamo sporcarci. Il passeggero seduto dietro l'ha controllato il Domenichelli, perché subito dopo si è allontanato per telefonare al 118.-

- Avete notato se aveva con sé una valigetta quando si è allontanato?-

- No. Perché avrebbe dovuto averla? Uno sente uno schianto, e mica accorre con una valigetta, ci va così come si trova. Io non mi sono messo neppure il cappotto.-

- La polizia mi ha detto che c'erano delle valigette nell'auto e pensavo che...-

- ...Il Domenichelli abbia potuto prenderne una? Va be' che era un farabutto, ma non ce lo vedo derubare dei morti, e comunque non ricordo di avergli visto in mano qualcosa quando si è allontanato; ma non posso neanche escluderlo... c'era la nebbia fitta, ed eravamo tutti scossi per l'incidente.-

- Perché ha detto che il giovane Domenichelli era un farabutto?-

- Sabato pomeriggio ha tentato di stuprare una ragazzina che abita nel palazzo – disse Tito – e da allora non l'abbiamo più visto, tanto che pensavamo che fosse scappato, perché sapeva che se ci fosse capitato fra le mani gli avremmo fatto passare la voglia di molestare le bambine.-

- Ma allora perché ha partecipato alla riunione condominiale se non voleva trovarsi faccia a faccia con voi?-

- All'assemblea lui non c'era, c'era la madre. Probabilmente aspettava da qualche parte lungo il viale che la riunione avesse termine e che la madre andasse a dormire per poter rientrare nel suo appartamento e prendere le sue cose prima di fuggire.-

- È stata fatta denuncia del tentativo di stupro? Chi era la bambina?-

- Sicuramente la denuncia è stata fatta – disse Tito – ma non le dirò chi era la bambina: ci mancherebbe altro che dopo quello che ha passato si vedesse sbattuta in prima pagina sulla "Sesia".-

- Certo! Avete ragione. Vi ringrazio per le informazioni. Ora devo andare. Arrivederci.-

Di Canio uscì e chiese a 'o Guercio, appostato ad una cinquantina di metri con l'incarico di sorvegliare l'ingresso del palazzo ed il portone sulla via traversa, se Esmeralda era ancora nel palazzo, e saputo che era così, si convinse che la missione di costei stava avendo successo, come aveva avuto successo la sua, dunque telefonò le novità al Macaluso.

- Allora fammi capire: il Domenichelli figlio sabato pomeriggio ha tentato di stuprare una ragazzina e non è rientrato a casa per non dover affrontare i suoi genitori e quelli della ragazza, magari appoggiati da altri condomini, ma non è fuggito subito perché voleva recuperare le sue cose da casa, per cui ha aspettato nel viale che l'assemblea condominiale finisse e che la madre andasse a dormire. Quindi doveva essere vicinissimo all'auto quando essa si è schiantata contro un albero; istintivamente ha aperto la portiera dei sedili posteriori, mentre gli altri soccorritori uscivano dal bar, ha visto la valigetta e l'ha presa, poi è corso nel palazzo dicendo che avrebbe telefonato al 118, e da allora nessuno l'ha più visto. È così? Perché la storia sta perfettamente in piedi, dato che al 118 ha telefonato una donna, ma va controllata prima di puntare tutto su di lui.-

- Esmeralda è nel palazzo da tre ore e sta procedendo nel suo lavoro, anche se deve aver spento il cellulare; farò controllare dalle altre ragazze se è stata sporta denuncia ai carabinieri per lo stupro della bambina, e sentirò cos'hanno da dirmi i coniugi Domenichelli sulle bravate del loro pupillo. Le farò rapporto stasera quando avrò in mano qualcosa di nuovo.-

Di Canio entrò in un altro bar ove doveva trovarsi con Esmeralda quando fosse uscita dal palazzo, mangiò un boccone e lesse cosa dicevano dei due delitti i giornali locali. Poi telefonò ancora ai Domenichelli, era la terza volta che provava a mettersi in contatto con loro senza riuscirci, e quando ebbe in linea l'ingegnere e si qualificò come giornalista, il Domenichelli esplose:

- Basta! Sono due giorni che mi tormentate! Quando mia moglie ha saputo cos'ha fatto quel bastardo è svenuta e, cadendo, s'è rotta la testa; torno adesso dall'ospedale, ne avrà ancora per chissà quanto! E tutto per quel debosciato, quel minorato cerebrale, quel mangiapane a tradimento! Basta! Lo disconosco come figlio! Che vada a farsi fottere!- e sbatté giù la cornetta.

Di Canio non demordette e gli telefonò di nuovo:

- Sono ancora io, volevo solo chiederle se sabato, dopo l'incidente, suo figlio è rientrato in casa per prendere le sue cose, dei soldi, magari un cappotto; non può essere scappato così com'era vestito nel pomeriggio.-
- Non l'ho visto, ero nella camera del mio plastico ferroviario ed avevo molto da fare. C'era la Domitilla ad aspettarlo, e se l'avesse visto lei me l'avrebbe detto. Ancora non sapevamo cos'aveva fatto Enzo e neppure che voleva scappare. Se non aveva addosso vestiti pesanti, spero che gli si sia gelato l'uccello.-
- Forse è scappato in auto, cosi non avrebbe avuto bisogno di vestiti pesanti.-
- È escluso, la macchina l'ho usata in questi giorni per andare all'ospedale. E poi solo io ho le chiavi del garage. Ed ora basta! Mi lasci in pace e non mi chiami più!-

Di Canio tornò al posto ove si era appostato 'o Guercio e chiese di Esmeralda, ma gli fu risposto che non era ancora uscita dal palazzo. Non si preoccupò più di tanto e telefonò a Marylin, in attesa con Patricia di adescare qualche carabiniere, dicendole di accertare se qualcuno del condominio avesse presentato una denuncia di stupro.

Un'ora dopo Marylin riuscì ad abbordare, per combinazione, proprio il maresciallo Spreafico, il quale, dopo il galante corteggiamento di prammatica e dopo averle offerto una pizza Margherita, la portò nel suo appartamentino da scapolo e la trombò per due ore filate.

- Sei un bruto – finse di lamentarsi Marylin alla fine della tenzone – mi hai stuprata bestialmente, sono tutta sbullonata. C'è lai troppo grosso!-
- Hii! Come la metti giù spessa! Anche tu come quel tale che domenica ha denunciato lo stupro della figlia, e invece il ragazzo le aveva infilato solo due dita nella fica.-
- Beh, effettivamente mi pare un po' eccessivo parlare di stupro. Dai racconta com'è andata; chi era la ragazza? Come si chiama il tizio che l'ha presa così male?-

Così Marylin quando uscì dall'appartamento del maresciallo Spreafico poté comunicare ad Esposito Macaluso che la storia dello stupro era confermata: il denunciante si chiamava Ubezio geom. Giovanni, di professione agente di commercio, la figlia stuprata si chiamava Simona ed aveva 14 anni, il bruto si chiamava Enzo Domenichelli, di anni 26, studente, che abitava sullo stesso ballatoio della ragazzina, ed il luogo

ove era avvenuto lo stupro era un box della cantina del palazzo.
Anche Patricia non aveva avuto difficoltà ad abbordare un appuntato,
Domenico Tranfo, che si era innamorato di lei prima ancora di termina-
re la pizza al prosciutto che le aveva offerto, essendo bastato il solo non
casuale contatto delle gambe sotto al tavolino, e l'aveva messa al corrente della conversazione fra superiori captata con l'interfono. Patricia, pur
non avendo altro da spremere al Tranfo, si era fatta sbattere per tre ore in
una stanza d'albergo di malaffare, poi aveva scambiato con lui il numero
di cellulare, cosa foriera di futuri appaganti e selvaggi rapporti sessuali.
Esposito Macaluso gongolava: poco prima aveva ricevuto un messaggio
da parte di Marylin che confermava la ricostruzione dell'accaduto fatta
dal Di Canio, ed in più gli aveva fornito ulteriori dettagli, ed ora Patricia
gli aveva comunicato che i carabinieri non avevano trovato la valigetta
col denaro, quindi la caccia all'Enzo Domenichelli poteva cominciare.
A rafforzare le sue certezze gli aveva telefonato il titolare di un salone
Multimarche di auto di Torino che gli aveva detto:
- Macaluso, bacio le mani, sono Calogero. Sono venuto a sapere che stai
cercando uno che nei giorni scorsi ha comprato un'auto di lusso pagando in contanti, beh, proprio domenica ho venduto una BMW nera full
optional da 42.000 Euro ad un giovane bamboccione coi capelli tinti
di nero e gli occhiali a specchio, che mi ha pagato tirando fuori dalla
saccoccia una mazzetta di banconote da 500 Euro. Dai documenti che
mi ha presentato risulta che si chiama Enzo Domenichelli e risiede a
Vercelli in Viale delle Rimembranze, il numero civico non si leggeva
bene. La targa è CJ421ER. Perché lo stai cercando?-
- Per fargli la festa. Calogero ti ringrazio moltissimo, mi hai fatto un
grande favore. Quando gli devi consegnare l'auto?-
- Gliel'ho consegnata ieri pomeriggio, mi ha pagato un extra per sveltire le pratiche di immatricolazione e l'ha assicurata presso l'agenzia che
abbiamo qui nel salone. Era accompagnato da una troia mora, alta e
slanciata, due grandi zinne, che aveva poco bagaglio con sé e si piscia-
va addosso dalla gioia mentre saltellava attorno all'auto; sono partiti
attorno alle 18 ed il bamboccio mi ha chiesto come fare per prendere
l'autostrada per Savona. Di' un po', forse che ti ha rubato i soldi della
macchina?-
- Calogero, sei meglio del commissario Montalbano, quando passerai da

Milano ti offrirò una cena regale. Ti saluto.-

Macaluso chiamò a rapporto Lussu e tre scagnozzi in una pizzeria vicino alla stazione e disse a Di Canio di raggiungerlo lì insieme a 'o Guercio ed alle ragazze. Quando arrivò, Lussu gli diede una notizia di per sé ottima, ma che stravolse completamente il piano che Macaluso intendeva attuare.

- Nel pomeriggio ho incontrato un bancario che mi ha detto che lunedì mattina un tal Fausto Filangeri, di 18 anni appena compiuti, residente a Vercelli in Viale delle Rimembranze, ha depositato 100.000 Euro presso la sua banca, ed il giorno stesso ha staccato un assegno di 18.000 Euro per comprare un Mini Cooper bicolore blu cobalto e tetto color sabbia, pluriaccessoriata e coi cerchi in lega. La targa è CM736XR. Torno adesso dal concessionario. Sia in banca, sia a ritirare l'auto, il Filangeri c'è andato con una troietta bionda platinata che per tutto il tempo si è strusciata contro di lui. C'è un particolare strano però: quando sono usciti dal concessionario a guidare era lei, non lui; in tanti anni da concessionario d'auto non mi era mai capitato di vedere un ragazzo comprare un'auto nuova e farla subito guidare a una ragazza, ancorché figa.-

In quel mentre arrivarono Di Canio, Marylin, Patricia e 'o Guercio, il primo con aria preoccupata, le ragazze con aria esultante e l'ultimo con lo sguardo assente.

- Esmeralda è scomparsa – esordì Di Canio – è entrata nel palazzo alle 8.30 in divisa da crocerossina e non ne è più uscita fino ad adesso. Il suo telefono è sempre spento. Il qui presente mi ha assicurato che non ha mai tolto l'occhio dall'ingresso, intendo dire l'occhio buono, non l'altro. Non ho idea cosa possa esserle successo.-

- Perché non sei entrato e non hai chiesto informazioni?- chiese stoltamente Macaluso.

- Perché se fosse caduta in una trappola non mi avrebbero dato informazioni, anzi, ci sarei finito anch'io.-

Macaluso stette pensoso per lunghi minuti, intanto gli altri ordinarono le pizze e da bere, alla fine sollevò la testa e delineò un piano d'azione ragionando ad alta voce:

- Le cose che sembravano chiare si sono improvvisamente complicate, ma cominciamo dai fatti accertati: Enzo Domenichelli sabato pomeriggio dopo aver stuprato una ragazza che abitava nel suo palazzo ha atteso nel viale che la madre e gli altri inquilini terminassero un'assemblea condominiale per poter salire a casa sua mentre i suoi dormivano per prendere quanto gli serviva per una fuga; perché è chiaro che doveva fuggire dopo quello che aveva fatto, ed altrettanto chiaro che aveva bisogno di vestiti, di cappotto e quanto altro, ma soprattutto aveva bisogno di denaro.

Quando la 164 si è schiantata doveva essere vicinissimo al luogo dell'incidente, perché è arrivato appena prima degli altri soccorritori usciti dal bar, ha aperto la portiera posteriore ed ha visto due cose, un passeggero ferito ed una valigetta con la serratura a combinazione, e per qualche fortunata ispirazione ha pensato che potesse contenere del denaro e l'ha presa, senza essere notato dagli altri presenti né da quelli che erano usciti sui balconi. Come ispirato dal demonio, per giustificare il suo allontanarsi ha detto che avrebbe telefonato al 118 e si è infilato nell'ingresso del palazzo, ma sappiamo che non ha telefonato al 118, e che non è tornato neppure a casa sua. Nessuno l'ha visto uscire dal palazzo anche se è possibile che nessuno abbia fatto caso a lui mentre usciva.-

Macaluso fece una pausa per mangiare alcuni bocconi di pizza che nel frattempo era stata servita, poi bevve un lungo sorso di birra e continuò: - Non è scappato in auto. Non ha atteso in garage. Potrebbe però essere uscito dalla porticina ricavata dal portone che dà sulla via traversa. Oppure potrebbe essersi nascosto in cantina, nello stesso box ove aveva deflorato la ragazza. Oppure potrebbe essersi nascosto in portineria, magari nel cesso. Oppure potrebbe essere andato in casa di un amico e comprato il suo aiuto ed il suo silenzio. Esaminiamo quest'ultima possibilità.

L'amico gli dà dei vestiti adatti per una fuga d'inverno, lo ospita per qualche ora, e prima delle 6, ora alla quale è cominciata la sorveglianza dell'ingresso, Enzo è andato alla stazione ed è partito per Torino. Cosa ha fatto una volta giunto lì ha poca importanza, anche se temo che abbia cominciato a scialacquare il nostro denaro, ma sappiamo per certo che domenica era a Torino ove ha comprato una BMW nera da 42.000 Euro e l'ha pagata in contanti, ed alle 18 di lunedì è partito in auto diretto all'autostrada per Savona, accompagnato da una donna vistosa, probabilmente una troia che aveva rimorchiato in un locale. La macchina è intestata a lui e questo è il numero di targa.

Domani voi due, Lussu e Marylin, seguirete le tracce della BMW, non direttamente, è ovvio, ma facendo sì che la cerchi la stradale. Corromperete un ufficiale della stradale e farete cercare la BMW in tutta Italia; che vengano visionate le telecamere piazzate ai caselli, e quelle dei principali svincoli delle strade statali. Ci sarà un premio di 50.000 Euro per l'ufficiale se troveremo la BMW prima che quel disgraziato spenda troppi soldi, premio che eventualmente potrà dividere coi suoi sottoposti.-

- Che ci faccio con Marylin in questa ricerca?- chiese Lussu.

- La darai da montare all'ufficiale se questi fosse più interessato al sesso che al denaro, per esempio gli proporrai una vacanza di 15 giorni a Sharm el Sheik con troia annessa.-

- Uau!- fece Marylin, dopo aver deglutito un grosso boccone di pizza.

- Cazzo! E io?- protestò Patricia.

- Farai la stessa cosa con quell'appuntato che hai sedotto.-

- Ma conta come il due di picche, non ha l'autorità per mettere in moto una ricerca sul territorio nazionale.-

- Tu prova lo stesso, vedrai che il modo lo troverà lui. Stesse condizioni: 50.000 Euro in contanti oppure due settimane pagate ad Hurgada con te. Comunque hai ragione, mancano delle ragazze di rinforzo. Di Canio, fai venire Eva e Priscilla dal night, da questa sera ci trasferiremo in un unico albergo che farà da quartier generale, perché sono stufo di girare per la città per vedermi con l'uno o con l'altro.-

Macaluso mangiò gli ultimi bocconi di pizza, ormai raffreddatisi, mentre Di Canio, prenotava le camere in albergo, impartiva le disposizioni alle nuove ragazze e le spiegava come raggiungerli. Poi finì in un sorso il boccale di birra e continuò:

- Se Patricia non dovesse riuscire con l'appuntato, o se costui non riuscisse nell'intento, allora Eva si occuperà del capitano Gazzurlo, che secondo quanto Tranfo ha raccontato a Patricia non è insensibile al fascino femminile, e lui ha l'autorità per scatenare una ricerca in tutta Italia. Passiamo al famoso amico che ha fornito ad Enzo dei vestiti ed un rifugio temporaneo. Non può essere che Fausto Filangeri, che si è fatto pagare ben caro il servizio fornito: almeno 150.000 Euro che si è messo subito a spendere, acquistando un Mini Cooper bicolore blu e sabbia, procurandosi una troietta sculettante e chissà cos'altro. Questo è il numero di targa dell'auto, che è a suo nome ma è guidata dalla ragazza, sicuramente perché Fausto non ha la patente o non è capace di guidare. Due scagnozzi staranno perennemente di guardia del palazzo per intercettare il Filangeri Fausto se dovesse farsi vivo a casa sua; Priscilla si occuperà del prof. Filangeri per sapere se il figlio se ne è andato o se abita ancora lì, ed in ogni caso gli perquisirà la casa, perché esiste la remota possibilità che il Filangeri padre si sia prestato a conservare in tutto o in parte il denaro della valigetta.-

- Lo escludo capo. Enzo non può essere stato tanto coglione da aver affidato ad un estraneo più di 5 milioni; ma neanche se fosse stato Gesù Cristo glieli avrei affidati io.-

- In ogni caso sarà necessario perquisire l'appartamento dei Filangeri, del suo box e del suo garage, inoltre torchieremo il Filangeri per ottenere quello che mi aspettavo ottenesse Esmeralda: uno schema dei piani e l'elenco degli inquilini del palazzo, nel caso che dalle perquisizioni non saltasse fuori niente.

Nel caso molto probabile in cui risultasse che Fausto non abiti più col padre, incaricherò il nostro referente alla polizia, Alberto Parisi, di trovare il Cooper, di seguirlo e di scoprire se Fausto ha un domicilio diverso da casa sua ove infrattarsi con una troietta bionda platinata. Ho dimenticato qualcosa?-

- Dobbiamo scoprire che fine ha fatto Esmeralda- disse Di Canio.

- Sarà la prima cosa che chiederemo al prof. Filangeri.-

#

Mercoledì Luddu e Marylin si misero in caccia di un graduato della polizia stradale cui fare una proposta irresistibile, ma lo trovarono solo nel tardo pomeriggio, quando rientrò da un giro d'ispezione eno-gastronomico. La trattativa fu serrata, perché l'avido graduato voleva capra e cavoli, ovvero i 50.000 Euro e la vacanza a Sharm con Marylin, ed alla fine si pervenne ad un onorevole compromesso: 30.000 Euro al ritrovamento della BMW, una settimana di vacanza a Sharm con Marylin, e la possibilità di poter controllare preventivamente la merce.

L'ufficiale della stradale e la procace ragazza quella sera stessa si infilarono in una stanza d'albergo per dare la stura ad una serie si ingroppate selvagge. Ma il navigato ufficiale non aveva alcun interesse a dichiarare conclusa la prova e diramare l'ordine di ricerca della BMW, era invece interessato a traccheggiare, a pretendere variazioni hard sul tema, a con-

165

trollare che tutti gli optional fossero conformi alle aspettative. Fu così che l'ordine di ricerca della BMW e l'esame delle videocamere fu impartito solo sabato mattina, quando Enzo e Tatiana stavano percorrendo a tutta velocità la Salerno-Reggio Calabria.

Patricia invece non riuscì ad indurre Tranfo ad emettere un avviso di ricerca della BMW di Enzo, nonostante avesse succhiato tutte le energie dell'appuntato a furia di pompini, pertanto il giorno successivo Eva, vestita e truccata come una vamp del cinema durante la notte degli Oscar, chiese di parlare col capitano Gazzurlo, che la accolse nel suo squallido ufficio con un esagerato sfoggio di attenzioni.

- Mai queste arcigne stanze hanno accolto una donna di cotanta sfavillante bellezza come quella da lei esibita, signorina, o devo dire signora?- declamò il capitano accendendo una sigaretta alla bellona ed affannandosi a trovarle un posacenere ed a far sparire dalla scrivania la foto della moglie e dei figli.

Eva civettò un po' con lui e poi venne al dunque:
- Ho perso un anello con un grosso diamante tagliato a navetta sulla BMW del mio boy-friend il giorno prima di lasciarlo, ho cercato di chiamarlo al cellulare ma non mi risponde, ho paura che se dovesse trovare l'anello vorrà tenerselo. Farei qualunque cosa per sapere dove sia, e per raggiungerlo con la mia body-gard per recuperare l'anello.-
- Bella signora, è contro ogni regolamento utilizzare gli uomini ed i mezzi dell'Arma per finalità estranee a quelle per cui è stata costituita, ma se potessimo parlarne con calma in un ambiente più riservato, si potrebbe trovare qualche elemento della sua vicenda che consenta di giustificare un intervento dell'Arma. È quasi mezzogiorno, potremmo mangiare un boccone insieme in un simpatico ristorantino qui vicino, e vedremo cosa si può fare per recuperare il suo anello.-

Il pranzetto fu delizioso, il capitano si mostrò essere un vero casanova ed Eva non smise un istante di provocarlo; il pomeriggio lo trascorsero a grufolare su un lettone di una camera d'albergo, ed alla fine della tenzone il capitano assicurò la piena disponibilità dell'Arma a collaborare con la ragazza, a condizione di poter ripetere l'exploit sesso-gastronomico almeno fino al recupero dell'anello. Proprio per tale motivo non si affrettò a diramare le disposizioni necessarie per far scattare le ricerche, che partirono solo nel pomeriggio di sabato.

166

Priscilla impiegò pochissimo tempo a scoprire che materia aveva insegnato il professor Filangeri chiedendo al panettiere, così come venne a sapere che era in pensione e che la domestica polacca Liuba era appena partita per la Polonia per passare il Natale in famiglia. Il panettiere, che non era rimasto insensibile alla visione delle spettacolari tette di Priscilla, le disse anche che se voleva incontrare il professore l'avrebbe visto di lì a dieci minuti, quando sarebbe sceso per acquistare il giornale. Priscilla si avvicinò all'edicola e si mise a chiacchierare col giornalaio, finché, dieci minuti dopo, un anziano dall'aria professorale giunse a comprare "La Stampa".

- Voglia scusarmi – lo abbordò la ragazza – ma lei non è il prof. Pietro Filangeri?-
- In persona – rispose il professore squadrando la bella interlocutrice dalle scarpe coi tacchi da 13 alla punta dei capelli, per tornare a focalizzare lo sguardo sulla profonda scollatura della ragazza – ma non ricordo...-
- Sono stata una sua ex allieva, ma lo sono stata per poco tempo perché mi ha subito bocciata ed ho dovuto cambiar scuola – gli disse con un ampio sorriso, tendendogli la mano per stingergliela – io sono Priscilla Del Rio, proprio non si ricorda di me? allora avevo solo 15 anni e non ero così cresciuta – disse sporgendo provocatoriamente il petto in fuori e facendo deglutire il professore – ma non ero da gettar via neppure allora.-
- Vedo, vedo – disse Pietro con lo sguardo incollato al seno prosperoso – e che scuola ha frequentato dopo aver lasciato il ginnasio? Cosa fa adesso?-
- Ho frequentato una scuola per modelle; adesso poso nuda per servizi fotografici e per pittori dilettanti, sono una delle migliori sul mercato.-
- Molto interessante. Non l'ho mai vista da queste parti, abita lontano?-
- Sì, ma ho saputo che nel palazzo dove c'è il "Bar-narda" c'è un appartamento vuoto molto grande e luminoso che mi piacerebbe affittare, ma prima di rivolgermi all'agenzia volevo informarmi sui vicini. Sa, il mio è un lavoro particolare che può dar adito a fraintendimenti da parte delle persone più retrograde, e non vorrei avere delle grane coi vicini, per cui pensavo di rivolgermi al "Bar-narda" e di spettegolare con le lavoranti.-
- Ma che felice combinazione! Io abito proprio in quel condominio. Sono lieto di invitarla a bere qualcosa a casa mia e di fornirle tutte

le informazioni che vorrà sapere; poi potremo spettegolare per tutto il tempo che vuole.-

- Troppo gentile professore, ma non vorrei esserle di imbarazzo. Magari la sua signora non gradirà...-

- La mia signora era una grandissima troia che mi ha abbandonato lasciandomi sulle croste un bambino piccolo, che crescendo si è rivelato un vero figlio di puttana, tanto che se n'è andato di casa alcuni giorni fa. Liuba, la governante polacca, è tornata in patria per le feste di Natale; quindi saremo soli. Spero che la cosa non la disturbi.-

- Neanche un po'. – Priscilla infilò il braccio sotto quello del professore e si incamminò insieme a lui, intanto gli diceva – Non mi dia del lei come faceva a scuola, diamoci del tu, sempre che tu sia d'accordo.-

- Urca!- riuscì a dire Pietro, rosso per l'emozione di farsi vedere in giro a braccetto con una tal strafica.

Priscilla notò che in portineria c'era un gorilla che l'aveva guardata come se la volesse radiografare, per poi tornare al suo monitor. Salirono al Iprimo piano ed intanto Pietro le diceva che gli appartamenti erano tutti uguali, ma che alcuni erano stati dotati di un secondo ingresso in quanto adibiti a studi professionali. Anche quando entrarono nell'appartamento Pietro continuò ad illustrarle la disposizione dei locali, le caratteristiche dei box e dei garage, le parlò delle alte spese condominiali, e le fece fare un giro per l'appartamento; poi le chiese se voleva togliersi la giacca di pelliccia e mettersi a suo agio, e Priscilla se la tolse in modo provocante, poi continuò a togliersi il resto, regalando al Filangeri il più bello spogliarello che avesse mai visto. Pietro non volle spogliarsi, ma si calò le braghe e montò la ex alunna per mezz'ora, poi si accasciò su di lei col fiatone.

Nelle due ore successive Pietro fornì alla ragazza i nominativi degli inquilini che abitavano i piani, allettato dai baci appassionati, dai vogliosi pompini, e dalle strusciate di tette sul viso che Priscilla gli elargiva in cambio. Quando ebbe finito l'esposizione, Pietro pretese un ultimo amplesso prima di lasciarla andare, ma fu l'ultimo, nel senso che mentre si affannava per raggiungere l'orgasmo il Filangeri ebbe un infarto che lo fece schiattare.

Priscilla telefonò a Di Canio per sapere che fare, anticipandogli che sicuramente Fausto non era tornato più a casa da sabato sera, e quindi che il professore non poteva avere la valigetta in deposito. Di Canio rispose che la pensava anche lui così, ma che era opportuno che Priscilla, dato che era sul posto, perquisisse accuratamente l'appartamento. Inoltre sarebbe stato opportuno che restasse nell'appartamento nella funzione di cavallo di Troia.

- Spiegati meglio – chiese Priscilla – perché dovrai fare la troia con un cavallo?-
- Nel senso che potrai aprire la porta dell'ingresso del palazzo se dovessimo sonare al campanello del citofono.-
- Ma del professore cosa devo farne?-
- Niente, lascialo morto per cause naturali lì dov'è. Tu perquisisci l'appartamento usando i guanti, e non preoccuparti delle tracce che hai lasciato nel posto dove ti ha trombata. Io avviso Macaluso e poi ti dirò, ma in ogni caso non uscire dall'appartamento.-

Poco dopo Macaluso telefonò a Priscilla e si fece trasmettere la composizione familiare degli abitanti del palazzo, la esaminò col Di Canio per una prima scrematura e convocò una riunione per fare il punto della situazione con l'intera banda.

- Non posso escludere che Enzo sia fuggito con la valigetta piena di denaro, così come non posso neppure escludere che ne abbia diviso il contenuto con Fausto, anche se non riesco a farmene una ragione; forse erano legati da rapporti omosessuali, forse erano amici per la pelle, vai a sapere cos'è passato nella loro testa, ma è certo che Enzo e Fausto sono scomparsi con alcune centinaia di migliaia di Euro della valigetta. Esiste la possibilità che abbiano affidato il grosso del denaro a persone fidate affinché lo mettano al sicuro, magari all'estero? Anche se mi è difficile immaginare di affidare 6 milioni ad una persona che, per quanto fidata, può farsi prendere dalla cupidigia e fottermeli bellamente, devo ammettere che l'ipotesi non può essere scartata. Allora, nell'attesa che si trovino i due fuggitivi e che li si faccia parlare, vediamo a chi possono aver affidato il grosso del denaro.

Al I piano, oltre al Filangeri, che oggi ha fatto la miglior morte che si possa augurare a qualcuno, abita la famiglia Paternò: il rag. Paolo, commercialista, la moglie Aurelia, maga dell'agnolotto, e le gemelle Patrizia e Tiziana, troiette in erba. Il fatto che il ragioniere abbia la professionalità adatta per far sparire una tale somma di denaro, per esempio all'estero, lo pone al vertice dei miei sospetti. Bisogna accertare se si è mosso da Vercelli, ed in tal caso dov'è andato; ma sono portato ad escludere che possa tenere 6 milioni in casa.

Al II piano abita la famiglia di Enzo Domenichelli, la madre Domitilla, che è svenuta e si è rotta la testa quando ha saputo che il figlio era uno stupratore di bambine, ed il padre ing. Dante, maniaco dei trenini elettrici. Quest'ultimo me ne ha dette di tutti i colori sul conto del figlio quando gli ho telefonato, ma per 6 milioni una sceneggiata del genere l'avrei inscenata anch'io; per cui, non fosse che per il legame di sangue che intercorre fra padre e figlio, non me la sento di escludere l'ingegnere dal novero dei possibili depositari del grosso del denaro, e dato che non si muove mai da casa, scommetterei che l'ha nascosto nel suo plastico ferroviario. Bisogna assolutamente perquisire il suo appartamento.

Sempre al II piano abita la famiglia Ubezio: il geom. Giovanni, che era fra i primi soccorritori, la moglie Emilia, la figlia Simona, quella stuprata dall'Enzo, e due figli più piccoli. Escludo che Enzo abbia dato da tenere la valigetta col grosso del denaro al padre della ragazza che aveva stuprato, neppure come tentativo di risarcimento o per far sì che il padre non lo denunciasse; ed in ogni caso non si giustificano i soldi dati a Fausto. No! Il geom. Ubezio non può avere il denaro, anche se era sul luogo dell'incidente e pare che non se la passasse bene economicamente, come ci ha detto il Filangeri.

Al III piano c'è il bordello di Manuela, con un certo Gaspare come guardiano del serraglio e 4 troie impiegate a ciclo continuo. Beh, l'ultimo persona a cui affiderei 6 milioni è proprio una tenutaria di bordello, anche se dovesse assicurarmi la fica gratis per il resto dei miei giorni; quindi anche Manuela esce dall'indagine.

Sullo stesso piano abita la famiglia Tiraboschi, l'ing. Tito ha una ditta che impianta sistemi d'allarme, ed è aiutato nell'attività dalla compagna Olga e dal figlio Walter. L'ingegnere, quando l'ho intervistato al bar, è stato prodigo di particolari sull'incidente, ed è stato lui a dirci di Enzo che si era allontanato dall'auto dopo averci guardato dentro, con la scusa di telefonare al 118. Il figlio Walter mi sembra un tipo sospetto, non fosse altro perché è della stessa fascia di età di Fausto e di Enzo, e fra coetanei c'è sempre complicità e si è sempre disposti a farsi un favore, soprattutto se ben retribuito; per cui va tenuto sotto sorveglianza e bisogna controllare se spende e spande.

Al IV piano abita la famiglia Toscani/Prandi: madre e due figlie, di cui solo una può aver avuto rapporti con Fausto e/o con Enzo, Concetta, essendo l'altra una ciospa intrombabile, e dobbiamo prima di tutto sapere se questi rapporti ci sono stati o no.

Sullo stesso piano abitano due ricchioni, tali Vercellotti e De Pisis, che hanno un laboratorio di tappezzeria in centro, e sarà bene interrogarli, anche se non ce li vedo fare comunella con un maniaco come Enzo ed un tombeur de femme come Fausto.

Al V piano c'è un appartamento vuoto di proprietà CRV, e c'è l'appartamento dei coniugi Vinciguerra, Rodolfo e Carlotta, e l'ufficio dell'agenzia di Rodolfo, la "Cæsar"; il Filangeri non ha saputo dirci cosa tratta quella ditta, ma solo che lui era l'unico nel condominio a pronunciare correttamente il nome. Ci ha detto anche che i Vinciguerra sono partiti per il Messico domenica mattina, li ho visti anch'io entrare al bar per un caffè in attesa che arrivasse un taxi, e ci sono parecchie cose che non tornano su quei due: era un viaggio organizzato in precedenza o era una fuga improvvisata per mettere al sicuro il malloppo di Enzo, ed in tal caso, se Enzo poteva contare su di loro, perché ha dato del denaro a Fausto? Perché, avendo a disposizione un'auto e dei dipendenti, non si fatto accompagnare alla Malpensa da loro anziché prendere un taxi. Occorre far chiarezza, ma per prima cosa bisogna sapere quando i Vinciguerra avevano deciso di partire.

Per fortuna la madre di Carlotta, malata di Alzheimer, vive al VI piano coadiuvata da due badanti che abitano l'appartamento – disse Macaluso – e sicuramente ci sapranno dire il motivo del viaggio e quando è stato deciso. Al VI piano abitano anche le sorelle Sensini con la domestica Virginia. Il Filangeri ci ha detto che sono straricche, e personalmente dubito che Enzo e Fausto abbiano avuto rapporti con loro, pertanto escluderei anche loro dalle indagini. Penso di aver finito la lista dei sospetti che avrebbero potuto aiutare Enzo.-

- Manca quello del bar, il Pavan- ricordò Di Canio.

- Impossibile che Bernardino possa aver ricevuto la valigetta da Enzo. Appena arrivati i carabinieri sul luogo dell'incidente i soccorritori che erano usciti dal bar se ne sono andati ognuno a casa sua, su questo tutte le testimonianze sono concordi. No! Il bar è fuori dalle indagini, anche perché sennò queste si allargherebbero a macchia d'olio e non la finiremmo più. A meno che Enzo e Fausto ci dicano qualcosa che mi faccia ricredere quando li troveremo.-

- Come ha fatto Priscilla a cavare tante informazioni dal Filangeri, ed a ricordarsi tutti quei nomi?- chiese Lussu.

- Con le sue arti maliarde e con un registratore nascosto, poi mi ha telefonato il sunto e io l'ho completato con quanto sapevo da prima. Dobbiamo approfittare della sua presenza in un appartamento del condominio per fare un'irruzione, ma prima fatemi telefonare a Priscilla.-

Da costei apprese che il denaro non era stato nascosto nell'appartamento del Filangeri, che la portineria era presidiata da una guardia di un servizio di sicurezza privato che controllava un monitor di controllo, e che aveva trovato le chiavi del portone d'accesso sulla via traversa, quella che dal palazzo consentiva di accedere ai garage, quella del garage stesso e quella del box della cantina del Filangeri.

Macaluso le disse che di lì a poco sarebbero arrivati Lussu e Di Canio con 'o Scimunito e 'o Scassaminchia, i primi avrebbero sonato il campanello del citofono e lei gli avrebbe aperto, poi sarebbe scesa in strada ed avrebbe dato ai due scagnozzi le chiavi del portone, quella del garage, quella della porta d'accesso posteriore al palazzo, e quella del box della cantina. Lussu sarebbe salito al VI piano per parlare con la madre di Carlotta, la signora Teodolinda Salasco, per scoprire qualcosa sul viaggio in Messico dei Vinciguerra; Di Canio avrebbe interrogato l'ing. Domenichelli e gli avrebbe perquisito l'appartamento del II piano, 'o Scimunito avrebbe perquisito il box dei Filangeri, 'o Scassaminchia avrebbe perquisito la sede della Cæsar al V piano.

Le cose andarono come da programma, almeno in un primo momento: Lussu suonò al campanello dell'appartamento della Salasco ed alla donna che gli aprì spiegò che aveva appuntamento con la signora Carlotta, ma il suo studio era chiuso, ed aveva pensato che forse lei poteva dirgli perché.

- La signora sabato ha ricevuto un telegramma che la avvisava della morte del padre in un incidente a Città del Messico. Quando è venuta per avvisare la madre, la poverina non ha capito nulla di quanto le diceva la figlia, e Carlotta dopo un po' ha desistito e mi ha detto che sarebbe partita domenica per poter partecipare ai funerali, e che sarebbe tornata per Natale o per Capodanno.-

Lussu ringraziò e si accinse a scendere quando fu raggiunto da 'o Scassaminchia, per cui decisero di perquisire insieme la sede della Cæsar; sonarono prima alla porta dell'ufficio, poi anche a quella dell'appartamento dei Vinciguerra, ma in entrambi i casi nessuno venne ad aprire, e si convinsero che l'ufficio e l'appartamento fossero deserti.

'O Scassaminchia estrasse da tasca alcuni piccoli attrezzi ed in poco tempo riuscì ad aprire la porta dell'appartamento. L'interno era buio e silenzioso, come si erano aspettati che fosse, entrarono e chiusero la porta, accesero la luce del vestibolo e videro in fondo ad un corridoio una maschera orribile, quella di Quetzalcoatl, con sotto la statua di una ragazza nuda nella posizione yoga del loto. Ma era una statua od era una ragazza in carne ed ossa? Senza staccare gli occhi dalle tettine della ragazza, che sembravano fremere come foglioline d'un albero sotto una leggera brezza, i due si avvicinarono sorpassando due porte; da una emerse Annibale che con un colpo di mazza fracassò il cranio di 'o Scassaminchia, dall'altra Diana che appoggiò il neutralizzatore a contatto sulla nuca del Lussu finché l'uomo cadde a terra.

Diana ed Annibale avevano visto dallo spioncino della porta dello studio due tizi dall'aria losca, sicuramente degli zingari, che probabilmente erano venuti a riprendersi Zeila e Alina, e quando avevano sentito sonare alla porta dell'appartamento ed armeggiare con la serratura, avevano già provveduto ad allestire la messinscena, mettendo Zeila nuda nella posizione del loto sotto la maschera di Quetzalcòatl, e si erano nascosti dietro a due porte con le armi in pugno.

Dopo aver steso i due intrusi controllarono il loro stato: uno era morto col cranio sfondato, l'altro sembrava morto fulminato. Li perquisirono e Diana esaminò i loro portafogli, poi esclamò:

- Ehi! Ma questi non sono zingari, uno è terrone e l'altro è sardo. Magari non sono venuti a riprendersi le ragazze, però la faccia da delinquente ce l'hanno lo stesso.-

- Cosa facciamo adesso?- chiese Annibale.

- Telefono all'avvocato Nocera come da disposizioni...- in quel mentre il cellulare di uno dei due prese a sonare.

- Pensi che ce ne siano altri nel palazzo?-

- Non so.-

Diana era perplessa, temeva di aver commesso un terribile sbaglio, ma poi pensò che dopotutto i due erano entrati in casa scassinando la porta, e si tranquillizzò. Telefonò all'avvocato Nocera, ma gli fu detto che non era reperibile per tutto il giorno, il praticante dello studio non le volle dare il numero di cellulare dell'avvocato, anche se Diana lo aveva avvertito che si trattava di un caso di vita o di morte. Diana gli disse allora che se mai gli fosse capitato fra le mani l'avrebbe castrato, e sbatté giù il telefono. Fu tentata di chiamare la polizia e di recitare la parte prefissata recitando a soggetto, senza l'ausilio di un avvocato, ma glielo impedì il sopraggiungere del montacarichi, che si aprì con gran clangore e da cui emerse un brutto ceffo – 'o Scimunito – forse zingaro o forse terrone, che si avvicinò alla porta e bussò con le nocche delle dita.

Gli aprì Zeila, sempre nuda, che lo invitò ad entrare ed a seguirlo, e lo scagnozzo, il cui soprannome era quanto mai azzeccato, la seguì con lo sguardo torbido di concupiscenza, finché incocciò con la mazza da baseball di Annibale.

- Ma non puoi usarla con più dolcezza quella mazza? Hai fatto secco anche questo! Cazzo! I primi due passi, ma questo è caduto in un'altra stanza, almeno a tre metri dai primi.-

- Beh, li spostiamo...-

- Non dire cagate! Non li vedi i telefilm polizieschi alla TV? Se ne accorgerebbero subito e si chiederebbero perché li abbiamo spostati, oltre a chiederci il perché di cento altre cose, per esempio...-

La porta si spalancò di colpo e Di Canio entrò nella stanza con in mano una pistola spianata, fece cenno ad Annibale ed alle due ragazze di arretrare fin contro il muro, sotto alla maschera di Quetzalcoatl, si accertò della condizione dei suoi uomini costatandone la morte, quindi prese il cellulare e chiamò Macaluso:

- Esposito, ho brutte notizie, ma che potrebbero metterci sulla buona traccia. Ho davanti a me un gigante e due troiette che hanno messo KO Lussu, 'o Scimunito e 'o Scassamin...-

Non poté finire il messaggio perché Alina si era avvicinata alle sue spalle con in mano la pistola paralizzante ed aveva premuto il grilletto; due piccoli dardi avevano colpito la schiena dell'intruso, ed una scarica di 40.000 Volt lo aveva paralizzato.

Alina fu brevemente coccolata dalla sorella e da Annibale, mentre Diana prendeva in mano la situazione. Si accertò della condizione dell'ultimo intruso e vide che non era morto. Diana stava pensando a come organizzarsi, perché era ormai escluso che potesse seguire il piano originario di chiamare la polizia, quando sonarono alla porta. Annibale e Zeila si rimisero in agguato, ma Diana, attraverso lo spioncino, vide che si trattava di Tito Tiraboschi, del geom. Ubezio, di una bionda atletica e di un gorilla entrambi in divisa da Rambo. Diana aprì uno spiraglio della porta e chiese cosa volessero, e gli rispose la tranquillizzante voce del Tagliaboschi:

- Avete bisogno d'aiuto lì dentro? Abbiamo visto salire alcuni brutti ceffi e stiamo cercandoli procedendo di piano in piano.-

- Entrate – disse Diana, spalancando la porta dopo un attimo di esitazione – il VII cavalleggeri è in ritardo di almeno un quarto d'ora, li abbiamo già stesi noi.-

Diana nella successiva mezz'ora cercò di spiegare come mai erano pronti a respingere un attacco di delinquenti, ma non ci riuscì, perché non volle spiegare chi fossero di preciso Zeila ed Alina.

- Su questo argomento dovrete chiedere a Carlotta ed a Rodolfo quando torneranno – disse Diana con fermezza – noi avevamo solo l'ordine di proteggere il pagliaio, e l'abbiamo fatto. Piuttosto, cos'è tutto questo spiegamento di forze?- ed ammiccò alle due guardie.

Il Tiraboschi le raccontò brevemente la storia, e spiegò che chi li aveva assaliti erano malavitosi intenti a cercare di recuperare la valigetta col denaro. Arrivò anche il ragionier Paternò e Bernardino, che appena dentro dissero:

- L'ing. Domenichelli è morto, penso d'infarto, lo hanno torturato facendo a pezzi il suo plastico ed i suoi trenini; dev'essere stato l'ultimo farabutto che è salito con l'ascensore. Ovviamente ho chiamato il 118, ma ho tolto il corpo dalla camera del plastico e l'ho steso sul tappeto del soggiorno; mi sono fatto aiutare da Dino per sollevarlo e per non doverlo trascinare sul pavimento, ed ho chiuso a chiave la stanza del plastico, poi siamo subito venuti qui da voi. Fra poco Valentina parlerà con la polizia e dirà che stava portandogli la cena perché il Domenichelli, con la moglie in ospedale, aveva chiesto al bar di preparargliela tutte le sere, e non avendole aperta la porta, era entrata e ha trovato l'ingegnere steso sul pavimento.-

- Signori, sarò scema ma non riesco a seguire la storia. Perché hanno torturato il Domenichelli? – chiese Diana – e perché sono venuti a cercare la valigetta da noi?-

- Te lo spieghiamo dopo con calma, adesso dobbiamo trovare un posto per nascondere i cadaveri e per relegare il ferito.-

- Suggerirei la cantina della CRV per i morti, almeno fino a che non troveremo una soluzione più adeguata, e l'appartamento vuoto della CRV per il ferito – suggerì una guardia – ho già la chiave con me. Penso che non vi spiacerà pensare voi alle sue necessità corporali, come mangiare, bere e cagare- disse la guardia rivolta a Diana ed Annibale.

Avvolsero i tre cadaveri in lenzuola e li portarono in cantina col montacarichi, poi collocarono un materasso nell'appartamento vuoto della CRV e ci stesero sopra il Di Canio, debitamente imbavagliato e legato mani e piedi, in più, lo incatenarono ad un termosifone. Fecero appena in tempo, perché poco dopo il palazzo si riempì di poliziotti.

Quella sera Diana aveva invitato i coniugi Tiraboschi, unitamente a Walter ed a Concetta, a prendere un aperitivo in casa Vinciguerra perché voleva risentire tutta la storia con calma, poi voleva porre delle domande su alcuni aspetti poco chiari, ma soprattutto voleva sapere cosa sarebbe potuto succedere adesso delle loro vite.

- Sono lietissima che siate riusciti a fregare 6 milioni alla mafia – disse Diana mentre serviva delle tartine agli ospiti – capisco che adesso abbiate tutta Cosa Nostra alle calcagna intenta a torturare gente per strappare la soffiata che le consenta di recuperare il malloppo, ma cosa ci guadagnamo noi a fare da esche? E per "noi" intendo sia noi quattro che abbiamo steso i mafiosi, ma anche Rodolfo e Carlotta, che quando rientreranno fra qualche giorno si troveranno nel centro del mirino senza sapere chi ringraziare.-

- È pacifico che entrerete anche voi a far parte della rete di protezione, così come ci entreranno i Vinciguerra al loro ritorno; ciò significa che potrete attingere al fondo comune di 4 milioni e mezzo di Euro con le modalità che vi spiegherà il rag. Paternò. Quanto alla quota parte che spetta individualmente a chi ha fatto qualcosa per mettere le mani sul malloppo, penso che abbiate diritto a 100.000 o 200.000 Euro, ma non sarò io a deciderne l'ammontare, ma i partecipanti alla rete riuniti in assemblea.-

- Okay! Quanto avete preso per voi?-
- Per noi due niente – disse Tito ammiccando alla Olga – Walter e Concetta hanno preso 150.000 Euro a testa, il geom. Ubezio e tutti gli altri, Manuela, i Paternò e quelli del bar, hanno preso somme analoghe.-
- Per me va bene, e parlo anche per Annibale, ma per quanto riguarda Zeila ed Alina dovranno essere i Vinciguerra a decidere. Mi sembra che quella della rete di protezione e del fondo comune sia un'idea geniale. Però una cosa non ho capito: come hanno fatto ad entrare nel palazzo i farabutti che ci hanno aggrediti?-
- La guardia in portineria ha detto che questa mattina alle 9 il prof. Filangeri è entrato nel palazzo con una strafica che ha rivisto uscire alle 16.30; alcuni minuti prima che uscisse, i due vestiti da mafiosi che avete steso hanno sonato al citofono, e qualche inquilino ha aperto il portone. La guardia pensava che fossero clienti di Manuela, invece doveva avergli aperto la strafica che era entrata col professore. Costei, quando è uscita sul viale, ha dato le chiavi che aveva preso dal professore ai due giannizzeri che poi sono entrati dalla cantina. Due sono venuti direttamente qui, e sono i primi che avete steso, un altro ha bussato alla porta perché sapeva che nel vostro appartamento erano già entrati due dei suoi, e gli avete fatto fare una brutta fine; infine è entrato quello che aveva torturato l'ing. Domenichelli, ed aveste steso anche lui. Bravi!
Quando nel monitor che è nella saletta di servizio del bar la guardia Milanese ha visto due estranei dalla faccia patibolare entrare nel palazzo dalla porta della cantina, ha dato l'allarme a me, a Dino, ed alla guardia Gina Tarascone. Siamo scesi in cantina ma abbiamo tardato ad intervenire, perché i due erano già saliti ai piani; altro tempo l'abbiamo perso dal Filangeri, perché pur essendo in casa non ci apriva la porta, e altro ancora abbiamo perso dal Paternò, perché le gemelle ascoltavano musica con le cuffie in testa, ed Aurelia era sotto la doccia. Poi ci siamo divisi e Dino, avendo visto che la porta del Domenichelli era socchiusa, è entrato e l'ha trovato morto con ai piedi la carcassa di tre modellini di locomotive a vapore, con tutti i biellismi a pezzi, e la "montagna" del plastico sventrata.
Abbiamo cercato gli intrusi al III ed al IV piano per catturarli, ma voi ci avete preceduto. Il mafioso ferito deve aver avuto sentore che qualcosa era andata storta quando ha provato a telefonare al compare e questi

non ha risposto, per cui è salito dal II piano, ove era intento a cercare la valigetta in casa Domenichelli, fino al V, ove è riuscito a sorprendervi, ma poi è stato sistemato da Alina.-

In quel momento sonarono alla porta ed entrò Bernardino con aria grave, salutò tutti e disse:

- *El prof. Filangeri xe morto stecchito. El han troato in sul letto colle braghe calate... el ha ciavato la porcona fino a che el ga ceduto el cuore.*-

- Chi l'ha trovato? Hanno già avvisato le autorità?-

- Io e una guardia siamo entrati con un passe-partout, e sì, ho avvisato la polizia, cos'altro potevo fare?-

- Cazzo! Due infarti nello stesso condominio a poche ore uno dall'altro. Ci romperanno i coglioni per una settimana almeno.- disse Tito.

- Meglio così – disse Diana – finché ci sarà la polizia a ronzare attorno al palazzo, i mafiosi si guarderanno bene dall'infastidirci.

#

Convincere Addolorata a firmare il testamento olografo fu più difficile che per Assunta, ma martedì sera Virginia aveva in mano l'ambito documento: ora era ricca, o almeno lo sarebbe stata non appena le due sorelle fossero schiattate.

Mercoledì aveva spennellato le unghie delle zampe anteriori di Nuvola con la soluzione contenuta nella boccetta di collirio, e con il gatto in braccio, facendo la massima attenzione, era passata dietro ad Assunta e le aveva graffiato il collo con una zampata. Assunta aveva cacciato un grido, Addolorata aveva alzato la testa dal suo ricamo e Virginia, fingendo una manovra maldestra, aveva lanciato il gatto sul viso di Addolorata. Se il graffio sul collo di Assunta era appena superficiale e di pochi centimetri di lunghezza, quello sul viso di Addolorata era molto profondo: tre righe purpuree di 10 centimetri solcavano le gote della poverina e cominciarono a bruciare da subito.

Virginia curò entrambe le ferite con abbondanti spennellature di "disinfettante", come aveva assicurato essere il flacone di collirio, poi diede un blando analgesico alle sorelle, per non che pretendessero l'intervento di un medico.

Giovedì attorno ai graffi si era sviluppata un'area di colore che dal blu virava al giallo, ed i graffi stessi avevano cominciato a suppurare. Virginia continuò a pennellare le ferite con la soluzione di batteri, e continuò a somministrare analgesici alle sorelle. Venerdì Addolorata ed Assunta iniziarono ad avere la febbre alta, oltre i 40°C. Virginia staccò il telefono, preparò una brocca di spremuta d'arancia contenente un blando sedativo che mise sul comodino del letto ove giacevano le sorelle, chiuse le tapparelle, mise in borsa il flacone di collirio, uscì e chiuse a chiave l'appartamento. Erano le 20 di venerdì, e quando uscì dal palazzo si trovò davanti a un'auto della polizia.

Virginia ebbe un brivido, ma proseguì verso la stazione, ove prese l'ultimo treno per Milano. Il giorno prima aveva acquistato un biglietto per Milano e uno per Trieste; aveva obliterato il secondo, volendo far credere di essere partita giovedì, ma non il primo, che avrebbe usato quel venerdì sera e poi avrebbe gettato via.

Così, giunta a Milano, chiese conferma all'ufficio informazioni se poteva utilizzare lo stesso biglietto già obliterato il giorno precedente, per rimettersi in viaggio per Trieste dopo una breve sosta a Milano, ed avuta assicurazione della liceità dell'operazione, Virginia tirò il fiato: aveva un alibi! O almeno così pensava la crudele assassina della Bassa.

Capitolo VI – INDAGINI

Esposito Macaluso continuò ad abbaiare "Pronto!" nel cellulare che aveva in mano, incredulo di quanto aveva appena sentito. Provò a richiamare Di Canio, telefonò a Lussu ed agli scagnozzi, ma i loro cellulari rimasero muti. Gli avevano sterminato la sua squadra d'attacco, gli erano rimaste solo le troie, quelle almeno avevano funzionato egregiamente. Esposito era più sorpreso che amareggiato: com'era possibile che in un placido condominio di agiati provinciali si annidasse un drago così letale?

La presenza di una guardia privata in portineria era certamente anomala, sarebbe stata giustificata a New York, ma non a Vercelli, tuttavia era una precauzione accettabile da parte di agiati paranoici con la fissa dei "vuccumprà" e degli zingari; la presenza di studi professionali, di uffici e del bordello rendeva persino logico l'impiego di guardie armate, ma in portineria a schiacciare pulsanti, non in giro per il palazzo a fare i Rambo. Cosa c'era che non andava in quel condominio? O era una domanda retorica per allontanare il momento in cui avrebbe dovuto ragguagliare Carmelo Lo Presti dell'andamento delle operazioni di recupero del denaro trafugato? Esposito telefonò al capo e disse che doveva vederlo urgentemente, sarebbe stato al Cotton Club di lì ad un'ora.

- Fammi capire bene – disse Lo Presti quando finì di ascoltare il resoconto delle operazioni presentatogli dal Macaluso – abbiamo ammazzato quattro persone, seppure indirettamente, e non abbiamo ancora una traccia precisa su dov'è finito il grosso del denaro; in più abbiamo perso quattro dei nostri oltre ad Esmeralda, che sembra sparita nel nulla. È così?-

- Sì capo. Sappiamo che Enzo e Fausto hanno del denaro nostro, ma non sappiamo dove hanno nascosto il grosso, perché non possono esserselo portato appresso. Abbiamo scatenato polizia e carabinieri sulle doro tracce, sarà solo questione di giorni e poi ce li consegneranno belli che impacchettati, ma nel frattempo, volendo guadagnare tempo, ho perquisito il palazzo, o almeno quegli appartamenti in cui potevano essere stati nascosti i soldi, pronubi o meno gli inquilini.-

- Ed hai fatto subito centro, direi che sei stato anche fortunato. Che appartamenti dovevano perquisire Di Canio e Lussu? Cosa dovevano fare gli scagnozzi?-

- Di Canio ha interrogato il Domenichelli determinandone la morte per infarto. Poi ha telefonato a Lussu ma questi non gli ha risposto, allora si è insospettito e l'ha raggiunto al V piano, nell'appartamento dei Vinciguerra, che avrebbe dovuto essere deserto, ed invece era presidiato, ti riferisco le esatte parole del Di Canio, da "un gigante e due troiette che ho sotto tiro", poi c'è stata una carica statica ed il cellulare è diventato muto. Evidentemente nell'appartamento c'era una quarta persona che l'ha fatto secco. Non so come mai siano caduti nella trappola anche i due scagnozzi, forse li aveva chiamati Lussu in aiuto.-

- Penso che neanche il Filangeri sapesse della presenza dei quattro nell'appartamento del Vinciguerra, altrimenti l'avrebbe sicuramente detto a Priscilla. Bene, daremo l'assalto all'appartamento del Vinciguerra. Ti basta una squadra di quattro incursori esperti pesantemente armati, così sarete in sette contando anche te e gli scagnozzi che hai già; però rivoglio indietro le mie troie, perché mica posso metterci un picciotto al palo della lap dance.-

- Bastano ed avanzano capo; quando arriveranno i rinforzi? Il palazzo lo sto facendo sorvegliare dai due che ho, con turni di 12 ore, Priscilla è bruciata e te la posso ridare, ma le altre stanno lavorandosi le forze dell'ordine, sarebbe un peccato distoglierle dai loro agganci dopo che si sono sbattute tanto per ottenerli.-

- Vabbé. Dopodomani pomeriggio, venerdì, avrai la squadra a disposizione e potrai condurre l'incursione quando vorrai.-

#

Il commissario Lo Jacono della Polizia ed il tenente Lo Bue dei Carabinieri stavano scambiandosi alcuni pareri sulle morti del prof. Filangeri e dell'ing. Domenichelli.

- Siamo arrivati insieme a quelli del 118, chiamati dalla ragazza che ha trovato il corpo – spiegò Lo Jacono al tenente – si chiama Valentina e negli ultimi giorni ogni sera portava all'ingegnere un vassoio con la cena. Ha suonato, ma l'ingegnere non ha aperto; ha provato ugualmente con la maniglia ed ha visto che la porta non era chiusa a chiave, quindi è entrata ed ha trovato il corpo steso per terra.-

- Perché portava la cena solo negli ultimi giorni e non abitualmente?- chiese Lo Bue.

- Mi hanno spiegato che la moglie Domitilla ha battuto la testa cadendo per terra e da domenica è ricoverata in ospedale.-

- Avete esaminato l'appartamento? Ritenete che sia stato asportato qualcosa? L'ingegnere può essere stato oggetto di aggressione?-

- Le camere sono state trovate perfettamente in ordine, solo una stanza era chiusa a chiave, ma non abbiamo trovato nessuna chiave che possa aprire la porta e sono riluttante a forzarla senza l'okay di un magistrato.-

- Se vuole gliela aprirò io – si offrì Lo Bue – ho fatto un corso apposta in accademia, non lascerò la minima traccia.-

Ed in effetti, tolti di tasca due piccoli attrezzi, armeggiò alcuni secondi sulla serratura ed aprì facilmente la porta. Videro che all'interno c'era un plastico ferroviario enorme, tutto pareva in ordine se non per la "montagna" del plastico che pareva essere stata decapitata, e per alcuni trenini a vapore caduti per terra e che presentavano i biellismi a pezzi.

- Faccia prendere le impronte in questa stanza, soprattutto sui rottami dei trenini – disse il tenente – non penso che sia stato l'ingegnere a causare quei danni al plastico ed ai trenini.-

181

- Tenente, vuole insegnarmi a condurre un'indagine?-

Il tenente non rispose ma si risentì della domanda retorica del commissario e si allontanò scendendo al piano inferiore, ove il vicecommissario Spadafora stava conducendo le indagini sulla morte del prof. Filangeri, quasi sicuramente per infarto mentre era intento nell'ultima scopata della sua vita: i calzoni calati e lo sperma che "intarlaccava" le lenzuola erano indizi inequivocabili.

- Dal rigor mortis del professore pare che la morte lo abbia colto una mezza dozzina di ore fa – osservò il tenente – chissà se l'esame della videocamera in portineria potrà indicarci chi è entrato nel palazzo insieme al professore, sicuramente una donna, che lo ha sollazzato negli ultimi istanti della vita. Ma perché quando il Filangeri le è morto addosso lei non ha chiamato soccorso? Legalmente non era responsabile della sua morte, anche se in pratica l'ha ucciso con la fica. Avrebbe potuto chiamare il 118, e loro magari avrebbero potuto salvarlo.-

- Tenente, ho già esaminato la videocamera in portineria, che ha mostrato il professore attraversare l'atrio con una strafica con tacchi da 13 e zinne enormi, ma non le dirò altro, perché il professore è un morto nostro, della polizia, non dei carabinieri; per cui fatevi i mortacci vostri.-

Il tenente Lo Bue se ne andò indignato, ripromettendosi di fare rapporto per segnalare il deprecabile comportamento della polizia nei confronti dell'Arma, anche se doveva ammettere che le indagini che stava conducendo il suo ufficio sulla morte dell'autista del 118 e del custode delle macchine sotto sequestro non stavano avendo alcun esito.

Un giovane agente, appena trasferito dalla Questura di Milano a quella di Vercelli, raggiunse Spadafora e gli disse:

- Ho esaminato tutto il nastro a partire dalle 9, quando il Filangeri è entrato nel palazzo con una battona, fino alle 16.30, quando la battona è uscita dal palazzo. Per tutto il tempo non c'è stato un gran viavai, per lo più era gente che abitava nel palazzo, o gente cui veniva aperta la porta direttamente dai piani. Fra questi, cinque minuti prima che uscisse la battona, hanno sonato al citofono tali Di Canio e Lusso, due malavitosi della cupola cittadina milanese, e scommetto le palle che ad aprirgli è stata proprio la battona dall'appartamento del professore.-

- Bravo agente Bozzola! È una fortuna che ti abbiano trasferito qui da una sede prestigiosa come quella di Milano. Avevi pestato i piedi a qual-

cuno?-
- I piedi no, però ho scopato con la figlia del Questore.-
- Bravo! Ma dimmi, a che ora sono usciti i due malavitosi.-
- Non sono usciti passando davanti alla portineria. O sono ancora qui nel palazzo, o sono usciti dalla porta che dà sul cortiletto e poi dal portone sulla via traversa.-
- Faccia un rapido giro di controllo e chieda agli inquilini se i due mafiosi si trovano presso di loro, anche se penso che si siano già allontanati. Io vado al piano di sopra per parlare con Lo Jacono.-
Spadafora raggiunse il commissario e lo trovò chino sul cadavere dell'ingegnere intento ad esaminargli il golf con una lente, finché Lo Jacono proruppe in un "Eureka" e con una pinzetta estrasse dal golf un minuscolo pezzetto di metallo e lo infilò in una bustina, quindi si rialzò e spiegò al collega:
- L'ingegnere non è morto qui dove l'abbiamo trovato, ma è caduto nella stanza del plastico; ha un piccolo pezzo dei biellismi infilato nel golf. Certamente non si è trascinato fin qui da solo, non c'è il minimo segno sul pavimento, ma è stato sollevato e portato nel salotto di peso. Non penso che l'abbia spostato la ragazza che l'ha trovato, al più lei l'avrebbe trascinato, deve essere stato la stessa persona che lo aveva torturato.-
- Ma l'ingegnere non presenta il minimo segno di tortura sul corpo.-
- Sul corpo no, ma nella mente... Ritengo che il Domenichelli abbia aperto al suo assassino pensando che fosse la ragazza che gli portava la cena. Questi ha costretto l'ingegnere ad entrare nella stanza del plastico e l'ha interrogato, ad ogni risposta sbagliata o ad ogni esitazione ha preso un trenino e l'ha calpestato, riducendolo in mille pezzi. Il cuore del Domenichelli non ha resistito nel veder distruggere la cosa più preziosa che aveva al mondo ed ha avuto un infarto, cadendo sui pezzi dei trenini rotti. Poi l'assassino ha cercato qualcosa nel plastico, squarciando la "montagna". Che l'abbia trovata o meno, ha ritenuto opportuno spostare il cadavere in sala per far apparire più naturale la morte e per non rendere evidente che cercava qualcosa di prezioso nella casa del Domenichelli.-
- Poirot! Neanche Poirot sarebbe stato capace di ricostruire così esattamente...-
- La smetta di leccare, Spadafora, piuttosto mi spieghi come ha saputo

del suo morto. Chi l'ha avvisata?-

- La guardia in portineria ha esaminato la videocamera per vedere chi fosse entrato nel palazzo facendosi aprire direttamente dagli inquilini, e si è accorto che la battona entrata insieme professore alle 9 era uscita dal palazzo alle 16.30. Ha pensato che ben difficilmente il professore fosse in grado di cavalcare una puledra così a lungo, così ha sonato alla sua porta, nessuno gli ha aperto, ma essendo sicuro che il professore era in casa ha pensato che si fosse sentito male, quindi è entrato con un passe-partout ed ha costatato che i suoi sospetti erano giusti. A quel punto mi ha avvisato mentre ero dal Domenichelli ed io ho avvisato lei.

Inoltre l'agente Bozzola mi ha appena detto di aver riconosciuto due mafiosi milanesi fra le persone entrate nel palazzo subito prima che la battona uscisse, e ritiene – secondo me a buona ragione – che ad aprirgli sia stata la battona stessa. Sono stati visti prendere l'ascensore e poi non ci sono più tracce di loro. Bozzola sta controllando nel palazzo.-

- Ci sono troppe cose che non quadrano in questi due casi. Andiamo a fare una chiacchierata con gestore del bar. Avvisi l'agente Bozzola che ci troviamo lì.-

Bernardino, reduce dall'appartamento del Vinciguerra, ove aveva avvertito gli altri della morte del professore, si dichiarò disponibile a fornire ogni informazione, disse a Valentina di portare toast e birre per tutti e sollecitò il commissario a cominciare con le domande.

- La prima cosa che mi sorprende in questo palazzo è la presenza di una portineria con una guardia armata, monitor, videocamere e chissà cosa altro. Come mai tante precauzioni?-

- Gli inquilini sono un po' paranoici riguardo alla sicurezza; il portone sulla via traversa rimane spesso aperto per comodità, ed è successo che dei vuccumprà e degli zingari abbiano importunato alcuni inquilini, per cui l'assemblea dei condomini ha deciso per la sorveglianza armata. A me viene a costare un occhio della testa e non serve a niente, ma qualcuno adesso può dormire tranquillo.-

- Non più ora, perché sia il Filangeri, sia il Domenichelli sono stati praticamente assassinati. Anche se con armi decisamente improprie.-

Giunsero insieme i toast, le birre e l'agente Bozzola; Tamara gli si sedette a fianco e cominciò a fargli le fusa, facendo arrossire il ragazzo, che per togliersi dall'imbarazzo disse ai superiori:

- Al VI piano un tale mai visto prima ha chiesto informazioni sui Vinci-guerra, coi quali aveva detto di avere un appuntamento, probabilmente per accertarsi che il loro appartamento fosse vuoto. Al V piano, nell'appartamento del Vinciguerra, ho trovato due persone, un brignino sfacciato ed un gigante un po' scemo, che mi hanno detto di non aver visto nessun estraneo; sa dirmi chi sono i due? – chiese rivolto a Tamara, che gli sorrise e rispose.

- Il "brignino" si chiama Diana, è l'impiegata dell'ufficio che Rodolfo Vinciguerra ha nel retro del suo appartamento, e sia ben chiaro che io sono molto meglio di lei. Il gigante sarà anche un po' scemo, ma ha un uccello di tutto rispetto, ed è il garzone del negozio di Carlotta Vinci-guerra, quello a fianco di questo bar.-

Il commissario ridacchiò sotto i baffi e chiese:

- Come mai il gigante invece di stare in negozio se ne sta nell'appartamento della padrona ad insidiare l'impiegata del marito?-

- Mah! Forse perché non è poi così scemo. Comunque i Vinciguerra hanno chiuso al pubblico sia il negozio sia l'ufficio perché sono dovuti partire improvvisamente per il Messico a causa di un lutto familiare; è venuto a mancare il padre di Carlotta.-

- Diana mi ha detto che l'altro appartamento al V piano è vuoto; a quel punto ho ricevuto il messaggio di Spadafora e mi sono precipitato giù prima di rimanere all'asciutto di toast e di birre- spiegò ancora l'agente.

- Cosa ci può essere di tanto prezioso nell'appartamento dei Vinciguerra da meritare l'interesse di un mafioso?- chiese Lo Jacono.

- Proprio non saprei. Forse qualche idolo Maya o Azteco, ma non ce lo vedo un mafioso occuparsi di quelle cose. E poi come può dire che era un mafioso?- chiese Dino.

In quel mentre entrarono nel bar il Paternò ed il Tiraboschi, Bernardino disse loro di avvicinarsi e fece le presentazioni, quindi spedì Tamara al lavoro.

Lo Jacono spiegò loro i movimenti della battona che aveva rimorchiato il Filangeri, come l'aveva ucciso, e come un killer aveva ucciso il Dome-nichelli.

- Qualcuno di voi sa dirmi che motivo aveva la mafia per avercela con un vecchio professore e con un ingegnere appassionato di trenini? Vive-vano soli quei due?-

185

- Il professore viveva con una governante polacca e col figlio Fausto. La prima è tornata in Polonia per le vacanze di Natale, ed il figlio, compiuti 18 anni alcuni giorni fa, se ne è andato di casa; penso che il padre non aspettasse altro. L'ingegnere vive con la moglie Domitilla, da alcuni giorni in ospedale per trauma cranico, e col figlio Enzo. Costui alcuni giorni fa ha tentato di stuprare una bambina qui nel palazzo, ma non c'è riuscito e da allora è scomparso. Anche in questo caso non penso che al padre sia spiaciuto più di tanto.-

- Ma il padre della bambina ha denunciato il fatto? O ha voluto farsi giustizia da solo?-

- Il geom. Ubezio? Assoldare un mafioso per vendicarsi col padre di chi ha tentato di stuprare la figlia? È una cosa dell'altro mondo! Comunque so che ha denunciato subito Enzo ai carabinieri. Se vuole parlargli gli telefono e gli dico di scendere.-

- Non occorre, ma fatemi capire: Enzo e Fausto avevano entrate tali da consentirgli di abbandonare casa propria? uno praticamente di punto in bianco dopo un tentativo di stupro, l'altro a soli 18 anni?-

- Tamara! – chiamò Dino – Vieni che a certe domande puoi rispondere solo tu, che ti sei fatta sbattere da entrambi.-

Tamara arrivò e fece la linguaccia al padrone, poi spiegò:

- Enzo era un bamboccione, ma non aveva molti soldi in tasca, solo la paghetta che gli passavano i genitori; Fausto aveva una paghetta irrisoria e penso che si sia messo a trafficare col fumo nelle ultime settimane, so che voleva andarsene da casa.-

- Potete dirmi quali altre famiglie abitano nel palazzo, e che attività svolgono?-

Il Tiraboschi glielo disse, non accennando però né a Zeila ed Alina, né alle ragazze che esercitavano nel bordello di Manuela.

Lo Jacono ringraziò della collaborazione ed uscì dal bar insieme allo Spadafora ed al Bozzola. Appena uscito l'agente gli disse che su una Fiat Punto parcheggiata a qualche decina di metri di distanza da dove si trovavano aveva notato un altro malavitoso milanese, soprannominato 'o Guercio, intento a sorvegliare l'ingresso del palazzo, ed era probabile che facesse parte del gruppo di mafiosi che poche ore prima si era introdotto nel condominio.

Lo Jacono pensò molto rapidamente: c'era la possibilità che i due mafiosi fossero ancora nel palazzo e che avessero lasciato un "palo" per avvisali di quando i poliziotti se ne fossero andati. Potevano tenere in ostaggio una famiglia, oppure potevano essersi rifugiati in un appartamento vuoto, o potevano essersi nascosti nei box della cantina. Che motivo avrebbero avuto altrimenti di dover sorvegliare l'ingresso del palazzo?

Lo Jacono diede disposizione di far sorvegliare l'ingresso del condominio da un'auto civetta, incaricò lo Spadafora di procurarsi da un magistrato un mandato di perquisizione per tutti gli appartamenti, compresi il negozio di arte povera, i box della cantina ed i garage; poi precettò 12 agenti per il giorno successivo, giovedì, per effettuare la perquisizione appena ottenuto il mandato.

Appena usciti i poliziotti dal bar, il Tiraboschi ordinò a Tamara di aprire la porta che dal palazzo conduceva ai garage, per indurre la polizia a pensare che i mafiosi entrati nel palazzo ne fossero usciti per quella via; poi disse a Dino ed a Paternò di farsi venire un'idea di come liberarsi dei tre cadaveri e del prigioniero, perché temeva che il palazzo potesse essere perquisito. Quindi telefonò a Diana e le disse che avrebbero spostato il prigioniero, e che avrebbe dovuto portare Zeila ed Alina da Manuela, in modo da poterle nascondere meglio in mezzo alle troiette del bordello. Quindi telefonò a Manuela dicendole delle novità, le raccomandò di non approfittarsi delle ragazze che le avrebbe inviato facendole fare delle marchette, e di mandare Gaspare a trasferire il prigioniero, lui l'avrebbe raggiunto subito.

Nei successivi quindici minuti il prigioniero, debitamente sedato, venne trasferito nel pozzetto della tromba del montacarichi, uno spazio di soli 40 centimetri di altezza accessibile solo aprendo uno sportello pressoché invisibile nel locale caldaia, ed ogni traccia della sua presenza nell'appartamento della CRV fu fatta sparire. Zeila ed Alina, seminude com'erano, si spostarono da Manuela che le accolse come delle figlie e le rimpinzò di cioccolatini e di pasticcini; Diana si convinse di aver fatto la cosa migliore ad aver prestato ascolto al Tiraboschi ed aver affidato le figlie di Carlotta ad una tenutaria di bordello, ma si ripromise di non farglielo sapere.

Quando Tito e Gaspare tornarono nel bar trovarono la sola Beatrice a presidiarlo, e costei gli disse che gli altri erano in cantina per il trasferimento dei cadaveri. I due tornarono in cantina e videro che presso la porta di accesso al cortiletto stazionava un furgone frigorifero col portellone laterale aperto. Valentina era intenta a scaricare surgelati per far spazio all'interno, quindi Dino, Gaspare ed il Paternò caricarono sul furgone i tre cadaveri avvolti in lenzuola, celandoli alla vista con altre confezioni di surgelati.

Dino spiegò che aveva visto un furgone di surgelati parcheggiato nella via traversa, aveva mandato Tamara a concupire l'autista che, per 10.000 Euro ed una sveltina con la ragazza, aveva parcheggiato il furgone in cortile e si era infrattato con lei nel box del bar. Poi avrebbe dovuto riprendere il furgone senza aprirlo, allontanarsi di una trentina di chilometri, per esempio fino a Santhià, ed abbandonarlo in una zona industriale. Quindi, nel suo interesse, doveva ripulire di impronte il volante, le maniglie ed ogni altro pomello toccato, doveva tornare a Vercelli in treno e qui avrebbe denunciato il furto del mezzo, prima alla ditta di surgelati e poi ai carabinieri.

Mentre Tamara affondava gli ultimi colpi con l'autista, il quintetto riempì una dozzina di grosse borse dei surgelati scaricati, e le portarono un po' nei freezer del bar ed un po' in quelli delle proprie abitazioni.

Quando l'autista risalì sul furgone e gli furono dati i 10.000 Euro pattuiti, pensò che c'era in giro gente veramente strana, disposta a pagare 10 pur di rubare quello che avrebbe potuto comprare con 5, e per di più gratificarlo con una scopata con una strafica, ma non se ne fece cruccio; uscì in istrada e mezz'ora dopo era a Santhià, ove abbandonò il furgone, un'altra ora dopo era di nuovo a Vercelli, per denunciare il furto del mezzo alla sua ditta ed ai carabinieri.

#

Spadafora quella sera non ritenne di dover disturbare un magistrato, intento a partecipare ad una novena in duomo, per chiedergli un mandato di perquisizione, e rimandò la cosa al giorno successivo, giovedì. Quando al mattino Spadafora si presentò nell'ufficio del magistrato non lo trovò in sede, in quanto intento a presenziare ad un convegno sulla diffusione delle organizzazioni mafiose nel settentrione d'Italia, ed il suo sostituto, letto l'indirizzo del palazzo che si voleva perquisire, si rifiutò categoricamente di firmare i mandati, sostenendo che non poteva sostituirsi al superiore per un'operazione di quella portata. Solo alle 19 di venerdì lo Spadafora riuscì ad incontrarsi col magistrato in questione, che, scorso l'elenco, firmò tutti i mandati richiesti tranne quello relativo all'appartamento di Manuela.

- Perché non vuole che perquisisca quell'appartamento?- chiese ingenuamente lo Spadafora.

- Perché ci potrebbe trovare facilmente il Sindaco, alcuni consiglieri provinciali e comunali, alti ufficiali dei carabinieri, il Questore e forse anche ed il Prefetto. Non sa che la Manuela gestisce il miglior bordello della città? Ma dove vive, commissario?-

Spadafora riferì la novità a Lo Jacono, che sapeva dell'esistenza di quel bordello e che voleva cogliere l'occasione di una perquisizione per avere la possibilità di accordarsi con la Manuela: avrebbe chiuso un occhio sulla sua attività in cambio di un carnet di biglietti gratuiti per frequentare le puledre della sua scuderia, ma non aveva sospettato che il bordello fosse frequentato, ed implicitamente protetto, da personalità così autorevoli.

Lo Jacono si rassegnò ed alle 21 fece scattare la perquisizione degli appartamenti. Anche il bar non fu perquisito, perché si era dimenticato di inserirlo nell'elenco dei mandati da richiedere, ma d'altra parte nel bar difficilmente si sarebbero potuti nascondere due mafiosi. Così Lo Jacono non venne a sapere dell'altra guardia privata, quella che sorvegliava le videocamere piazzate in cantina, e quindi non poté esaminare le registrazioni fatte da queste ultime.

Alla perquisizione parteciparono 12 agenti coordinati dai due graduati, oltre ad un cane antidroga prestato dalla Narcotici, ed il risultato dell'operazione fu brillante, ma non nel senso auspicato dal Lo Jacono. In cantina, nel box del Filangeri, il cane antidroga fiutò la presenza di cannabis, che però non fu trovata; si trovò invece un bilancino, una piccola termosaldatrice e delle bustine di plastica, invero quanto necessario per preparare delle dosi da spacciare. Nel garage del geom. Ubezio si scoprì che la sua vecchia Ford Mondeo aveva l'assicurazione RC auto scaduta da due mesi, presentava le gomme lisce e non aveva effettuato la revisione obbligatoria da sei mesi. Nell'appartamento del Filangeri, in quella che doveva essere stata la stanza di Fausto, si rinvennero dèpliant di alcune auto, fra cui quello di un Mini Cooper con alcune annotazioni in biro sul prezzo base e su quello degli accessori. Nell'appartamento del Domenichelli la perquisizione della stanza di Enzo svelò un'imponente collezione di filmati pedopornografici, di riviste erotiche e di appunti sui siti porno di internet.

Particolare cura la polizia mise nella perquisizione dell'abitazione dei due omosessuali, in quella dei Vinciguerra e della signora Salasco, ma senza trovare nulla di anomalo, come nulla trovarono nel negozio di Carlotta, anche se Annibale e Diana dovettero passare non poco tempo a spiegare ai poliziotti cosa fossero gli "acchiappasogni" ed a cosa servissero i "sacchetti penici", che alcuni agenti avevano scambiato per calici con cui bere.

Ma il grande successo della perquisizione si ebbe quando i poliziotti bussarono alla porta delle sorelle Sensini, e non venendo nessuno ad aprire, forzarono la serratura e fecero irruzione nell'appartamento. Qui trovarono le sorelle moribonde, stese nel loro letto in stato di incoscienza, con orrende ferite infette sul viso e sul collo. Fu chiamata un'ambulanza che le trasferì in ospedale, ove vennero curate con massicce dosi di antibiotici. Si salvarono per un pelo, ma entrambe, e soprattutto Assunta, ebbero delle gravi complicazioni al cervello che non consentirono loro di tornare nell'appartamento, e furono ricoverate in un ospizio per ricconi.

La notte stessa fu emanato un avviso di ricerca della badante Virginia, in qualità di testimone alla conoscenza dei fatti. Quando sabato mattina Virginia giunse a Trieste, trovò i carabinieri ad attenderla all'uscita della stazione ferroviaria, che la tradussero in caserma, le smontarono l'alibi, l'accusarono di duplice tentato omicidio e di un'altra sfilza di reati, e le appiopparono il soprannome con il quale da quel momento fu citata dalla stampa e dagli altri media: quello di "Tarantola della Bassa".

L'episodio scosse grandemente i condomini del palazzo, anche se i componenti della "rete di protezione" non poterono che compiacersi del fatto che l'attenzione delle autorità si fosse focalizzata su un altro delitto, che nulla aveva a che fare con i due mafiosi scomparsi e su cosa questi stessero cercando nel palazzo.

Dino aveva notato che la polizia aveva lasciato una pattuglia su un'auto civetta a sorvegliare discretamente il palazzo. Non poteva saperlo, ma gli accadimenti di venerdì sera e la presenza della pattuglia avevano fatto sì che Macaluso avesse rimandato sine die l'incursione nel palazzo che voleva fare coi malavitosi che gli erano stati dati di rinforzo.

Anche una macchina civetta dei carabinieri era stata posizionata dal tenente Lo Bue a tenere d'occhio il palazzo, ma soprattutto per sorvegliare cosa facevano i colleghi della polizia. Il merito del salvataggio delle sorelle Sensini se l'era accaparrato la polizia, pensava il tenente, ma quello della cattura della criminale badante delle sorelle ad opera dell'Arma aveva pareggiato la partita; ora si trattava di segnare il goal della vittoria.

I delitti avvenuti nel condominio, con dovizia di armi improprie, quali le unghie infette di un gatto, le prestazioni sessuali di una prostituta e la tortura del trenino elettrico, com'era stata definita, aveva scatenato la stampa cittadina e regionale in una ridda di ipotesi, di ricostruzioni fantasiose degli avvenimenti e di indiscrezioni, queste ultime sapientemente alimentate dal Lo Jacono, che riempì per alcuni giorni le pagine della "Stampa" riservate alla provincia di Vercelli e quelle della "Sesia".

Alcuni giornalisti stazionavano stabilmente nel "Bar-narda" con lo scopo di intervistare gli inquilini del palazzo, di carpire pettegolezzi a Dino ed a Beatrice, di batterla a Valentina ed a Tamara, che non ebbero difficoltà a concedersi con alcuni di loro, in particolare con Arcidiacono, il corrispondente locale della "Stampa" e col reporter free-lance della "Sesia", Mastrolillo. Questi ultimi, dopo i primi giorni di frenetica attività, non avendo più nulla di nuovo da scrivere, pur di rimanere a sgavazzare nel bar e di continuare a fruire delle grazie delle sue lavoranti, presero a stendere pezzi di costume sui nomi originali dati ai bar, sulle compagnie di studenti che vi si rifugiavano quando bigiavano le lezioni, e Sara, la troietta di una di quelle combriccole, ebbe l'onore di apparire in una foto sulla "Stampa" in una posa estremamente provocante.

Il tenente Lo Bue, volendo calamitare anche su di sé l'attenzione della stampa, fece trapelare l'informazione che anche gli omicidi dell'autista del 118 e del custode del deposito di auto sotto sequestro, avvenuti lunedì, erano collegati da un fil-rouge con quelli avvenuti mercoledì nel palazzo di Viale delle Rimembranze.

Questa volta non furono solo i giornalisti a scatenarsi, ma anche il Prefetto ed il Questore. Costoro, dopo aspre recriminazioni, furiose polemiche, infamanti accuse, e strenue difese, costituirono un gruppo interforze comandato in primis da loro stessi, ed in subordine dal capitano dei CC Gazzurlo e dal commissario di PS Lo Jacono, con l'ordine tassativo di operare nella massima concordia e di attuare la più piena collaborazione al fine di assicurare alla giustizia i responsabili.

Il rinvenimento di tre cadaveri in un furgone frigorifero alla periferia di Santhià, uno dei quali aveva lasciato le sue impronte digitali sulla porta dell'appartamento dei Vinciguerra, contribuì a confondere ulteriormente le indagini. I tre morti erano tutti schedati ed appartenevano alla cupola mafiosa milanese: due in qualità di meri esecutori, ed il Lussu quale personaggio di un certo spicco dell'organizzazione.

- Ricapitoliamo – disse il Questore nella riunione plenaria degli investigatori per fare il punto delle indagini – l'unica cosa chiara in questa vicenda è che il tentato omicidio delle sorelle Sensini operato dalla badante Virginia non ha nulla a che fare con gli altri delitti avvenuti nel palazzo e fuori.

Mercoledì scorso una escort ha agganciato il prof. Filangeri e lo ha scopato fino a fargli avere un infarto, ma non si è allontanata subito dall'appartamento. Perché? Ovvio, per perquisirlo alla ricerca di qualcosa. Poi ha permesso a due mafiosi di entrare nel palazzo, e subito dopo ne è uscita, dopodiché è uscita di scena. Ha trovato quello che cercava? Probabilmente no, perché uno dei due che aveva fatto entrare nel palazzo, il Lussu, è salito dalla signora Salasco per chiedere informazioni su dove fossero la figlia ed il genero, che abitano al piano inferiore. Saputo che i coniugi Vinciguerra erano all'estero, il Lussu deve aver armeggiato alla loro porta, lasciandovi un'impronta digitale, ma poi, forse avendo sentito dei rumori nell'appartamento, ha desistito, e da allora non ne sappiamo più niente fino a che l'abbiamo trovato avvolto in un lenzuolo in un furgone frigorifero a Santhià.

Chi c'era nell'appartamento dei Vinciguerra? Due dipendenti degli stessi, un gigante un po' tonto ed una minuscola ragazza, che probabilmente avevano approfittato dell'assenza dei datori di lavoro per concedersi una serie di scopate selvagge nel loro appartamento. Potevano costoro aver sopraffatto il Lussu e nascosto provvisoriamente il cadavere mentre il palazzo si riempiva di poliziotti? Non ce li vedo, e comunque, anche se fossero stati loro, dove hanno trovato gli altri due scagnozzi e come hanno fatto a sopraffare anche loro, ed infine, come sono riusciti a trasportare dabbasso i tre cadaveri, e dove hanno trovato un furgone frigorifero? Per cui faremmo bene a lasciar perdere il gigante e la ragazza.-

- I due tagliagole può averli fatti entrare la escort, dandogli le chiavi del portone sulla via traversa e quella della porta del cortiletto che aveva trovato in casa del professore.- interruppe il tenente Lo Bue, ansioso di mettersi in luce coi superiori.

- Perché mai la escort avrebbe aperto ai due mafiosi col citofono, ma avrebbe consegnato ai due tagliagole le chiavi per entrare dal retro, non poteva far entrare tutta la banda in un colpo solo?- ribatté Spadafora.

- Forse per non insospettire la guardia privata nella portineria.-

- Comunque sia – continuò il Questore – l'altro mafioso è salito dall'ing. Domenichelli, che attendeva che gli portassero la cena, l'ha sopraffatto e portato nella stanza ove l'ingegnere teneva un plastico ferroviario, e qui l'ha torturato rompendogli i modelli di locomotori sotto i suoi occhi. Il cuore del poverino non ha retto ed è caduto sui rottami dei trenini. Volendolo far passare per un incidente, il mafioso l'ha sollevato di peso e portato in sala, quindi è tornato nella sala del plastico, ha rotto la "montagna", l'unica cosa che poteva celare qualcosa e si è allontanato, forse perché aveva trovato quel che cercava, ma in ogni caso è sparito senza lasciare traccie: non appare sulle videoregistrazioni della portineria, non è salito ai piani superiori per nascondersi nell'appartamento vuoto della CRV, né in quello dei due gay, e neppure ha tenuto in ostaggio una delle famiglie. Un rapido controllo fatto dalla polizia l'ha appurato senza alcun dubbio. Dunque doveva essere per forza uscito dalla porta che dà nel cortiletto, correndo un bel rischio, e da qui è uscito dal portone sulla via traversa.

Il tenente Lo Bue ha avanzato una brillante ipotesi su cosa potessero cercare con tanta decisione due mafiosi presso due innocui anziani condomini, ovvero una valigetta piena di denaro rinvenuta da qualcuno nell'auto schiantatasi davanti al palazzo sabato notte. Le indagini condotte hanno appurato che ad accorrere per primi sul luogo dell'incidente sono stati il figlio dell'ing. Domenichelli, Enzo, un bamboccione che nel pomeriggio aveva tentato di stuprare una bambina abitante nel palazzo, reato per cui domenica il geom. Ubezio ha presentato regolare denuncia ai carabinieri, ed alcuni inquilini che partecipavano all'assemblea condominiale. Questi ci hanno detto che Enzo si è subito allontanato dicendo che avrebbe telefonato al 118, ma da un controllo effettuato è risultato che a chiamare il 118 sono state voci femminili.

Mi sembra chiaro che Enzo ha preso la valigetta, forse intuendo cosa

conteneva, o forse sperandolo, dato che aveva deciso di fuggire per sottrarsi all'ira dei condomini e del padre della bambina stuprata.-
- Ma allora perché si aggirava sotto casa ed è intervenuto sul luogo dell'incidente?- chiese Lo Bue.

- Perché faceva freddo e aveva addosso gli stessi abiti che aveva nel pomeriggio, quando ha tentato lo stupro, quindi doveva salire in casa per prenderne di più pesanti, e forse anche del denaro ed altre cose che voleva portare con sé, ma non poteva salire finché la riunione non fosse finita e la madre non si fosse ritirata per dormire. Lo schianto doveva essere avvenuto vicinissimo a dove si trovava, dandogli la possibilità di intervenire subito; le testimonianze degli altri intervenuti sono concordi- spiegò Spadafora.

- Dove si è diretto Enzo, ancora vestito leggero e con una valigetta sottobraccio, in una notte fredda e uggiosa? Possiamo fare delle congetture, ma certamente non è tornato a casa sua. I mafiosi scatenati alla ricerca della valigetta col denaro hanno invece pensato che Enzo, prima di fuggire, avesse nascosto la maggior parte del denaro in casa, magari nel plastico ferroviario del padre, tenendone per sé solo una piccola parte, diciamo alcune mazzette da 500 Euro. Da qui l'aggressione e la tortura del padre. Quel bastardo di Enzo ha praticamente determinato la morte del padre e non ha neppure partecipato alle sue esequie!
Domenica Enzo è andato a Torino ed ha acquistato una BMW nera superaccessoriata per 42.000 Euro, fornendo i suoi documenti...-
- Ho già impartito disposizioni per rintracciare l'auto – interruppe il capitano Gazzurlo – era venuta da me una graziosa signorina di nome Eva Nonsoché e mi ha detto che aveva smarrito sulla macchina di Enzo Domenichelli un anello con un grosso diamante, ed io mi sono attivato subito emanando un avviso di ricerca...-
- Cazzo! Sarà stata una gran fica per metterti tanto pepe nel culo- commentò Lo Jacono.
- Signori! Un po' di contegno! È stata rintracciata comunque l'auto?-
- L'ultima traccia l'ha lasciata sabato scorso al casello di Pizzo Calabro, sulla Salerno-Reggio Calabria, dove è stata ripresa dalle videocamere.-
- E ha fatto fare una ricerca così estesa per un semplice anello?- si indignò il Questore.
Il capitano Gazzurlo mormorò delle parole di scusa e si allontanò dalla

riunione adducendo un pretesto; il tenente Lo Bue aveva un'aria trionfante, e volle affondare il coltello fino al manico.

- Ho chiesto che mi venissero segnalati tutti i versamenti in contanti superiori a 20.000 Euro fatti in banca, e mi hanno segnalato che Fausto Filangeri ne ha fatto uno di 100.000 Euro il lunedì scorso, poi ha staccato un assegno di 18.000 Euro per acquistare un Mini Cooper bicolore. Lo stiamo cercando in tutta la provincia.-
- Anche noi lo stiamo cercando, abbiamo girato Vercelli in lungo ed in largo, ma non l'abbiamo ancora trovato.- disse Spadafora.

- Questo fatto spiega la subornazione del professore ad opera di una escort, la mafia deve aver fatto le nostre stesse ricerche; ma come è venuto in possesso del denaro Fausto Filangeri? un altro bastardo che non ha partecipato alle esequie del padre.-
- Deve averglielo dato Enzo Domenichelli, forse in cambio di vestiti e di un riparo prima di recarsi alla stazione per prendere il treno per Torino.-
- Alla faccia! Neanche se l'avesse rivestito di abiti di Armani e l'avesse ospitato al Ritz...-
- Possiamo fare solo delle illazioni in merito; ma riguardo alla disponibilità di denaro da parte di Fausto c'è da sapere che nel box dei Filangeri un cane antidroga ha rinvenuto tracce di cannabis insieme ad un bilancino e quanto necessario per preparare delle dosi da spacciare.-
- E veniamo finalmente alla perquisizione degli appartamenti del palazzo. Perché l'ha voluta effettuare e perché poi l'ha effettuata così in ritardo?- chiese il Questore.
- Volevo poter escludere che la valigetta col denaro fosse in qualche altro appartamento. Esisteva la remota possibilità che alcuni condomini si fossero messi d'accordo per dividersi il malloppo trovato sulla macchina schiantata. Avrebbero potuto concordare una versione di comodo ed avrebbero potuto fornire ad Enzo un po' di spiccioli per consentirgli di fuggire e di fungere da lepre durante la caccia che gli avrebbero dato i mafiosi; poi, quando si fossero calmate le acque, ognuno avrebbe messo al sicuro la sua parte. Da qui la necessità di perquisire gli appartamenti, ma il magistrato cui mi sono rivolto era occupato ed il sostituto non ha voluto prendersi la responsabilità di ordinare una perquisizione così vasta; così si sono persi due giorni, ed alla fine il magistrato ha autorizzato le perquisizioni tranne che per l'appartamento di Manuela Tarantola.

Pare che l'appartamento sia una casa d'appuntamenti...-

- La conosco! – disse il Questore – Cioè conosco la Tarantola, è una brava donna che ha per missione quella di togliere le giovani prostitute dalle strade, sottraendole ai loro protettori, e di fornir loro lavori leciti e qualificati, per lo più come traduttrici. Garantisco io per lei.-

- Comunque dalla perquisizione non sono saltate fuori valigette od altro, quindi ho potuto escludere che gli inquilini si siano messi d'accordo- concluse Lo Jacono.

#

L'intera conferenza fu captata da un microfono inserito nel computer del Questore, trasmessa ad un amplificatore su una Renault R4 parcheggiata nelle vicinanze e ritrasmessa al ricevitore nello studio dell'ing. Tiraboschi, che poté tirare un bel sospiro di sollievo.

Già durante la perquisizione dei vari ambienti del palazzo ad opera della polizia, una gran puzza di merda aveva aleggiato nella tromba del montacarichi, e solo quando la perquisizione ebbe termine si poté scoprire a cosa era dovuta. Quando il prigioniero, legato ed imbavagliato, si era svegliato nello stretto pozzetto sul fondo della tromba del montacarichi ed aveva visto la cabina scendere verso di lui cigolando e stridendo, si era cagato addosso dal terrore, ed era schiattato, colpito anch'esso da infarto. Il cadavere era stato estratto dal pozzetto, ripulito dai suoi escrementi, avvolto in un tappeto, caricato sulla Volvo del Tiraboschi e scaricato presso un campo nomadi alla periferia di Milano.

Alina e Zeila, dopo la perquisizione, erano tornate nell'appartamento dei Vinciguerra. Qui Diana ed Annibale avevano ricevuto una telefonata dei Vinciguerra dal Messico che li avvisava del loro rientro per l'antivigilia di Natale e che chiedeva se ci fossero state novità; Diana aveva risposto che non ce n'erano, e che tutto filava liscio.

Il rag. Paternò ed il geom. Ubezio avevano portato le rispettive famiglie a prendere possesso di due appartamenti ammobiliati a Brunico, formalmente per passare le feste di Natale e per la successiva settimana bianca, ma effettivamente per stare in un posto più sicuro. La loro guardia del corpo, Gina Tarascone, fu trasferita a far la guardia alla signora Salasco ed a tener d'occhio l'appartamento dei Vinciguerra.

La signora Secondina Toscani e la figlia Corinna Prandi, non intendendo più abitare in una casa ove erano avvenuti tanti crimini disgustosi, si erano trasferite dal figlio in Romagna. Anche i due omosessuali si erano impauriti ed avevano deciso di cambiar casa, ed avevano trovato una graziosa villetta in un comune limitrofo. La signora Domenichelli non volle più rientrare nell'appartamento ove era morto il marito e trovò ospitalità presso un ordine religioso di suore.

- Non possono restare tanti appartamenti vuoti – disse il rag. Paternò quando tornò da Brunico, solo, essendo l'Ubezio rimasto sul posto – potrebbero essere affittati dai mafiosi che acquisirebbero così il pieno diritto ad abitarli, ci troveremmo il nemico in casa ed avremmo ben poche possibilità di difenderci.-

- Io posso acquistare quello dei due culattoni – disse Manuela, che partecipava anch'ella alla riunione della "rete di protezione"- ho bisogno di dislocare altrove un po' di ragazze, non ho più un minimo di privacy nella parte di alloggio riservato a me ed a Gaspare; l'altro giorno ho trovato un uomo nudo in bagno che voleva farsi una doccia.-

- Io voglio acquistare quello della Toscani e farlo abitare subito da Walter e da Concetta – disse Tito Tagliaboschi – non ne posso più di sentirli saltare la cavallina per tutta la notte, e poi in casa ho bisogno di maggior spazio per le mie apparecchiature e per i miei strumenti.-

- Io prenoto l'appartamento delle Sensini per conto dei Vinciguerra – disse Diana – in ogni caso, anche se non lo volessero, intendo abitarlo con Annibale.-

- Io voglio l'appartamento del Domenichelli, a condizione che ci rimanga il plastico ferroviario – disse Valentina – il Mastrolillo oggi mi ha chiesto di sposarlo e gli ho detto di sì. Lui quando aveva visto il plastico dell'ingegnere aveva detto che in casa sua ne avrebbe voluto uno simile.-

- Ma così non troverà più il tempo per trombarti; farai la fine della Domitilla- osservò Tamara.

- Lo escludo, la Valentina se farà ciavar da qualcun altro- sentenziò Bernardino.

- C'è anche l'appartamento del Filangeri, ora l'ha ereditato Fausto, ma se lui dovesse farsi vedere qui la mafia gli metterà le mani addosso e lo farà parlare. Se la mafia dovesse avere ancora dei dubbi sul nostro coinvolgimento nella sparizione della valigetta, con le sue risposte Fausto gliele farà passare, e come minimo coinvolgerà Tamara – disse Tito – non abbiamo molta scelta: dobbiamo eliminare Fausto.-

- Io ho il numero del suo cellulare e posso attirarlo in un tranello – disse Tamara – va matto per la mia ciornietta, ma mi spiacerebbe dover partecipare alla sua uccisione. Non si potrebbe trovare una soluzione più politicamente corretta?-

- Ci penseremo a suo tempo. Finché non tornerà per abitarlo non ci sarebbe pericolo. Rimane l'appartamento della CRV, a chi interessa?- chiese il Paternò.

- Potrebbe interessare a me! – disse Tamara – Sono stufa di farmi trombare nei posti più strani; e poi potrei anche decidere di fare concorrenza al bordello di Manuela.-

- Non mi farai nessuna concorrenza carina – ribatté Manuela – anzi, ti passerò quei miei clienti che dovessero lamentarsi dei prezzi eccessivamente alti che pratico; sarai la succursale "popolare" del bordello.-

Naturalmente fra le due si accese un aspro battibecco in cui si sprecarono i termini di "vecchia bagascia", di "troietta a gettone" ed altri irriferibili, ma poi le due si riappacificarono in fretta, mostrando un encomiabile spirito corporativo.

- Allora è deciso! – disse il rag. Paternò – Domani contatterò le agenzie interessate e bloccherò gli appartamenti liberi per almeno un mese. Così potrete valutare con calma se farli acquistare dal fondo comune e poi abitarli corrispondendo un affitto ragionevole, oppure se acquistarli voi tout court.-

#

- Esposito Macaluso! Ma che minchia stai combinando? – sbottò Carmelo Lo Presti fuori dalla Grazia di Dio – Tre dei nostri uomini sono stati trovati stecchiti in un furgone di surgelati a Santhià, e da quello che leggiamo sui giornali sappiamo che Lussu ha avuto un infarto; Di Canio l'hanno trovato ieri qui a Milano, anch'egli morto di infarto; tutte le persone che hai interrogato, il Domenichelli, il Filangeri, il custode dell'autoparco, tutti e tre fulminati da un infarto... Poi c'è quella storia del tentato omicidio con un gatto velenoso! Cose da non credere! I rinforzi che ti ho mandato li hai tenuti fermi con la scusa che c'era troppa polizia attorno al palazzo. Polizia stradale e carabinieri si sono sbattuti le nostre troie per una settimana e solo ieri è saltato fuori che Enzo Domenichelli è da qualche parte in Calabria; di Fausto Filangeri non abbiamo più notizie. Il palazzo si sta svuotando degli inquilini: le Sensini sono andati in una casa di cura, i due ricchioni sono emigrati in un comune vicino, la Toscani e la figlia-cesso sono scappate in Romagna. Macaluso! Dimmi come pensi di muoverti per recuperare i miei soldi.-

- I soldi li hanno sicuramente presi chi li sta spendendo: Fausto Filangeri ed Enzo Domenichelli, ma è probabile che ne abbiano con sé solo una piccola parte, non possono pensare di girare per l'Italia con sei milioni in una valigetta, per cui devono aver nascosto il resto in un posto sicuro; certamente non l'hanno nascosto nelle rispettive abitazioni, e neppure nei box e nei garage.

È probabile che alcuni inquilini del palazzo abbiano scoperto il loro nascondiglio, si siano impossessati del denaro e se lo siano spartito. È l'unico motivo che poteva indurli ad opporsi alle nostre ricerche e ad eliminare quattro dei nostri, anche se non so come abbiano fatto e neppure perché ne hanno smaltiti tre in un furgone a Santhià ed uno in un campo nomadi a Milano.

Certamente non devono essere in pochi per aver potuto sopraffare i nostri uomini e per aver smaltito i cadaveri con tanta facilità, mentre il palazzo pullulava di poliziotti, ma non ho ancora individuato i possibili colpevoli. Sicuramente il Vinciguerra non può far parte del gruppo che si è consorziato per tenersi i nostri soldi, perché è all'estero con la moglie, e sicuramente il denaro non è ancora nel palazzo, perché questo è stato perquisito da cima a fondo da 12 poliziotti e da due commissari. Per cui c'è stato un momento nei giorni scorsi in cui il denaro è stato spostato e nascosto in un altro posto.

A partire da mercoledì, quando Priscilla ha potuto interrogare il prof. Filangeri, ma in parte anche a partire dai giorni precedenti, abbiamo una descrizione precisa degli abitanti del palazzo; alcuni non si sono mai mossi da casa, come la signora Salasco con le due badanti che si alternano ad accudirla, e come le sorelle Sensini con la loro badante assassina, per cui possiamo scartarle tranquillamente. Gli altri hanno avuto tutti l'occasione di portare fuori il denaro dal palazzo: la moglie e le figlie del Paternò nella borsa della spesa o negli zainetti delle ragazze, lo stesso la signora Toscani e la sua figlia-cesso, idem per il Walter Tiraboschi quando accompagnava a scuola in auto la sua ragazza Concetta, oppure il geom. Ubezio quando accompagnava a scuola i figli.

L'ing, Tiraboschi ed il rag. Paternò escono e rientrano nel palazzo alme-

no tre volte al giorno; i due ricchioni uscivano da casa con una borsa cia-
scuno ed abbiamo appurato che ci tenevano il pranzo che consumavano
nel loro laboratorio in centro, tuttavia avrebbero potuto metterci anche
il nostro denaro. Poi c'è il bar, che è veramente un porto di mare. Non
escludo che il denaro sia stato consegnato ad un portavalori incontrato
proprio nel bar, oppure che sia stato consegnato ad un banchiere cliente
del bordello di Manuela.

Ieri il Paternò e l'Ubezio hanno portato le famiglie in montagna, sono
partiti in due macchine cariche di sci e di giacche a vento, ma è tornato
solo il Paternò. Purtroppo 'o Guercio non ha visto la targa dell'auto
dell'Ubezio, per cui non possiamo rintracciarla per sapere dove siano
andati. Non so per quale motivo, ma il palazzo è presidiato da una macchina civetta della polizia e da una analoga dei carabinieri. Il bar è pieno
di giornalisti, di curiosi e di agenti in borghese che la battono alle due
lavoranti ed alla mezza dozzina di troiette che, dopo che una di esse è
finita sulla "Stampa", vogliono anch'esse farsi fotografare.

C'è così tanta gente in quel bar che i titolari hanno allungato l'orario
di apertura dalle 21 all'una, hanno assunto un'altra lavorante, e quando
escono per depositare gli incassi si fanno scortare da una guardia armata. Non posso fare un'irruzione nel palazzo in quelle condizioni, e poi
per cercare che? per torturare due o tre persone a caso sperando di star
torturando quella buona? Col Filangeri e col Domenichelli, che erano i
candidati più probabili nel ruolo di custodi del tesoro, ci è andata male.-
- E se li torturassimo tutti?- chiese Lo Presti.
- Meno male che eri tu quello che mi ha chiesto di non essere truculento
nelle indagini. Comunque non ci sarebbe il tempo per farlo, dato che
l'irruzione la potremmo effettuare solo di notte, dalle 3 o le 4, quando
gli ultimi clienti del bordello pongono fine alle giostre, alle 6 o le 7,
quando il condominio si risveglia.-
- Allora entriamoci legalmente. Affittiamo l'appartamento vuoto della
CRV e magari anche quello di cui hai visto esposto l'avviso dell'agenzia,
ci piazziamo sei o sette dei nostri, li rapiamo ad uno ad uno e li torchia-
mo con calma.-
- Geniale capo! Provvedo immediatamente.-

#

Al loro arrivo alla Malpensa i coniugi Vinciguerra trovarono ad atten-

200

derli il rag. Paternò, che dopo i saluti di prammatica cominciò ad illustrargli le novità. Non gli bastò l'ora del viaggio di ritorno per raccontargli tutti i dettagli dell'operazione "rete di protezione" e l'esposizione si concluse al bar sottocasa, dove Bernardino li informò dell'exploit di Diana, di Annibale e di due ragazzine che non aveva mai visto ma che dicevano di essere le loro figlie. I Vinciguerra si precipitarono nel loro appartamento e furono subissati dalle manifestazioni d'affetto di Zeila e di Alina e dai racconti di Diana, che volle spiegare disordinatamente quanto si fosse sbattuta per difendere il pagliaio e per farli arricchire.

- Sappiate – disse rivolta un po' a Rodolfo ed un po' a Carlotta – che in cambio dei quattro soldi marci di stipendio che date a me e ad Annibale, vi abbiamo resi cointestatari di un fondo comune di 4,5 milioni di Euro, abbiamo affrontato una banda di mafiosi e l'abbiamo messa KO, e gran parte del merito è di Zeila e di Alina; è quest'ultima che ci ha salvato il culo.

Tutti quelli che hanno operato direttamente per mettere le mani sul malloppo hanno diritto a un bonus personale di 100 o 200.000 Euro, ebbene io, Annibale, Zeila ed Alina ne abbiamo pieno diritto, però il Tiraboschi ha detto che dovrete essere voi a deciderne l'entità. Poi quando si è trattato di accaparrarsi gli appartamenti rimasti liberi, mi sono permessa di prenotarne uno per voi, quello delle Sensini, così voi potrete abitare in una casa più grande, adatta ad una famiglia di quattro persone, ed io ed Annibale potremo abitare in quel buco che occupate attualmente.-

- Io voglio sposare Diana – aggiunse Annibale un po' a sproposito – e vogliamo i 15 giorni di permesso matrimoniale che ci spettano.-

- Diana, ti voglio bene, ti ringrazio per quanto hai fatto ed approvo ogni tua decisione. Stabilisco in 150.000 Euro a cranio il bonus di cui mi hai parlato, ed avrete ogni diritto sul fondo comune. Ti concedo una licenza matrimoniale di 30 giorni, e sono sicuro che Carlotta farà altrettanto con Annibale; ma sei ben sicura di voler fare un passo simile, in fin dei conti vi conoscete solo da una decina di giorni.-

- Più a fondo di così, Annibale col suo obelisco non poteva conoscermi; mi ha perforata come un martello pneumatico.-

Carlotta, che si era intrattenuta amorevolmente con le figlie, giunse ad interromperli avendo qualcosa da ridire:

- Zeila ed Alina mi hanno detto che le hai nascoste per due giorni interi nel bordello di Manuela, e mi hanno chiesto se potevano tornarci qualche volta per giocare con le altre ragazze... Non potevi trovarle un nascondiglio più adatto?-
- È stato il Tiraboschi a convincermi a nasconderle lì, infatti è stato l'unico appartamento non perquisito dalla polizia. Non so come facesse a saperlo. È bravo il Tiraboschi, ha preso in mano la direzione delle operazioni insieme al Paternò ed al Pavan.-
- E tu sei stata bravissima a fare da mamma alle mie figliole, anche se hai subornato un mio dipendente. Stasera andremo tutti fuori a cena. Anche noi abbiamo qualcosa da festeggiare.-
- Possiamo invitare anche Walter e Concetta? È l'altra storia d'amore sbocciata mentre eravate via? Hanno avuto un ruolo determinante nella storia.-
- Sì certo. Spiegami anche di preciso chi è implicato e chi non ne deve saper niente.-
Diana glielo spiegò, così come disse del fuggi fuggi degli inquilini dal palazzo, e del tentato omicidio delle sorelle Sensini per mezzo di un gatto; e la crudeltà, ma anche la stupidità del piano di Virginia, colpì oltremodo i Vinciguerra.
- Voi cosa avete da festeggiare?- chiese curiosa Diana.
- Questo!- e tolse da una valigia una giacca perfettamente piegata, dal cui interno estrasse una sorta di "pieghevole" in pelle alto una quarantina di centimetri e lungo, una volta aperto completamente, quasi due metri.-
- Sembra vecchio, cos'è?-
- Un codice Maya, uno dei pochi al mondo, secondo me è ancor più bello del "Codice di Dresda". Ho tutte le certificazioni d'autenticità, le false licenze di esportazione, la datazione al radiocarbonio... Ho già dato appuntamento al Serbelloni, il nostro antiquario di Milano, che verrà a prenderlo domani e ce lo pagherà 600.000 Euro, di cui dovremo girarne 300.000 ai nostri terminali messicani. Lui non avrà difficoltà a venderlo per il doppio: praticamente è senza prezzo.-
- Cosa c'è scritto sopra? Come si fa a decifrare?-
- Non ne ho la minima idea. Ma mi piace pensare che possa esserci scritto che la fine del mondo, erroneamente prevista per il 21 dicembre

2o12, deve essere considerata rimandata sine die a causa della scoperta di un ulteriore ciclo del calendario.-

Sonarono alla porta, erano il rag. Paternò e l'ing. Tiraboschi, latori di una notizia preoccupante:

- Pensavo di aver bloccato tutti gli appartamenti liberi – esordì il ragioniere – ma mi ha telefonato l'agenzia che trattava quello della CRV dicendomi che un loro agente aveva stilato il contratto d'affitto di quell'appartamento appena due ore prima. Mi hanno detto che i nuovi inquilini, pur essendo terroni, sembravano delle brave persone, e che avevano pagato in contanti e senza discutere quanto richiesto dall'agenzia, compresa la loro provvigione, le mensilità anticipate ed ogni altro balzello.-

- Beh, almeno sappiamo dove si concentreranno i cattivi prima di partire all'attacco – disse Diana – quanto tempo abbiamo per preparaci?-

- Quale pensate che sarà la loro strategia?- chiese Carlotta.

- Penso che approfitteranno della loro presenza nel palazzo per far entrare il grosso delle truppe, o aprendogli col citofono la porta sul viale, o fornendogli le chiavi del portone sulla via traversa e della cantina – disse il Tiraboschi – poi sequestreranno alcuni di noi e li faranno parlare per sapere dei loro soldi. Dobbiamo precederli ed eliminarli, possibilmente tutti assieme. Abbiamo poco tempo di vantaggio su di loro, perché potrebbero essere qui da un momento all'altro per prendere possesso dell'appartamento.-

- Non penso che entreranno in azione troppo presto, l'appartamento è completamente vuoto, dovrebbero portarci delle brandine e dei mobili; forse potrebbero approfittare del trasloco per far entrare dei tagliagole travestiti da facchini.- disse Carlotta.

- Non possiamo correre un rischio simile con la speranza che se la prendano comoda – sostenne il Paternò – dobbiamo eliminarli man mano che arrivano. Che armi avete qui?-

Diana gli fece vedere la bomboletta di spray al peperoncino, la pistola paralizzante lancia dardi ed il neutralizzatore elettrico, poi disse che naturalmente c'era la mazza da baseball. Carlotta mise sotto carica le armi elettriche ed aggiunse che nel negozio c'era anche una cerbottana con delle frecce al curaro, ma non sapeva se dopo tanto tempo il veleno fosse ancora efficace.

- Sono più che sufficienti – disse il Paternò – io comprato un revolver, Dino ha il suo, Gaspare figurarsi se non è armato, poi ci sono le armi delle guardie; direi che come volume di fuoco ci siamo.-
- Io però vorrei portar via le ragazze- disse Carlotta.
- Neanche per sogno – dissero all'unisono Zeila ed Alina – vogliamo fare anche noi la nostra parte, in fin dei conti l'abbiamo già fatta una volta e siamo state brave.-
- Allora dobbiamo rinunciare alla cena di stasera?- si lamentò Diana lanciando un'occhiata ad Annibale – volevamo invitare anche Walter e Concetta e comunicargli il nostro fidanzamento.-
- Certo che potrete andare a cena, penseremo noi a tutto, sono stufo di cenare con Olga avendo davanti a noi due innamorati che non fanno altro che farsi le fusa e scambiarsi smancerie.-

#

- È fatta capo – disse Cassibba, uno dei nuovi incursori assegnati dall'organizzazione a Esposito Macaluso – ho affittato l'appartamento della CRV, gli altri erano già stati affittati non appena sono stati messi sul mercato. Però l'appartamento è vuoto, dobbiamo renderlo un minimo abitabile con delle brandine, un tavolo, un fornello...-
- Ma ci vuoi passare le vacanze? – ironizzò Macaluso – ci servirà solo per poche ore, il tempo per torturare un paio di inquilini, poi sapremo che fine hanno fatto i soldi e ci organizzeremo meglio, magari insediandoci nell'appartamento di chi ce li ha rubati, così da poter fare a meno di procurarci i mobili.-
- Quando prenderemo possesso dell'appartamento?- chiese Vullo, un altro incursore fornito dalla cupola.
- Questa sera stessa, tu e Cassibba entrerete dall'ingresso sul viale, vi farete riconoscere dalla guardia nella portineria e quando sarete nell'appartamento aprirete col citofono la porta a Dao ed a Puglisi, che vi raggiungeremo nell'appartamento; nel frattempo io, 'o Animale e 'o Cutieddu entreremo dal portone sulla via traversa e poi dalla porta della cantina; così a partire da stanotte ci saremo infiltrati tutti.-
- Ma quando cominceremo a sequestrare qualche inquilino?
- Domani, dopo le 8.30. Se ci movessimo stanotte saremmo troppo esposti, saremmo le uniche persone in giro nel palazzo.-
- Eh no! – disse Dao – io non ci sto a passar la notte a dormire sul

pavimento.-
- Io, senza 'na tazzurilla de caffè, nun me sveglio.- rincarò Puglisi.
- E poi cinque persone estranee che dovessero entrare nell'arco di pochi minuti questa sera daranno senza dubbio nell'occhio.- disse Vullo.
- Va bene! – ammise Macaluso – Ci infiltreremo domani mattina.-
L'indomani alle 8.30 Vullo e Cassibba si presentarono in portineria dicendo di essere i nuovi inquilini dell'appartamento al V piano, quello della CRV, esibirono il contratto d'affitto, i documenti d'identità, e la chiave dell'appartamento che gli era stata data dall'agenzia; si fecero dare le chiavi del box in cantina e del garage e si fecero spiegare quali fossero, quindi salirono al V piano.

Quando le porte dell'ascensore si aprirono automaticamente i due mafiosi si trovarono di fronte una mulatta pressoché nuda, Zeila, splendida nella sua innocente bellezza; entrambi sbarrarono gli occhi per la sorpresa, ed un getto di spray al peperoncino gli inondò la faccia. I due furono estratti di peso dall'ascensore ad opera della guardia Gina Tarascone e di Gaspare Tagliacozzo, portati nell'appartamento vuoto che avevano affittato, disarmati, imbavagliati, legati come salami ed incatenati a due termosifoni. La presenza sul pianerottolo di Rodolfo e di Tito, entrambi armati, si rivelò superflua.

Mezz'ora dopo trillò il citofono e Gaspare aprì la porta sul viale senza dire neppure una parola nel microfono; subito dopo la guardia in portineria avvisò che stavano salendo in ascensore altri due brutti ceffi cui qualcuno aveva aperto la porta, e la scena di prima si ripeté identica, sia nell'allestimento sia nel risultato. Altri due mafiosi, resi completamente inoffensivi, finirono nell'appartamento a tener compagnia ai primi.

Nel frattempo la guardia addetta al controllo della videocamera piazzata in cantina aveva svelato il tentativo di intrusione da parte di tre individui che avevano chiamato l'ascensore per salire ai piani. Bernardino ed una guardia intercettarono l'ascensore che scendeva, salirono in cabina e percorsero l'ultimo tratto di discesa; quando si aprirono le porte Bernardino azionò la valvola di una bombola antincendio ed inondò di schiuma due degli intrusi, l'altro fece dietro front e cercò di guadagnare l'uscita sul cortile, ma fu abbattuto da un colpo di mazza sferrato da Annibale, sbucato dal vano della centrale termica.

Due degli ultimi intrusi erano morti, uno col cranio sfondato dalla mazza di Annibale, uno dal colpo inferto con la bombola da Bernardino, e furono portati nel box della CRV, l'altro intruso, disarmato e legato, fu portato in montacarichi nell'appartamento del V piano, ma non avendo potuto avvisare gli altri in agguato sul ballatoio del loro arrivo, anche il terzo mafioso si beccò una dose di spray al peperoncino in faccia.

Fu mandata a chiamare Esmeralda, che arrivò insieme a Manuela.

- Esmeralda, conosci qualcuno di questi signori?- chiese Tito.
- Questo è Esposito Macaluso. Non è il capo dei capi, ma certamente è uno che conta. Gli altri non li ho mai visti; probabilmente vengono da fuori Milano.-
- Grazie Esmeralda, puoi andare, a meno che tu non abbia qualche conto da sistemare con Esposito.-
- Non occorre, mi fido di voi, basta che non debba ritrovarmelo davanti un giorno.-
- È una possibilità che non esiste.-

Giunsero Bernardino e Gaspare con una bombola di CO2 ed un tubo da ½ pollice, il rag. Paternò con un registratore ed un blocco di appunti ed Annibale che portò un tavolino ed un paio di sedie.

- Esposito, ti farò qualche domanda, giusto per vedere se sei una persona che capisce le situazioni o sei un paracarro. – disse Tito – Ti consiglio di darmi delle risposte soddisfacenti.-

Macaluso, con gli occhi arrossati per lo spray al peperoncino ed ansante per la schiuma ingerita che lo faceva soffocare, guardò tutti con malcelato disprezzo e disse:

- Voi non avete idea del guaio in cui vi siete cacciati. Siete finiti, tutti, voi e le vostre famiglie, vi faranno a pezzi, non avete nessuna possibilità.-
- È proprio per questo che siamo costretti ad andare fino in fondo. Non abbiamo la possibilità di fermarci, ma sono convinto che per merito tuo riusciremo a venirne fuori; e non è detto che alla fine troverai anche tu il tuo tornaconto. Avete già rintracciato Enzo e Fausto?-

Macaluso serrò le labbra ed assunse l'espressione stoica di chi vuole affrontare il martirio con dignità.

Tito indicò uno dei mafiosi a Dino ed a Gaspare. Questi gli scostarono il bavaglio, gli chiusero il naso con due dita e gli cacciarono il tubo in gola per una ventina di centimetri, poi collegarono l'altra estremità con l'ugello della bombola di CO2 ed aprirono la valvola a poco a poco. Il corpo del mafioso si inarcò violentemente, prese a scalciare e ad agitarsi, e Gaspare dovette sedersi su di lui per tenerlo fermo; Dao divenne prima paonazzo e poi cianotico, i suoi polmoni cercarono disperatamente quell'ossigeno che veniva rapidamente rimpiazzato dal biossido di carbonio, ed in capo ad un minuto smise di agitarsi, morto soffocato. La valvola della bombola venne chiusa ed il tubo fu estratto dalla gola del tapino.

La sorte del compare scosse grandemente gli altri mafiosi, che cominciarono a gemere e ad agitarsi, ma non Macaluso, che rimase impassibile. Solo due gocce di sudore sulla fronte tradivano il suo stato emotivo.

Tito rivolse ad Esposito uno sguardo interrogativo, ma non ricevendo una risposta indicò un altro mafioso. Dino e Gaspare ripeterono la stessa operazione col nuovo soggetto, che avevano scoperto chiamarsi Cassibba, ma con più difficoltà a causa del suo disperato divincolarsi, del suo serrare i denti per evitare di ingoiare il tubo, dei suoi muggiti di implorazione a che non lo uccidessero. Anche il secondo mafioso morì soffocato in meno di un minuto.

Tito si rivolse novamente ad Esposito, che ora grondava sudore come una spugna:

- Non posso credere che tu sia tanto stupido da voler conservare segreti irrilevanti a costo della vita dei tuoi uomini. Non puoi continuare a sprecare le loro vite, perché quando le avrai sprecate tutte, ti rimarrà solo la tua da mettere sul piatto della bilancia.-

- Parlerò! – disse Macaluso in un singulto, pensando che un'informazione come quella richiestagli era effettivamente irrilevante – Enzo ha comprato una BMW nera in un salone Multimarche di Torino ed è partito verso Sud insieme ad una troia; i carabinieri ci hanno informato che l'auto è uscita dalla Salerno-Reggio Calabria al casello di Pizzo Calabro, poi non ne sappiamo più nulla. Fausto ha comprato qui a Vercelli un Mini Cooper bicolore blu e sabbia, che fa guidare da una troietta bionda platinata. Fino ad ora né la polizia né i carabinieri hanno trovato lui o l'auto.-

- Voglio i numeri di targa delle due auto-

- Sono nell'agenda che ho nella tasca della giacca.-

- Bravo Esposito! Ti sei appena guadagnato 50.000 Euro. Vedi che collaborare conviene. Adesso passiamo a qualche domanda meno innocente:

a parte il tuo capo, quante altre persone sono al corrente dell'operazione che stai conducendo nei nostri confronti, voglio i loro nomi.-
Macaluso era perplesso. L'ultima cosa che aveva immaginato era che potessero comprarlo, anche se erano pazzi a pensare che potesse tradire per soli 50.000 Euro, ma la sua titubanza nel rispondere venne interpretata dal Tiraboschi come una renitenza a collaborare; Tito fece un cenno verso un altro mafioso legato sul pavimento, che emise un muggito disperato attraverso il bavaglio e si cagò addosso. A posteriori costui, di nome Vullo, poté costatare che a salvargli la vita fu proprio il cedimento del suo sfintere, perché Tito ordinò che fosse trascinato in bagno per non che ammorbasse l'aria.
- Ve lo dico! – disse Macaluso – Ecchecazzo, uno non può neppure raccogliere i suoi pensieri... C'è la Priscilla, che ha agganciato il prof. Filangeri, quelle che hanno subornato i carabinieri e la stradale, Eva, Patricia e Marylin...-
- Falle venire qui, Esposito, facciamo una bella rimpatriata.-
Al Macaluso fu sciolta una mano e dato un cellulare, col quale ordinò alle ragazze di raggiungerlo subito nell'appartamento.
- Bravo Esposito! Hai guadagnato altri 50.000 Euro. A furia di parlare vedrai che riuscirai a trovare almeno una parte del tesoro che stai cercando. Ma mi pare che tu abbia dimenticato di citare qualcun altro. Non è che tu voglia celarmi qualche informazione? Chi tiene sotto sorveglianza l'ingresso del palazzo?-
- 'O Guercio; sorveglia gli ingressi ma non ci vede un cazzo – disse Macaluso sfoggiando nell'occasione un notevole senso dell'umorismo – È in una Fiat Punto color senape parcheggiato in modo da tener d'occhio l'ingresso sul viale ed il portone sulla via traversa.-
Titò spedì Manuela e Diana, quest'ultima dotata di neutralizzatore elettrico, ad eliminare il tagliagole. Non lo uccisero, ma gli fecero friggere il cervello per parecchi secondi, poi spostarono l'uomo dal posto di guida e si diressero verso l'aperta campagna; dopo una ventina di chilometri lo tirarono giù dall'auto in una località molto isolata, gli diedero un'altra lunga scarica col neutralizzatore e tornarono a Vercelli.
Appena furono di nuovo nell'appartamento vi trovarono le ragazze del Cotton Club, bellissime ed irresistibili nelle loro mise da troie d'alto bordo, tutte relegate in un'altra stanza e private delle loro borsette e dei

loro cellulari. Il loro interrogatorio fu condotto da Manuela, coadiuvata da Diana col neutralizzatore, ma non ci fu alcun bisogno di usarlo. L'interrogatorio del Macaluso poté proseguire spedito, dopo l'intermezzo delle ragazze.

- Esposito, parliamo adesso di cose più serie: chi è il tuo capo? da chi dovevi comprare la coca coi soldi che erano nella valigetta? com'è organizzata la distribuzione della coca che dovevi acquistare? chi ti ha finanziato?-

- Mi avevi assicurato che non avrei dovuto tradire i capi! – urlò il Macaluso, riprendendo a sudar freddo – mi ammazzeranno se venissero a sapere che ho fatto i loro nomi!-

- Io non ti ho assicurato niente, e se tu non vuoi essere ammazzato faresti bene a fuggire e nasconderti in un posto in culo ai lupi. Capisco che per farlo ti occorrerà del denaro, ed è per fornirtelo che sto pagando molto bene le tue risposte.-

Macaluso restò in silenzio, scotendo la testa in un gesto di diniego. Tito, dopo alcuni secondi di attesa, indicò l'ultimo mafioso, che cacciò un muggito disumano e si mise a piangere. Venne intubato come gli altri e subì lo stesso trattamento, morendo soffocato in meno d'un minuto. Macaluso, con gli occhi chiusi, pregava in silenzio movendo appena le labbra; quando Bernardino e Gaspare si avvicinarono a lui col tubo in mano, la sua omertà crollò di colpo.

- Fermi! Dirò tutto! Ma per l'amor del cielo smettetela con quel tubo! Il mio capo è Carmelo Lo Presti. Rispondo solo a lui e non so chi sono gli altri capi. Non sono così importante. La coca dovevamo comprarla in un magazzino di Vercelli che viene alimentato direttamente dai colombiani con la coca in transito sulla Voltri-Sempione; l'indirizzo è nella mia agenda, ma è criptato; poi vi fornirò gli elementi per decrittare le note. Parte della coca l'avrei distribuita nella Lombardia occidentale, nell'agenda ci sono i nomi criptati dei pusher, parte doveva proseguire per la Svizzera e la Germania meridionale. Per passare il confine il Lo Presti si avvale dell'opera di un ingegnere di Ispra, Ernesto Missaglia, che la nasconde in fusti di scorie a bassa radioattività. A finanziare le operazioni c'è un banchiere di Luino, tal Osvaldo Cordero di Roccabruna. Non so nient'altro. Lo giuro sulla Madonna del Carmine.-

Tito non si accontentò della registrazione fatta dal Paternò, ma pretese una minuziosa confessione scritta che stilò sotto dettatura del ragioniere e con le sollecitazioni di Gaspare. Alla fine in essa figurarono i nomi in chiaro dei pusher, i nomi degli assassini del custode dell'autoparco delle vetture sottoposte a sequestro e dell'autista del 118, nonché quello del Macaluso quale capo della squadra di assassini.

- Bravo Esposito! Ti sei guadagnato altri 100.000 Euro. Ti terremo relegato ancora per qualche giorno, il tempo di controllare l'esattezza delle tue informazioni, e poi ti lasceremo libero di fuggire. È ovvio che se ti dovessi rivedere da queste parti...-

- Stai tranquillo, questo è l'ultimo posto al mondo in cui mi potrei far vedere. Non si potrebbe fare 150.000, con un quarto di milione affronterei la fuga con più tranquillità.-

- Non tirare troppo la corda, accontentati!-

- Almeno l'altro mio compare, quello che si è cagato addosso, lo sistemerete o no?-

- Se lo sistemassimo noi, chi smaltirà i cinque corpi che sono nel palazzo?-

- Allora lo terrete segregato qui fino a che me ne sarò andato? E se poi dovesse dire all'organizzazione od ai carabinieri ciò che è successo in questa stanza? Ne andreste di mezzo anche voi.-

- Quelli saranno cazzi nostri, Esposito, tu pensa ai tuoi.-

Esposito e Vullo, quest'ultimo dopo essersi ripulito, furono sistemati su materassini e mantenuti legati ed incatenati in due stanze diverse, ed al Vullo fu detto che sarebbe stato liberato entro Capodanno. I morti furono portati nel box in cantina ed ogni traccia della tortura fu fatta sparire dall'appartamento. A quel punto entrò nella stanza Manuela seguita dalle ragazze del Cotton Club, tutte sorridenti ed intente a scambiarsi facezie e moine.

- Signori, vi presento le mie nuove ragazze, sono tutte ansiose di mettersi al lavoro nel bordello. Userò questo appartamento, che tra l'altro è già pagato, lo arrederò come si conviene e delegherò Esmeralda a fare le mie veci. Desiderano ringraziarvi per averle liberate dal giogo mafioso che le opprimeva, e siccome conoscono un solo modo per farlo, domani siete tutti invitati al "Baccanatale", ovvero al baccanale di Natale.-

#

Da qualche giorno Deborah, sempre più delusa del suo rapporto con

210

Fausto, in attesa che il carrozziere aggiustasse le ammaccature del Cooper, aveva preso a seguire con interesse i numerosi episodi di cronaca nera che avevano interessato la città: le torture e l'uccisione del custode dell'autoparco e dell'autista del 118, i tre cadaveri rinvenuti in un furgone frigorifero a Santhià, ma che avevano lasciato un'impronta digitale sulla porta di un condominio di Vercelli, lo stesso ove erano morti d'infarto un ingegnere appassionato di modellismo ferroviario ed un professore di latino che era risultato essere il padre di Fausto.

Deborah si era indignata che Fausto non avesse partecipato al funerale del padre, e quando gliene aveva chiesto ragione, costui le aveva risposto in malo modo; così come non capiva perché Fausto non volesse abitare nell'appartamento prestigioso che aveva ereditato. Si era fatta l'idea che Fausto stesse fuggendo da qualcuno o da qualcosa relativa al condominio in cui aveva abitato fino a pochi giorni prima, e più si incrinava il suo rapporto con lui, più pensava di dover far luce sui motivi che lo inducevano a comportarsi così.

Dopo la violenza subita dal grossista di coca, pronubo il suo ex-amore ora grandissimo bastardo, il giorno in cui aveva ritirato il Cooper dalla carrozzeria, che su richiesta di Fabio l'aveva riverniciato di rosso vermiglio, Deborah volle informarsi presso il "Bar-narda" sui segreti che riguardavano Fausto, convinta che se c'era qualcuno in grado di soddisfare la sua curiosità, questi non poteva che essere il gestore o le lavoranti del bar.

Parcheggiò nella via traversa, ostruendo parzialmente col culo del Cooper l'accesso al portone del condominio, ed entrò nel bar-tabaccheria, notando un cartello che avvisava che si cercavano ragazze di bella presenza anche prive di specifica esperienza nel settore. Sono io! Si disse Deborah, ma poi pensò ai motivi che l'avevano condotta lì ed alla "Casa della Giovane" cui non voleva rinunciare. Decise che avrebbe usato il cartello con l'avviso per avere la scusa di informarsi su Fausto e chiese di parlare col titolare, intanto si guardò un po' attorno.

Il bar traboccava di attività, anche perché si avvicinava il mezzogiorno, e con esso l'ora dell'aperitivo. C'erano alcuni giornalisti, riconoscibili dalle macchine fotografiche con grandi obiettivi zoom e dai registratori a tracolla, che intervistavano chiunque avesse qualcosa da dire, c'erano parecchi giovani poliziotti che si pavoneggiavano nelle divise d'ordinanza e che la battevano a graziose cameriere, c'erano alcuni studenti che importunavano una loro amica che sembrava aver preso servizio lì da poco, per quanto era imbranata; Deborah trovò posto ad un tavolo e di lì a poco la raggiunse la titolare, una matrona sulla cinquantina con i grandi seni in bella vista.

- Ciao. Me ciamo Beatrice. Come te ciami ti? – e saputo che si chiamava Deborah continuò – Ti ga experiensa de bar o te vuoi sol troar un oseo che te piase?- chiese ammiccando in direzione di Sara, la neoassunta imbranata che stava strusciando il culo contro la patta di un giovane agente ed aveva le tette letteralmente sotto il naso di un altro.

- Beh, quello che fa quella lì lo so fare anch'io, poi so fare tante altre cose.-

- Brava! Ti xe assunta, ma non go tempo de spiegarte adesso, te mando la Tamara che te spiega tutto.-

La raggiunse Tamara che, dopo le presentazioni, la ragguagliò sulle condizioni:

- È il più bel posto di lavoro che potrai mai trovare: i titolari, Bernardino e Beatrice, sono due angeli che si prenderanno sempre cura di te. L'orario di apertura è dalle 7 all'una e facciamo due turni di 9 ore, 7 giorni su 7, ma in caso di bisogno abbiamo tutti i permessi che vogliamo. Guadagnerai 1200 Euro al mese e ti metteranno in regola, con le mance arriverai a 1500 Euro. Se dovessi trovare da farti sbattere, in cantina c'è un box con un divano adattissimo allo scopo, ma non potrai farlo nelle ore di punta, e comunque dovrai recuperare il tempo perso. La Sara – ed accennò alla troietta neoassunta – è qui da tre giorni e già deve recuperare quattro ore. Difficile che la tengano. La Valentina – ed indicò una ragazza che serviva dietro al bancone – ha appena trovato un giornalista che la sposa. È un lavoro a tempo pieno; non ti rimarrà il tempo per far altro, scopate a parte.-

- Mi piace! È in questo palazzo dove sono successe tutte quelle cose di cui parlano i giornali? Conosco il figlio di uno di quelli che sono morti di infarto, Fausto Filangeri, anzi, attualmente sono la sua autista, guido il suo Cooper perché non ha la patente, ma voglio cambiar lavoro, è uno stronzo.-

Tamara inarcò le sopracciglia e fece cenno a Bernardino, che era appena entrato, reduce dalle torture nell'appartamento al V piano, di avvicinarsi al loro tavolo; intanto aveva detto a Deborah:

- Immagino che abbia scopato anche te, come me d'altra parte, ma sono sempre riuscita a mantenerlo sottomesso. Dino – disse rivolta al padrone – questa è Deborah, la nuova assunta. Pensa che fino ad ora ha fatto l'autista di Fausto.-

Dino la osservò brevemente e le disse di seguirlo sul retro; en passant diede una sonora sculacciata a Sara, che cacciò un urletto e, richiamata all'ordine, si mise a fingere di trovare qualcosa da fare. Giunto nel retro telefonò al Tiraboschi ed al Paternò dicendogli di scendere, che c'erano delle novità. Deborah intanto osservava incuriosita il sistema di monitor sorvegliato da una guardia privata, e si chiese il perché di tali misure di sicurezza. Entrarono il Tiraboschi ed il Paternò insieme alla Manuela, che evidentemente aveva approfittato della lontananza dell'Aurelia per farsela battere dal Paolo, e Dino presentò la ragazza ai tre.

- Questa è Deborah, l'abbiamo appena assunta, ed è saltato fuori che fino ad ora ha fatto da autista a Fausto.-
- È vero, sono stata anche la sua amante negli ultimi dieci giorni, ma voglio lasciarlo, mi tratta troppo male: mi ha anche fatto violentare da un grossista di coca per avere uno sconto sulla fornitura.-

Manuela si avvicinò alla ragazza e le fece una carezza, quindi le disse che da quel momento Fausto non avrebbe potuto più farle del male.

- Perché Fausto ti usa come autista?-
- Non ha la patente, e neppure sa guidare. Quando ho provato ad insegnargli ha sfasciato una fiancata ed ha detto che era colpa mia. Mi ha dato un cazzotto sul naso il bastardo. Sono appena stata dal carrozziere per ritirare l'auto; l'ha fatta riverniciare di rosso.-
- Intendi dire che stai guidando un Mini Cooper rosso?- chiese Tito divertito.
- Sì. L'ho parcheggiata vicino al portone sulla via traversa.-
- Troppo vicino. Dieci minuti fa ho visto un carro attrezzi della polizia municipale che la rimoveva e la portava al deposito.-
- Oddio! Quando Fausto lo scoprirà mi massacrerà di botte!- si disperò Deborah.
- Niente affatto, carina, con noi sarai perfettamente al sicuro. Ma devi raccontarci tutta la tua storia, dall'inizio, a partire da sabato dell'altra settimana.-

Deborah titubò, non aveva difficoltà a fidarsi di quei signori che si erano dimostrati così gentili nei suoi confronti, quanto le aveva detto Tamara del principale la tranquillizzava, ma anche se aveva già deciso che avrebbe lavorato lì nel bar, non voleva svelare l'esistenza della "Casa della Giovane", perché aveva ancora l'ambizione di tenersela per sé, o al massimo di dividerla con Samantha. Pertanto raccontò solo la sua storia con Fausto, ma omise completamente di parlare della villa bifamiliare nella zona residenziale di Vercelli.

- Ascolta bene, carina, non ci interessa sapere quante volte ti sei fatta sbattere da Fausto, né in che buchi te l'ha infilato, ma vogliamo sapere chi sa della sua improvvisa ricchezza e di come si è fatto i soldi, se si è confidato con qualcuno; per esempio, che fine hanno fatto quel Tarcisio e quella Samantha che ha conosciuto in birreria quando ha conosciuto te? Dove ha abitato per tutto questo tempo? Dobbiamo assolutamente saperlo, per la sicurezza nostra ed anche per la tua. Quando ci avrai dato tutte le risposte potremo spiegarti in che casino sei finita, e potremo proteggerti adeguatamente, ma non dovrai celarci nulla.-

Deborah titubò ancora un po', ma poi si decise e raccontò tutto, anche dell'affitto di una villa bifamiliare:

- Allora Fausto traffica in coca, Tarcisio in cannabis, tu e Samantha allietate loro la vita... francamente mi sembra un enorme spreco affittare una villa bifamiliare per due coppie che, scopate a parte, sono sempre in giro. Tanto più che mi pare di aver capito che non avete abbandonato l'appartamento nel quartiere Isola.-

- No, non l'abbiamo abbandonato. Tarcisio e Fausto lo usano come deposito e come laboratorio per la preparazione delle dosi; per non doverle tenere in casa. – poi Deborah prese la decisione che le avrebbe cambiato la vita – La villa l'abbiamo trasformata in un bordello dove lavorano mediamente sei ragazze, mi piange il cuore doverlo abbandonare, dopo neanche una settimana di attività riesce a fatturare 2000 Euro al giorno; l'abbiamo chiamato "Casa della Giovane".-

Tito e Paolo trattennero a stento il riso, Manuela, dopo un istante di sorpresa, abbracciò la ragazza come un maestro può abbracciare l'allievo migliore, poi tornò seria e le disse:

- Ascolta carina, è pregevole quello che avete realizzato, ma temo che non avrà un grande futuro. Devi sapere che un bordello può esistere

solo col larvato consenso delle autorità politiche e di pubblica sicurezza, e che per ottenerlo è necessaria una lunga procedura e la messa in
atto di trucchetti che non starò a dirti. Senza quelle cose il bordello è
condannato ad avere vita breve. Per cui, se vuoi dedicarti all'attività di
maîtresse, e magari occasionalmente fare qualche marchetta per non
perdere l'abitudine, posso allestire in questo palazzo una dépendance
del mio bordello, che è già perfettamente rodato ed ammanicato, e lo
cogestiremo insieme. Parlami delle ragazze, come si chiamano? Quanti
anni hanno?-
- Susanna, Ester e Marilena sono ancora minorenni, Marika, Luana e
Consuelo sono appena diventate maggiorenni; poi ci sarebbe mia cugina Samantha, la ragazza di Tarcisio, ma non so se lo vorrà lasciare per
trasferirsi qui. Io ci sto al progetto che mi hai delineato, ma sono già in
parola con Beatrice per lavorare nel bar.-
- Con Beatrice ci parlo io, lavorerai part time nel bordello e nel bar. Le
minorenni mi spiace di non poterle utilizzare e quanto alle attività di
spaccio di Tarcisio e di Fausto, ti assicuro che non hanno nessun futuro
senza protezioni dall'alto, e quelle non intendo fornirle, per cui preve-
do per entrambi un arresto in tempi brevi. Marika, Luana, Consuelo e
Samantha le rapiremo e le porteremo qui, in una sorta di "Ratto delle
Sabine"...-
- Rapirle? magari verrebbero spontaneamente se glielo proponessi.-
- Non abbiamo tempo da perdere – intervenne Tito – appena i carabinieri e la polizia verranno a sapere che l'auto di Fausto è nel deposito
di Vercelli ma è di un colore diverso da quello dell'auto acquistata, batteranno i carrozzieri fino a trovare quello che l'ha riverniciata, e costui
fornirà una tua descrizione; da quel momento sarai ricercata, perché
potresti portarli a Fausto, che a sua volta è ricercato per altri motivi che
ti diremo. Nel tuo interesse, e nel nostro, dobbiamo arrivare a Fausto
prima di loro.-
- Beh, sarei lieta di portarvi io da quel bastardo. Ma perché volete raggiungerlo? Cosa vi ha fatto? Cosa volete fargli?-
- Vogliamo tappargli la bocca in qualche modo, e far sì che non possa
dire a nessuno dove si è procurato i soldi che gli hanno consentito di
vivere alla grande in questi giorni; perché se dovesse dirlo alla persona
sbagliata alcuni di noi potrebbero avere seri problemi. Ti spiegheremo

poi, è una storia lunga.-

- Volete ammazzarlo? È un bastardo, ma non merita di essere ucciso; l'avrei sulla coscienza se vi portassi a lui e voi lo doveste uccidere.-

Tito, Paolo, Dino e Manuela si consultarono con un giro di rapide occhiate, poi Manuela parlò per tutti:

- Sei una brava ragazza Deborah. Non lo uccideremo, ma dobbiamo accertarci che lasci l'Italia definitivamente e si rifugi in un un Paese immune da ogni presenza mafiosa. Ma ora portaci subito da Fausto.-

La squadra di rapitori fu presto allestita: oltre ai quattro che avevano deciso di effettuare il ratto, a due guardie private e ad Annibale ad abundantiam, a bordo di quattro auto la squadra si recò all'indirizzo indicato da Deborah, si fece facilmente aprire la porta da Consuelo e sorprese Fausto intento ad ingroppare Samantha. Marika e Luana erano occupate con due clienti, che furono fatti discretamente allontanare, mentre le tre minorenni, ognuna delle quali stava allietando la vigilia di Natale di tre buoni padri di famiglia, non si accorsero neppure dell'intrusione. Fausto fu dissuaso dal reagire da un cazzotto sul naso datogli da Annibale, che lo fece sanguinare abbondantemente; tutti furono vestiti sommariamente, alcuni anche coperti da un lenzuolo per non che potessero guardare dove venivano portati, quindi furono caricati in auto e portati nel cortiletto del condominio, ove proseguirono in ascensore ed in montacarichi fino al V piano, in quella che era diventata una prigione di transito ed una sala interrogatori.

L'intera operazione durò poco meno di un'ora e si concluse per l'ora di pranzo.

Capitolo VII – EPILOGO

Le ragazze del Cotton Club erano state sistemate nell'appartamento del Paternò, che si era generosamente offerto di ospitarle fino a quando l'Aurelia e le gemelle fossero rimaste a Brunico; quelle della Casa della Giovane erano state portate nell'appartamento che era stato dei due omosessuali, e che era stato svuotato dei mobili da alcuni giorni, e qui vennero catechizzate da Manuela sul loro futuro.

La presenza di Deborah a fianco di madame contribuì grandemente a che Marika, Consuelo e Luana prendessero decisioni importanti senza eccessive angosce; solo Samantha non volle accettare le proposte di Manuela, disse che voleva tornare alla "Casa della Giovane", che l'avrebbe gestita con Tarcisio, e non vedeva perché doveva dividere con altri i cospicui guadagni che generava. Samantha, debitamente bendata, fu riaccompagnata in auto da Diana fino alla villa bifamiliare e qui rilasciata e compensata con 100 Euro per il tempo perso.

Fausto fu portato in una camera diversa da quelle che ospitavano i due mafiosi prigionieri, e qui Tito e Bernardino ebbero modo di parlargli col cuore in mano.

- Complimenti Fausto – esordì Tito – hai investito in un modo molto intelligente il denaro di Enzo: hai comprato un'auto non troppo appariscente e costosa, hai ingrandito il commercio di cannabis che avevi, l'hai affiancato con quello ben più proficuo della coca, ti sei fatta una strafica come ragazza, ti ingroppi allegramente la ragazza del tuo socio, hai allestito in pochi giorni un bordello di classe ove fai lavorare sei troiette... Non c'è nulla da dire... sei stato veramente bravo.-

- Tarcisio non è mio socio, ma un mio dipendente, e Deborah non è la mia ragazza, ma la mia autista, una cagnetta in calore che mi ha danneggiato l'auto nuova. – precisò Fausto senza mostrare alcun timore – Perché mi avete sequestrato? Non vi ho fatto nulla di male, non ostacolo in alcun modo i vostri traffici, non faccio concorrenza col bordello di Manuela, il mio è un bordello più ruspante ed economico, con mobili Ikea anziché i divani di raso, senza tende di velluto e damaschi alle pareti, le mie troiette non grufolano su letti con baldacchini e su lenzuola di lino. Allora perché non far vivere anche me?-

- Hai pienamente ragione, e ci spiace dover ostacolare la tua imprenditorialità, ma non possiamo consentire che tu possa continuare ad operare qui. Voglio spiegarmi meglio: i soldi che hai preso ad Enzo non erano soldi suoi, lui li aveva rubati alla mafia, ed adesso la mafia sta cercando di recuperarli. È per questo che hanno infilato una escort nel letto di tuo padre e che lei l'ha scopato fino a farlo schiattare, volevano scoprire se Enzo gli aveva dato il grosso dei soldi da tenere. È per questo che hanno torturato il padre di Enzo, pensavano che fosse d'accordo col figlio e gli tenesse i soldi in casa.-

- Ma se Enzo le ha rubato del denaro, perché la mafia dovrebbe prender-

217

sela con me? Solo Tamara sa che li ho presi ad Enzo, la mafia dovrebbe dar la caccia anche a lei.-

- Ma lei non ha versato in banca 100.000 Euro il giorno dopo il furto, non ha acquistato un'auto da 18.000 Euro, se ne è stata tranquilla a servire cappuccini e brioche al bar.-

- Ma l'auto l'ho fatta riverniciare di rosso, e non mi sono più fatto vedere qui dove ho la residenza, adesso abito da tutt'altra parte, non mi troveranno mai.-

- Non esserne così sicuro, la mafia non si metterà certo a girare per le strade fino ad incocciare nella targa della tua auto, la farà cercare dalla polizia e dai carabinieri, è inutile che ti spieghi come, e quando quelli la troveranno la seguiranno, scopriranno dove abiti e lo comunicheranno alla mafia. Devi ringraziarci dell'irruzione che abbiamo effettuato nella tua villetta, te la sei cavata con un cazzotto sul naso, se ti avessero trovato loro avresti fatto la fine dell'autista del 118. Ne hai sentito parlare?-

- Potrei restituire i soldi che ho preso ad Enzo, anche con gli interessi, fra la coca ed il bordello in un mese potrei restituire tutto.-

- Ma loro non sanno che hai preso solo 200.000 Euro, pensano che tu abbia preso molto di più; poi potresti confessare che 200.000 Euro li ha presi Tamara, e questo non possiamo consentirlo. Ti tortureranno fino ad essere certi che tu non sappia e che non nasconda più nulla, poi ti uccideranno.-

La fiducia di Fausto in sé stesso cominciò ad incrinarsi, ma pensava di avere ancora qualche chance.

- Ancora un mese, due al massimo ed avrò abbastanza soldi da poter sparire. Potrete tenervi la villetta e le sue troiette.-

- Non hai tutto quel tempo. Alle 11 un carro attrezzi del comune ha rimosso il tuo Cooper perché ostruiva un passo carrabile e l'ha portato al deposito comunale. La polizia ed i carabinieri lo verranno a sapere entro un paio di giorni, diciamo anche 4 o 5 dato che domani è Natale ed il giorno dopo è festivo, poi sarà questione di ore prima che ti scovino, non di giorni.-

- Quella troia mi ha parcheggiato l'auto davanti ad un portone! Quando la vedrò le caverò la pelle a frustate. Ora sono costretto a comprarne un'altra, magari un cesso di utilitaria usata per non destare l'interesse di qualche bancario infedele. Come faccio a lavorare senz'auto!-

- Ascolta Fausto. Ti faremo una proposta alla quale non potrai dire di no. Ti compriamo l'appartamento al primo piano per 100.000 Euro, tu te ne vai dall'Italia e ti troverai un posticino in culo ai lupi, ma in un Paese ove non ci sia la mafia, intendo dire la nostra mafia, per esempio i Paesi baltici: ci sono delle strafiche dalle gambe lunghissime e le tette di bronzo, potrai mettere su una pizzeria-bordello in stile latino, con fisarmoniche, mandolini e scacciapensieri; farai fortuna, ne hai le qualità ed i mezzi.-

- Ma è un furto, l'appartamento vale il doppio! E se non volessi andarmene?-

- Priscilla, la escort che ha subornato tuo padre, ci ha rilasciato una dichiarazione in cui afferma di essere stata ingaggiata da te col preciso scopo chi trombare il vecchio fino a che gli fosse scoppiato il cuore. In questo caso la fica verrebbe considerata arma impropria, e tu ti troveresti accusato di essere il mandante di un parricidio. Per un reato del genere c'è l'ergastolo, e la mafia troverà sicuramente il modo da farti sodomizzare in carcere un giorno sì e l'altro no.-

Fausto restò a bocca aperta, poi farfugliò qualcosa del tipo "Ma non è vero! Quella troia mente!" Alla fine però si riprese e disse:

- D'accordo, quando devo partire?-

- Subito! Ti diamo dei vestiti adatti alla stagione e ti portiamo alla Malpensa. Stasera invece del Natale festeggerai Santa Klaus.-

- Ma devo vendere la coca che ho in magazzino, poi devo regolare i conti col grossista che mi rifornisce. Se non lo pago mi darà la caccia anche lui.-

- Ragion di più per squagliartela alla svelta e non mettere più il naso fuori dal buco che ti troverai. Comunque voglio essere generoso: ti acquisto anche il Cooper per 10.000 Euro. E non venire a dirmi che è un altro furto: è usata e incidentata, e poi a me piaceva bicolore.-

Fausto stilò sotto dettatura del Paternò i due atti di vendita, dell'appartamento e dell'auto; il primo a favore della società immobiliare "Concordia" che aveva acquistato parte degli appartamenti lasciati liberi nel condominio e che gestiva il fondo comune della "rete di protezione", il secondo a favore di Deborah. Poi gli fu dato un maglione ed una giacca a vento, dei pantaloni pesanti e fu accompagnato da due guardie alla Malpensa. Solo prima della partenza gli fu data una busta coi 110.000

Euro, poi partì per Helsinki che raggiunse in due tappe via Berlino e non diede più alcuna notizia di sé.

Quando Tito e Dino rientrarono in sala trovarono Manuela attorniata dalle nuove ragazze della Casa della Giovane come una chioccia circondata dai suoi pulcini. Ad esse si era aggiunta Sara, che con la scusa di portar loro qualcosa da mangiare si era fermata ad ascoltare le proposte di Manuela, ed aveva deciso di lasciare la carriera di troietta da bar appena intrapresa per quella più redditizia di troia a tempo pieno; aveva imbrogliato sull'età, aggiungendosi due anni, ed era diventata la cocca di madame.

Li raggiunse anche Patricia, che con le altre del Cotton Club, e sotto la sorveglianza di Esmeralda, si erano impossessate dell'appartamento dei Paternò ed avevano già saccheggiato il frigorifero e le raccolte di CD delle gemelle. Costei si avvicinò Tito ed a Manuela e gli disse:
- Ho ricevuto una chiamata da parte di un appuntato dei CC di nome Tranfo, quello che Esposito mi aveva chiesto di sedurre per carpirgli delle informazioni; mi ha detto che ha ricevuto un avviso da parte del custode del parcheggio comunale delle auto rimosse, o qualcosa del genere, che diceva di avere lì un'auto ricercata dai carabinieri. È un Mini Cooper rosso e non bicolore come la macchina ricercata, ma la targa corrispondeva. Tranfo vuole sapere cosa fare dell'informazione, ho detto che mi sarei informata e lo avrei richiamato. Poi naturalmente ha detto che non vede l'ora di rivedermi per troncarmelo...-
- Bravissima! – disse Manuela – gli dirai di dire al custode che l'auto non è più ricercata, e gli dirai anche di distruggere la nota che ha ricevuto, o di insabbiarla in qualche modo, poi gli darai appuntamento e ti farai sbattere per tutta la notte. Ci manca un referente come lui fra i CC, il capitano Gazzurlo è un pirla.-
- Digli anche di dire al custode che verrà una fantastica bionda platinata con due tette da sballo a ritirare l'auto per conto del proprietario, naturalmente pagherà la multa ed il deposito.- disse Tito.
- Vuoi dire che dovrò andare io? – chiese Deborah – grazie per i complimenti, ma dovrò farmi una cammellata a piedi per arrivare fino al deposito.-
- Vuoi guadagnartelo o no il tuo nuovo Cooper- disse Tito dandole una copia dell'atto di vendita firmato da Fausto.

Deborah si illuminò in volto e saltò in braccio a Tito, sommergendolo di baci e di ringraziamenti, proprio quando entravano in sala Walter e Concetta.

- Cuccato! Lo dico alla Olga! – esclamò il primo – A meno che tu non mi dia 100 Euro.-

- Che suocero stronzo! – esternò la seconda – regala un'auto alla prima venuta ed a me niente. Non è giusto.-

Furono fatte le presentazioni e poi Walter accompagnò Deborah a ritirare l'auto. Tino e Manuela andarono dai Vinciguerra per parlare ed incocciarono con l'antiquario di Milano che se ne stava andando dopo aver concluso l'acquisto del codice Maya. Sia alla parte venditrice che a quella acquirente rideva persino il buco del culo per tanto che erano soddisfatte, e si sprecarono i saluti ed i convenevoli.

I Vinciguerra fecero accomodare gli ospiti e Manuela fu sommersa dall'esuberanza di Zeila e di Alina, che vollero salutare madame saltandole in grembo ed abbracciandola con affetto.

- Guai a te! – minacciò Carlotta agitando un dito contro Manuela – Guai a te se le farai battere nel tuo bordello. Nei pochi giorni in cui le hai ospitate hanno imparato una serie incredibile di parolacce e di porcheriole!-

- Già, adesso è colpa mia. Lei le ha fatte stare per una settimana con due che trombavano tutto il giorno, e poi sono io ad averle insegnato le porcheriole.-

- Manuela, parliamo di cose serie – interruppe Tito – nella tua collezione di videoregistrazioni hai anche quelle del Questore e del capitano Gazzurlo?-

- Certo, e più d'una. Il Questore l'ho ripreso in azione con entrambe le negrette, mentre il Gazzurlo l'ho immortalato mentre Irina gli faceva un mega-pompino. Poi ne ho altre che riguardano semplici brigadieri ed appuntati.-

- Vorrei convocare entrambi qui per parlargli disgiuntamente, e provare a mettere definitivamente fine a tutta questa storia.- poi illustrò agli interlocutori come intendeva procedere.

- Ma oggi è la vigilia di Natale. Fino al 27 non riusciranno a far niente. Sarà persino difficile farli venire qui stasera. Sono già le 15.-

- Esposito è qui prigioniero da mezza giornata. Non mi fido a consentirgli di parlare col Lo Presti se costui dovesse telefonargli, potrebbero avere un codice segreto per segnalare di stare parlando sotto costrizione, ma se non si metterà in comunicazione col suo capo per troppo tempo desterà ancor più allarme. Dobbiamo far sì che l'intera organizzazione venga sgominata nel più breve tempo possibile.-

Manuela prese il cellulare, consultò un'agendina che aveva tolto dalla scollatura e telefonò al Gazzurlo.

- Buongiorno capitano – esordì Manuela – ho delle buonissime notizie per lei.-

- Manuela, mi hai trovato per un pelo, stavo giusto uscendo dall'ufficio. Hai arruolato qualche nuova ... traduttrice?-

- Sì! Esmeralda, sa fare delle traduzioni fantastiche. Ma volevo anche farti risolvere un paio di omicidi che hanno interessato la città nei giorni scorsi. Pensa, ti offro il nome degli assassini su un piatto d'argento.-

- Non si potrebbe parlarne il 27? Ho solo il tempo di fare un salto per conoscere Esmeralda, poi ho il cenone di Natale coi miei suoceri, mia moglie vorrà essere accompagnata alla Messa di mezzanotte in duomo...-

- Guarda che dovrò telefonare anche al Questore, anche lui è interessato ai miei corsi di lingue. Non vorrai mica permettere alla Polizia di bruciarvi sul tempo. C'è anche la possibilità di sgominare un'organizzazione internazionale che traffica in coca.-

- Cazzo Manuela! Ma proprio sotto Natale mi devi fare questi regali? Proprio non puoi rimandare tutto fino al 27?-

- No. E se non verrai, leggerai i dettagli di quanto ti volevo dire in anteprima sulla Sesia, a firma Mastrolillo.-

- Va bene, vengo. Dovrò rinunciare alla cena ed alla Messa di Natale. Ma ad Esmeralda non intendo rinunciare.-

- Allora farai bene a precettare una dozzina dei tuoi uomini per non farti scappare i trafficanti di droga. Ti saluto mandrillo, ti aspetto fra un'ora. – Manuela chiuse la comunicazione, poi disse – Una è fatta, l'altra sarà più difficile.-

Consultò l'agendina e telefonò al cellulare personale del Questore, che rispose dopo parecchi secondi.

- Manuela, cazzo, ma cosa ti salta in mente, sono in riunione col Prefetto ed un Sottosegretario, non posso parlarti adesso, ti richiamo io dopo. Ciao- e chiuse la comunicazione.

Manuela gli ritelefonò immediatamente e quando rispose gli disse:
- Ascolta coglione. Tu verrai da me entro un'ora; se ci sarai ti farò risolvere i delitti che sono avvenuti a Vercelli negli ultimi giorni e ti farò sgominare un'organizzazione internazionale di trafficanti di droga, se non ci sarai domani troverai sulla "Sesia" la foto di te che si sta ingroppando Ofelia, ed un'intervista esclusiva di Marilù che vanta le tue prestazioni sessuali. Ti aspetto fra un'ora, e precetta una dozzina dei tuoi uomini perché avranno molto da fare.-

Il Questore, che era rimasto basito fin dalle prime parole di Manuela, interruppe la riunione con gli alti papaveri dicendo di aver appena ricevuto una soffiata che avrebbe portato a concludere alcune operazioni con risultati straordinariamente positivi, ma di dover muoversi con rapidità per non far svanire l'occasione.

Il Questore ed il capitano giunsero al palazzo a pochi minuti uno dall'altro e furono accompagnati da una guardia nello studio del Vinciguerra, l'unico ambiente privo di oggetti e di strumenti compromettenti, e privo anche di distrazioni di tipo sessuale. Qui trovarono Manuela che gli presentò Rodolfo e Tito.

- Manuela – minacciò il Questore – se non sarà più che valido il motivo per cui mi hai trascinato qui, ti rispedisco a Brindisi a fare marchette sui traghetti per la Grecia.-
- Io invece darò il foglio di via alle tue traduttrici extracomunitarie...-
- Signori, vi prego; avevo bisogno che Manuela vi facesse venir qui per potervi parlare di una questione della massima urgenza, che non poteva essere rimandata a dopo le feste – disse il Tiraboschi – ora vi racconterò tutto, ma è necessario che parta dall'inizio.

Già sapete che nell'auto che si è schiantata qui sotto due settimane fa c'era una valigetta ventiquattrore zeppa di denaro, che è stata presa da Enzo Domenichelli quando è giunto per primo sul posto dell'incidente e portata all'interno del palazzo. Qui, per motivi che non so spiegare, una parte del denaro è stata data a Fausto Filangeri, dopo di che entrambi i ragazzi sono scomparsi.

I proprietari del denaro, appartenenti alla cupola mafiosa di Milano, sono subito partiti alla sua ricerca: hanno torturato il custode del deposito d'auto sequestrate ma gli è morto fra le mani, hanno torturato l'autista del 118 e l'hanno ammazzato perché pensavano che avesse preso la valigetta. Il mandante di tali omicidi è Carmelo Lo Presti, gli esecutori materiali, di cui conosco solo il soprannome, sono 'o Scassaminchia e 'o Cutieddu, l'operazione è stata coordinata da Esposito Macaluso. Ecco qui la sua confessione, firmata dallo stesso e controfirmata da due testimoni.-

- Come l'avete ottenuta?-

- Con le buone; lo dice lui stesso nella confessione. Non gli abbiamo torto un capello.-

- Come avete fatto a catturarlo?-

- Gli abbiamo teso una trappola. Noi del palazzo ci siamo impauriti quando sono stati torturati il prof. Filangeri e l'ing. Domenichelli, così abbiamo teso un agguato in cui sono caduti la escort che aveva stroncato il professore e lo stesso Macaluso che aveva torturato l'ingegnere. Questa è la confessione della escort, che però sostiene di non essere responsabile dell'infarto del professore- Tito allungò un foglio al Questore, che chiese:

- Dove sono ora il Macaluso e la escort?-

- Probabilmente all'estero. Noi ci siamo limitati solo a lasciarli andare, e siamo soddisfatti del risultato, perché così la mafia la finirà di assillarci e penserà che Macaluso e la ragazza abbiano messo le mani sulla valigetta e se la siano tenuta. Macaluso mi ha parlato di quali 6 milioni di Euro.-

- Ma allora hanno trovato il grosso del denaro? Chi l'aveva? L'ingegner Domenichelli nel plastico ferroviario vero?-

- Ci sono parecchi passaggi che non mi sono chiari – disse il Questore – quando Macaluso ha trovato il denaro dove lo ha messo? Perché dopo averlo trovato non è fuggito subito con la escort e si è fatto attrarre in un agguato da voi? E poi perché confessare a voi e non a noi, che avremmo potuto garantirgli lo status di "pentito" ed avremmo potuto proteggerlo.-

- Forse perché ha visto che fine hanno fatto alcuni pentiti di mafia. Per quello che ci riguarda, ha confessato perché si è pentito. Ha tradito i compagni e ci ha fornito gran parte delle informazioni che sto per darle; in cambio ha voluto che lo liberassimo, per sfuggire anche lui dalla caccia che la cupola gli darà.-

- Che altre informazioni ha da darci?-

- Sono tutte nella confessione che ci ha rilasciato il Macaluso: il finanziatore del traffico è un tal Osvaldo Cordero di Roccabruna, che abita a Luino, mentre la coca passa il confine con la Svizzera per il tramite dell'ing. Ernesto Missaglia di Ispra, che lavora al centro atomico. Troverà tutto scritto su questi fogli. Raccomando un'azione fulminea per sgominare la banda, perché il Lo Presti potrebbe allarmarsi nel non avere notizie dal Macaluso.-

- Faremo scattare subito la retata. Ha altro da comunicarci?-

- Si, nel quartiere Isola c'è il magazzino di un importante spacciatore di coca e di cannabis, questo è l'indirizzo. Se nella retata doveste incappare in una ragazza di nome Samantha, lasciatela andare con un calcio in culo, non è implicata nello spaccio.-

- C'è altro?- chiese il Questore che continuava a prendere appunti.

- Sì – intervenne Manuela – Ho raccattato dalla strada altre 8/10 ragazze che voglio ospitare qui. Ho acquistato un apposito appartamento solo per loro e sono in trattativa per affittarne un altro. Intendo farne un centro di recupero di ragazze sbandate e chiamarlo "Rifugio della Giovane". Sappiate che non intendo avere controlli e rotture di coglioni di nessun tipo.-

- Una santa donna! Ecco cosa sei Manuela! Una santa donna.-

#

Nonostante i mugugni e le proteste degli uomini impiegati nella retata, precettati dal Questore e dal capitano Gazzurlo proprio nella notte di Natale, l'operazione antimafia fu un completo successo. Solo il finanziere Cordero di Roccabruna riuscì a sfuggire alla cattura trovandosi casualmente all'estero, l'ing. Missaglia seguì docilmente i carabinieri che lo avevano ammanettato, ma pretese che gli venisse celato il viso con un plaid per sottrarlo ai flash dei fotografi. Carmelo Lo Presti invece cercò di opporre resistenza barricandosi nel bagno delle donne del Cotton Club e tenendo in ostaggio due spogliarelliste, ma dopo un breve assedio fu stanato coi gas lacrimogeni. In totale la retata fruttò 14 arresti fra le fila dell'organizzazione e 57 denunce per reati minori di varia natura, dall'esercizio di lotterie senza autorizzazione ministeriale al favoreggiamento della prostituzione, dalla somministrazione di alimenti scaduti alla variazioni della destinazione d'uso dei locali.

Anche Tarcisio fu sorpreso dalla polizia nel suo deposito di cannabis nel quartiere Isola e tradotto in questura, mentre Samantha, che era con lui, fu fatta discretamente allontanare. Costei per alcune settimane riuscì a gestire con un certo successo la "Casa della Giovane", rimpolpandola con un giro di troiette part time scelte fra le studentesse delle scuole superiori cittadine; poi però la rivolta delle loro mamme – sarcasticamente chiamate "mamas de putas" dai ragazzacci della città – fece sì che il marchettificio venne chiuso dalle autorità.

La sonnolenta Vercelli fu scossa dalla sorpresa e dall'indignazione, i giornali cittadini per alcuni giorni sguazzarono nel torbido, fornendo dettagli pruriginosi di quanto accadeva nella villetta bifamiliare; le reprimende operate dai familiari nei confronti delle troiette in erba comportò un netto aumento delle iscrizioni nei collegi femminili della provincia; ma in capo ad alcuni mesi tutto fu dimenticato, e le ragazze coinvolte tornarono a darla via con nonchalance come prima.

Samantha riconobbe i suoi limiti quale tenutaria di case d'appuntamento, accantonò i suoi sogni di grandezza e telefonò a Deborah, che le diede l'indirizzo del condominio di Viale delle Rimembranze. Qui Manuela la accolse come il figliol prodigo, la colmò di attenzioni e riconobbe la sua abilità nel reclutare nuove ragazze. Il giorno stesso Samantha fu messa al lavoro insieme alla cugina ed alle altre ragazze della "ex Casa della Giovane", ma fu anche incaricata di reperire nei locali della città nuove ragazze da "recuperare" e da ospitare nel "Rifugio della Giovane".

Manuela comprò l'appartamento che era stato degli omosessuali ed affittò quello che Fausto aveva venduto alla "Immobiliare Concordia". Con due appartamenti e mezzo destinati a bordelli di varia classe, per una superficie calpestabile di oltre 350 m², in cui non operavano mai meno di una dozzina ragazze, fra escort già affermate, spogliarelliste, troiette in erba ed etère per vocazione, il palazzo abbisognava di un servizio di sicurezza adeguato, per cui le stesse guardie che erano state impiegate contro le intrusioni mafiose furono riciclate ed assunte direttamente per smistare il traffico dei clienti dei bordelli, di quelli della Cæsar e di quelli di Carlotta e di Zeila.

Valentina ed il giornalista Mastrolillo affittarono l'appartamento che era stato dei Domenichelli, vuotato di tutti i mobili che conteneva tranne che del plastico ferroviario, e diedero inizio ad una convivenza felice, lui nel tempo libero sempre attaccato ai trenini, e lei intenta a svolazzare fra i clienti del "Bar-narda".

Walter e Concetta acquistarono l'appartamento che era stato della Secondina Toscani, in cui erano rimasti i mobili di Concetta di quando l'aveva abitato con la madre e la sorella, perché per far dispetto alla figlia, quando la madre aveva traslocato aveva lasciato lì quelli di Concetta. Walter continuò a lavorare per il padre, sia nelle attività lecite che in quelle illecite, perennemente assediato dalle troiette che ora pullulavano nel palazzo; Concetta si impegnò negli studi più di quanto avesse fatto prima, ma non mancò nello spompare l'amato di ogni energia, e si presentò all'esame di maturità in avanzato stadio di gravidanza.

Rodolfo e Carlotta traslocarono nell'appartamento che era stato delle sorelle Sensini e diedero parte del loro in uso a Diana e ad Annibale. I mobili delle sorelle Sensini furono ceduti in blocco ad un antiquario di Amburgo, tranne tre grosse cassapanche che erano state prelevate in precedenza dall'appartamento per essere destinate altrove.

Il giorno di Natale le cassapanche furono portate in cantina, riempite di libri e dei cadaveri dei mafiosi che erano stati provvisoriamente sistemati nel box della CRV, e quindi caricate su un furgone per traslochi affittato il giorno prima e parcheggiato nel cortiletto.

Il mafioso Vullo fu liberato lo stesso giorno e rivestito con pantaloni nuovi, quindi il Tiraboschi lo istruì a dovere.

- Vullo, è giunto il momento della tua liberazione. Sappi che Esposito Macaluso ha telefonato a Carmelo Lo Presti dicendogli che hai tradito e ti sei impossessato di 50.000 Euro, questi stessi che ti sto dando. Ti consiglio di non rivolgerti ai tuoi vecchi compari perché prima ti faranno fuori e poi ti chiederanno spiegazioni. Se invece porterai il furgone dei traslochi che c'è qui sotto fino a Parigi e lo abbandonerai davanti al negozio di un rigattiere di cui ti darò l'indirizzo, costui ti pagherà altri 50.000 Euro per il servizio.-

- Cosa c'è nel furgone?- chiese perplesso Vullo.

- Tre cassapanche e dei libri vecchi, nulla che tu possa smerciare con maggior profitto. Ma dovrai affrettarti, e non dovrai farti fermare dalla polizia.-

- Perché? Se si tratta solo di un trasloco, che fretta c'è?-

- Perché nelle casse ci sono anche i cadaveri di cinque dei tuoi compagni, potrebbero cominciare a puzzare.-

- Perché dovrei correre un simile rischio?-

- Per i 100.000 Euro che guadagnerai nell'operazione, sempre che tu non preferisca che li dia ad Esposito per trasportare anche la cassapanca col tuo cadavere.-

Mezz'ora dopo Vullo stava percorrendo col furgone l'autostrada per il traforo del Monte Bianco, rimuginando sul fatto che non gli era andata troppo male.

Nello stesso tempo Esposito Macaluso, ricevuti i 200.000 Euro promessi, stava partendo con la Punto color senape che era stata di 'o Guercio per una destinazione che non aveva voluto rivelare a nessuno.

Il rag. Paternò non partecipò al pranzo di Natale, preferendo partire per Brunico e passare le feste in famiglia, anche per avvisare gli Ubezio che erano finalmente usciti dal tunnel e non erano più in pericolo.

Il pranzo di Natale si tenne al "Bar-narda", chiuso per l'occasione, e vide la partecipazione di una quindicina di bellissime ragazze di ogni età, ognuna delle quale fece del suo meglio per la sua riuscita: Beatrice, Valentina e Tamara prepararono una mega-polentata con baccalà o tapulone a scelta, Diana e Samantha gli agnolotti in brodo, Esmeralda, Patricia e Marylin gli aperitivi, Concetta e Deborah la macedonia di frutta, Priscilla ed Eva le tartine e gli altri stuzzichini, Carlotta e Manuela si dedicarono ai vini ed ai superalcolici, oltre che tenere Zeila, Alina, Marika, Luana e Consuelo lontane dalle tartine appena preparate.

La tavolata finale, necessariamente sparpagliata fra la mezza dozzina di tavoli del bar, traboccava di allegria ed era la più sexy che si fosse mai vista.

Alla fine del pranzo, con tutte le ragazze molto su di giri, Tamara disse che le sarebbe piaciuto aprire un bar tutto suo, magari non molto grande, ma caratteristico e con un nome dal forte impatto emotivo. Tutti allora si scatenarono nel suggerirgliene uno originale:

- "Bar-abba"?- propose Rodolfo.

- "Bar-bablù" è meglio- sostenne Carlotta.

- Troppo truculento. Per me dovrebbe chiamarlo "Bar-accone"- disse Valentina.

- "Bar-bagianni" allora!- disse Diana.

- Chiamalo "Bar-becue" così potrai vendere anche salamini alla piastra.- suggerì Walter.

- Meglio "Bar-caccia" per attirare i cacciatori.- disse Deborah.

- Che ne dite di "Bar-camenarsi"?- chiese Samantha.

- Se lo apri in centro città potresti chiamarlo "Bar-icentro"- disse Tito.

- Io lo chiamerei "Bar-occo" e lo arrederei in quello stile- disse Manuela.

- Il bar di Tamara non può che chiamarsi "Bar-uffa"- disse Beatrice.

- No! – intervenne Bernardino – "Bar-zelletta" è senz'altro il nome più adatto al bar di un tipo come la Tamara.-

- Ho capito! – disse Tamara sovrastando le risate che erano scoppiate con l'ultimo nome proposto – lo chiamerò "Bar Gnocca".-.

Indice